LINO

ODETTE VENTURA
avec la collaboration
de Christian Brincourt et de Gilles Lambert

LINO

ROBERT LAFFONT

ISBN 2-221-08646-5

Vous avez dit Ventura ? Je pense très sincèrement que le cinéma tient une place tout à fait négligeable – pour ne pas dire anecdotique – dans l'amitié qui nous lie depuis... attendez voir... eh oui, depuis bientôt trente ans. C'est rien.

J'ai connu Lino chez Gabin où, entre gens de bonne compagnie, nous ne parlions jamais « métier ».

Nous nous sommes ensuite rencontrés chez lui où nous nous en sommes tenus le plus possible à des argumentations autour de Guardi (Francesco) dont les somptueux dessins tapissent ses murs.

Rencontrés aussi chez moi où nous sommes convenus une fois pour toutes de ne parler exclusivement que d'Eddy Merckx... ou alors de futilités.

Le fait que nous ayons partagé le sort d'une quinzaine de films n'est pas parvenu à nous brouiller complètement.

Michel AUDIARD,
avril 1983.

« Il y a des moments de vie et des conversations que deux amis emportent au fond de leur cœur comme au fond des bois – et qu'ils font semblant d'oublier ensuite, pour mieux t'en souvenir, mon enfant. »

Jean-Loup Dabadie

1

Cinquante ans de bonheur

Ç'aurait pu être un jour comme les autres. Ç'aurait dû être un jour comme les autres. Ce jeudi 22 octobre 1987, le temps avait été doux en région parisienne. L'automne se donnait des airs d'été tardif. Dans notre maison de Saint-Cloud, Lino s'était réveillé de bonne humeur avec, pour la journée, un programme sans histoire. Rien qui ressemblât à un rendez-vous de travail. Depuis plus de deux ans, depuis *La Septième Cible,* de Claude Pinoteau, il ne tournait plus, refusant tous les scénarios qu'on lui proposait. Aucun ne lui semblait intéressant. Il n'avait accepté qu'une apparition dans *La Rumba*, de Roger Hanin – son ami, qui lui avait succédé comme interprète du Gorille –, et un petit rôle dans un téléfilm américain. Il parlait d'un projet en Italie, mais le film était régulièrement ajourné par la maladie du scénariste, à moins que ce ne fût pour des problèmes de financement. Lino ne se plaignait pas trop de ces retards. Nous profitions de la vie. « Entrant dans notre soixante-neuvième année (notre âge commun), c'est maintenant ou jamais », m'avait-il dit. En novembre, nous devions aller suivre une cure de thalassothérapie à Quiberon. Pour le prochain week-end, nous venions de décider de nous rendre avec nos amis Hamon à Bruges, la Venise du Nord, qui attirait Lino. En janvier – je l'ai appris plus tard en consultant son agenda –, Lino envisageait de vraies vacances aux Seychelles.

Un jour comme les autres, avec son lot de rendez-vous amicaux, de coups de téléphone, de projets, de rencontres.

Lino s'était réveillé vers 8 heures, ce qui était son habitude quand il ne tournait pas. Après le petit-déjeuner, il avait ouvert la fenêtre de notre chambre, espérant ainsi, comme souvent, m'arracher plus rapidement à l'engourdissement du sommeil et me mettre au courant de notre journée. A peine réveillé, Lino était en pleine forme. Je lui enviais cette particularité, car j'ai besoin, moi, de beaucoup de temps pour rassembler mes idées.

Notre maison domine Paris. Lino aimait balayer du regard le panorama de la ville, à peine dégagée de la brume du petit matin. Peut-être aussi mesurait-il la distance qui séparait le petit immigré italien de l'homme qu'il était devenu ? Il ne m'a jamais rien dit de ce genre. Lino était jaloux de son for intérieur.

C'était, encore, un jour comme les autres, et c'est pourquoi les propos que nous avons échangés ce jeudi matin ne se sont pas gravés dans ma mémoire. Avons-nous parlé du dîner de la veille avec des amis au casino d'Enghien, qui avait été joyeux, de nos quatre enfants, de Perce-Neige, notre fondation pour handicapés à laquelle nous consacrions ensemble beaucoup de temps ? Ce que je sais, c'est que comme chaque jour, pieds nus, dans son peignoir blanc, Lino est descendu vers son domaine, son refuge : son bureau. Comme chaque jour, il a fait quelques mouvements de culture physique, soulevé pendant cinq minutes ses haltères de cinq kilos. Sans doute s'est-il assis derrière son bureau et a-t-il feuilleté son agenda, contrôlé ses rendez-vous de la semaine... Quatre ans après, cet agenda est resté à sa place – ouvert à la même page. Curieusement, à la date du 22 octobre, la page est blanche. Pourtant, nous avions des plans précis pour la journée. Nos amis Hamon devaient venir nous chercher pour déjeuner à la fondation Cartier avec le sculpteur César. Depuis plusieurs jours, Lino souhaitait rendre visite à un peintre de Meulan, Hucleux, dont il avait remarqué les œuvres à la FIAC. Et aussi se rendre à la fondation Cartier, à Jouy-en-Josas, où l'on venait d'inaugurer une exposition de voitures Ferrari. Son ami César lui avait demandé de venir sur place signer une pétition : des riverains, en effet, avaient introduit une action contre deux des monuments principaux de la fondation : la tour d'Arman, faite de voitures accumulées, emprisonnées dans le béton, et l'hommage à Eiffel, de César, structure superbe réalisée avec les anciens escaliers de la tour supprimés lors de la dernière rénovation. Périodiquement, ces œuvres d'avant-garde donnent lieu à des accès de colère et à des protestations. Lino avait promis à César d'alerter François Léotard.

Le déjeuner eut lieu à La Poularde, à Vaucresson. Hucleux se joignit à nous. Il faisait beau. Ce fut un déjeuner détendu. César, selon son habitude, ironisa sur leur mort prochaine, calculant en mois, en semaines, en jours même, le temps théorique qui leur restait à vivre à tous deux. « César, tu m'enterreras ! » lui dit Lino en riant. Cette fois, je ne sais pourquoi, cette conversation m'énerva. « Ne pouvez-vous pas parler d'autre chose ? dis-je. Il y a d'autres conversations, non ? » Une vieille amitié, voire une complicité, liait Lino à César. Italiens tous deux, ils avaient de nombreux points communs ; quand César avait insisté pour que son ami vienne en personne défendre ses œuvres menacées, Lino avait accepté sans hésiter. Un point de détail, Lino était fasciné par la nouvelle Rolls-Royce de son ami Hamon, à tel point qu'il insista pour la conduire. Au moment des adieux, César lui dit en lui pinçant la joue comme on le fait à un enfant : « Elle te plaît, hein, cette grosse voiture ? » Pouvait-il penser à cet instant que c'était la dernière phrase qu'il lui adresserait jamais ?

Au déjeuner, on parla de Bruges, de peinture. Après la visite de la fondation et une promenade dans le parc magnifique, César nous ramena, avec mon amie Liliane Hamon, directement à Saint-Cloud. Lino, lui, avait plusieurs rendez-vous avec Jean Hamon. Je sus plus tard qu'il était aussi passé aux Champs-Élysées, chez son ami le producteur Norbert Saada, et qu'il avait, de nouveau, appelé François Léotard, obtenant un rendez-vous pour le lendemain. Il hésita, un moment, sur l'emploi de notre soirée : il souhaitait depuis quelques jours aller voir *Full Metal Jacket*, un film dont le sujet l'intéressait pour son aspect sportif, nota les horaires sur un bout de papier qu'il mit dans sa poche et que j'ai retrouvé. Finalement, il y renonça. Nous allions bien, comme prévu, terminer la journée par un dîner tranquille à la maison avec nos amis Hamon. Ainsi, on se coucherait de bonne heure. Depuis quelques jours, Lino me disait qu'il se sentait parfois un peu fatigué. « Un potage, un plat de pâtes, rien d'autre », m'avait-il recommandé.

Ils arrivèrent à Saint-Cloud vers 19 heures. Plus tard, je prendrai connaissance d'un détail qui, avec le recul, me paraît chargé d'un sens prémonitoire : en rentrant de Jouy-en-Josas, Lino avait soudain décidé de faire un crochet par Saint-Chéron, entre Rambouillet et Dourdan. C'est de ce petit village, à l'orée de la vallée de Chevreuse, qu'est originaire une partie de ma famille ; Lino et moi y avons acheté une concession à perpétuité, dans le cimetière voisin de Val-Saint-Germain. La route longe le mur du cimetière, et à Jean un peu étonné, Lino, dans la nuit tombante, avait déclaré en montrant le mur :

« Tu vois, c'est là où je serai un jour avec Odette. »

Avant de passer à table, Lino et Jean s'étaient retirés un moment dans le bureau. On servit le dîner dans la salle à manger à peine plus tôt que d'habitude. Lino occupait sa place habituelle, le dos au jardin. Le potage arriva sur la table. A partir de ce moment, mes souvenirs deviennent d'une précision presque irréelle : ils repassent dans ma tête comme un film. Un film en noir et blanc. Tout à coup, sans aucune explication, sans que rien n'ait laissé prévoir ce geste, Lino a posé sa serviette sur la table et s'est levé. J'ai pensé qu'il allait chercher quelque chose dans le bureau, mais il s'est dirigé vers la porte donnant sur le jardin. Il est en chemise, sans cravate. Ni son visage ni sa démarche ne trahissent de trouble. Sa voix est à peine rauque :

« Je vais prendre un peu l'air », dit-il.

Je l'ai suivi du regard, sans inquiétude. Lino m'avait habituée à des crises légères, conséquence d'une hernie hiatale. Aujourd'hui, je ne puis m'empêcher de penser que, sous cette maladie sans gravité, se développait peut-être, masqué, un syndrome cardiaque que les médecins n'avaient pas décelé ; il faut dire que Lino ne se plaignait jamais, et n'était pas particulièrement coopératif avec le corps médical...

C'est donc sans appréhension que je l'ai vu quitter la table pour aller respirer un peu d'air frais dans le jardin. Soudain, je réalisai que son absence se prolongeait anormalement. J'allai vers la porte d'entrée, il venait vers moi. Je ressentis comme un signal d'alerte. Qui fit place à l'inquiétude quand je l'entendis me dire, d'une voix altérée :

« Odette, ça ne va pas. »

Il décida de monter dans sa chambre. Sa démarche était hésitante. Malgré son refus, je me précipitai sur le téléphone. Notre médecin était absent. J'appelai alors le médecin le plus proche de Saint-Cloud, que je connaissais. « J'arrive, entendis-je. » Dans la chambre, étendu sur le lit, Lino cherchait son souffle. Dès ce moment, j'ai compris qu'il ne s'agissait pas d'une crise comme les autres. Et l'inquiétude est devenue de l'angoisse.

Le médecin arriva et me demanda les derniers examens des électrocardiogrammes. Je savais qu'ils étaient bons. Lino était fier d'un cœur sportif sans défaillance, battant très lentement.

Lino souffrait visiblement. Le médecin appela le SAMU. J'éprouvai un grand sentiment d'impuissance : comme si, à partir de ce moment, les choses m'échappaient, échappaient à notre amour.

La sonnerie du téléphone retentit. C'était Jean-Loup Dabadie, l'ami très proche :

« Lino a un malaise, dis-je. Je te rappellerai. »

Le SAMU arriva très vite, suivi des pompiers. Lino ne parlait pas. Le médecin d'urgence lui fit une piqûre. Sa tension avait remonté. Il fallait l'hospitaliser. Hôpital américain ou clinique du Val-d'Or ? Lino, lui-même, opta pour le Val-d'Or. Il me regarda. Cela devait être son dernier regard.

Et soudain, tout bascula. Je compris qu'il avait un nouveau malaise. Je voulais rester auprès de lui, mais on me demanda de quitter la pièce. Je réalisai alors que, durant les minutes qui s'étaient écoulées, mes enfants, mes amis les plus chers étaient arrivés ; j'avais perdu la notion du temps !

Lino livrait, seul, son dernier combat. Mon mari ne subissait pas. Il aidait les gens qui tentaient d'écarter la mort ; il luttait sur un territoire inaccessible, de plus en plus lointain. Une force extraordinaire jaillissait de ses forces qui l'abandonnaient.

Autour de moi, l'agitation grandissait. Des ombres montaient et descendaient l'escalier. On téléphonait. Des bribes de phrases arrivaient jusqu'à moi, glissaient sur moi sans m'atteindre. L'homme que j'aimais depuis cinquante ans allait faire cette chose impossible : me quitter pour toujours. Une dernière page se tournait dans une très belle histoire d'amour. Les détails de ces instants m'appartiennent.

Je n'oublierai jamais son dernier regard. Je sais ce qu'il a voulu me dire. C'est entre lui et moi.

Un demi-siècle plus tôt – en août 1936 exactement –, j'ai croisé le même regard pour la première fois. C'est hier. J'ai seize ans. Je m'appelle Odette Le Comte. Je viens de réussir mon brevet. Ma sœur aînée, Yvonne, travaille boulevard des Capucines à Paris, à la CIT – la Compagnie italienne de tourisme ; elle m'a fait embaucher pour l'aider à remplir des bons d'hôtel à l'intention des touristes français partant pour l'Italie. Un travail d'été pour une jeune fille qui cherche à gagner un peu d'argent.

Nous sommes en pleine guerre d'Espagne, mais les Français pensent plutôt aux congés payés, conquête toute récente du Front populaire, au Tour de France que remporte le belge Sylvère Maes, et aux Jeux olympiques de Berlin. Charles Trenet, qui vient de se séparer de Johnny Hess, a créé *Mam'zelle Clio*, que tout le monde fredonne. Et moi, dans les salons de la CIT, j'échange un premier regard avec un garçon de mon âge, aux yeux sombres, qui travaille comme aide-comptable et dont on me dira très vite qu'il est italien – ce qui ne me surprend pas – et que son nom est Lino.

Ce n'est pas un coup de foudre. Aussi bien, nous mettrons presque un an avant de décider que nous sommes faits l'un pour l'autre. Notre âge n'est pas celui des grandes décisions. Je prends plaisir à travailler près de lui, et je suis flattée, plus qu'émue, par l'intérêt qu'il me porte. L'aide-comptable est un beau garçon souriant, avenant, sportif (il fait de la lutte gréco-romaine), bien élevé; le soir, il me raccompagne à pied, de la Madeleine à l'avenue Kléber, dans le XVIe arrondissement – où j'habite. Chez mes parents, bien sûr. Nous nous arrêtons régulièrement dans les jardins des Champs-Élysées – halte classique des amoureux –, et c'est pour Lino l'occasion de me raconter sa vie : j'apprends qu'entré à la CIT comme coursier cycliste il a, à force de patience et de sérieux, réussi à décrocher cet emploi, mieux rémunéré, d'aide-comptable. Je sors tout juste de l'école – et lui, à mon âge, a déjà un passé! Il parle peu de son enfance, mais il me dit qu'il travaille depuis l'âge de dix ans pour aider Luisa, sa mère, employée dans un hôtel! Avec fierté, ce qui me touche beaucoup, il m'annonce qu'il a enfin réussi à louer pour elle un petit appartement près de son lieu de travail. C'est là qu'il habite. Un garçon pas comme les autres, décidément.

A l'époque, entre filles et garçons, les choses ne vont pas vite. Quand Lino m'a-t-il embrassé pour la première fois ? Peut-être au cinéma. Nous voyons *La Grande Illusion* de Jean Renoir. Et *La Bandera*, un film sur la guerre d'Espagne, de Julien Duvivier, avec Jean Gabin. Ou à la grande Exposition universelle au Trocadéro, inaugurée en 1937; devant la tour Eiffel, le pavillon monumental de l'Allemagne nazie fait face à celui de l'URSS, comme si les deux puissances se défiaient.

Puis ma mémoire me ramène au 14 Juillet; le défilé sur les Champs-Élysées a été grandiose, malgré les ennuis de moteur d'un avion de chasse qui s'est posé sur la Seine. Le soir, nous décidons, tout naturellement, d'aller danser. Avec ma copine Jacqueline et Fausto, copain italien de Lino (ils se marieront, eux aussi), nous déambulons dans le seizième arrondissement. C'est boulevard Delessert, près du Trocadéro, que les choses, si j'ose dire, vont se précipiter.

Avec Charles Trenet, Jean Lumière est le chanteur à la mode; si le jazz envahit les boîtes, on joue plutôt des tangos – éventuellement quelques fox-trot – dans les bals populaires. Lino est un très bon danseur. Quelques paroles flottent dans mes souvenirs : *le plus beau de tous les tangos du monde, c'est celui que j'ai dansé dans tes bras*. Nous sommes amoureux.

Une vie, c'est à la fois très long et très court. Ces cinquante ans que j'ai passés auprès de mon mari, je les ressens comme hors du temps : le monde a basculé autour de nous : rarement, dans l'histoire des hommes, autant d'événements dramatiques se sont succédé à une telle cadence. J'ai tout vécu, bien sûr, mais je n'ai jamais eu vraiment peur. Nous étions ensemble.

C'est une expérience exceptionnelle. Et c'est pour la faire partager à ceux qui nous entourent, et aussi à tous ceux qui ont aimé – et respecté – Lino, que j'écris ce livre.

Lino était avant tout un homme de pudeur. Il n'était lui-même, vraiment, que dans l'intimité familiale, ou avec des amis qu'il avait choisis. De son origine italienne, il garda toujours la religion de la famille; à la maison, qu'il y ait autour de la table des invités ou non, il se servait toujours le premier – et goûtait le plat. Souvenir d'un usage traditionnel de son pays : le maître de maison s'assure de la qualité de la « pasta » – et montre qu'on peut la déguster sans crainte (la légende veut qu'un duc de Parme ait été victime d'une pasta empoisonnée). De ses enfants, il n'a jamais accepté qu'ils nous manquent de respect. Je me suis reprochée, un jour, de m'être plainte de Laurent, notre fils de neuf ans, au téléphone. A son retour, Lino sans un mot, le gifla (assez vite, nous nous sommes reproché cette punition tardive). Avec certaines choses, il ne plaisantait pas :

comme l'amour qu'il portait à sa mère – il était fils unique. Lino, homme de pudeur, était aussi un homme de rigueur.

Il n'a pas choisi le métier d'acteur. C'est le métier qui l'a choisi. Dès le début, il en a discerné les faiblesses, les petits côtés, les compromissions. Il les a évités. Il a joué son jeu – sans jouer le jeu. Ça lui a réussi. Mais ce n'était pas gagné d'avance.

Lino ne se livrait pas au public, très peu à ses intimes. Je pense que même nos enfants vont découvrir dans ce livre des aspects de leur père qu'ils ignoraient. Il avait été trahi par des journalistes au début de sa carrière (on lui avait fait des promesses non tenues au sujet d'une interview et de photos) et ne l'oubliait pas. Il était réservé par nature. Et ce trait de caractère le faisait passer, parfois, pour distant. Un jour, il m'a dit : « J'ai tâté de beaucoup de métiers dans ma vie, tu le sais. Je crois que celui pour lequel j'étais le moins fait, c'est celui d'acteur. » Lino fut un acteur singulier. Il était très exigeant avec lui-même – et avec les autres. Il n'était pas influençable. Quand un rôle lui semblait invraisemblable ou sans intérêt, il le disait. Si un texte qu'on lui présentait ne lui semblait pas juste, il le refusait. Certains dialoguistes se sont arraché les cheveux, mais tous, ou presque tous, ont fini par se rendre à ses raisons. Lino passait pour avoir mauvais caractère. Il avait du caractère. Un exemple : dans ses films, il refusait de hausser le ton : « Quand je joue, je parle comme dans la vie, disait-il. Et, dans la vie, je ne hurle pas. C'est un signe de faiblesse. » En général, on ne le connaît que par masques interposés. Pour le public, il est Angelo du *Grisbi*, le commissaire Chérier d'*Ascenseur pour l'échafaud*, Léo Paquet, dit le Gorille, Abel Davos de *Classe tous risques*, le brigadier Dumas de *Taxi pour Tobrouk*, Fernand Naudin des *Tontons flingueurs*, Hervé Marec de *Cent Mille Dollars au soleil*, Laurent des *Grandes Gueules*, Gu du *Deuxième Souffle*, Roland des *Aventuriers*, le Rital du *Rapace*, le résistant Philippe Gerbier de l'*Armée des ombres*, Clément

Tibère du *Silencieux*, Simon de *La Bonne Année*, Jean Douelan de *La Gifle*, le commissaire Gallien de *Garde à vue*, Jean Valjean des *Misérables*, le général dalla Chiesa de *Cent Jours à Palerme*, le grand reporter retraité de *La Septième Cible*... J'oublie des rôles, évidemment, car il a tourné plus de soixante-dix films. Comment reconnaître le vrai Lino Ventura sous ces déguisements ? D'autant plus qu'il ne faisait rien pour se montrer à découvert. Et je sais bien que, pour beaucoup de spectateurs, il a emmené avec lui son mystère.

Un jour ou l'autre, quelqu'un décidera d'écrire la vie de Lino. Comme ses amis personnels, Gabin, Brel ou Brassens, il avait pénétré dans l'intimité de beaucoup de Français. Ils ne l'oublient pas : il suffit de constater l'audience de ses films quand la télé les projette. Je n'aimerais pas qu'on brouille l'image qui lui survit.

Voilà les raisons pour lesquelles j'ai rassemblé ces souvenirs.

2

L'enfance d'un émigré

Quand je me reporte par la pensée à ces années assombries par les menaces de guerre, je n'éveille que des souvenirs d'insouciance et de soleil. C'est une des vertus de la jeunesse – nous avions dix-sept ans – de créer son propre univers, à l'écart du monde et de ses grondements. Lino et moi vivions de projets. Attachés à Paris par notre jeune âge et la nécessité de gagner de l'argent, nous rêvions à de grands voyages. Assez souvent, nous allions au cinéma, en général sur les Champs-Élysées. Lino y tenait. C'était notre luxe.

Quand je l'ai rencontré, Lino était un garçon mince, réservé, discret. Il savait rire et faire rire. Il racontait mieux que personne les histoires drôles qui couraient Paris. Bien plus tard, il retrouvera ce talent chez Laurent, son fils. Le sport jouait un grand rôle dans sa vie; il allait s'entraîner à la lutte gréco-romaine dans un gymnase; je l'accompagnais parfois.

Il devait ce goût de la lutte à des amis plus âgés qu'il rencontrait régulièrement square Montholon dans le IXe arrondissement de Paris. Il y avait même de véritables champions, comme Fred Oberlander, un garçon d'origine autrichienne qui, en 1933, avait obtenu une médaille de bronze aux championnats d'Europe de lutte libre. Oberlander habitait un hôtel tout près de l'hôtel Baudin où Luisa, la mère de Lino, travaillait comme femme de chambre et où Lino occupa un temps un poste de groom. Lino le voyait, avec admiration, partir en survêtement pour la salle d'entraînement au club athlétique des Gobelins, dans le XIIIe. Un jour, il lui demanda l'autorisation de l'accompagner :

« Plus tard, répondit Fred, quand tu seras plus fort ! »

Lino insista et Fred finit par céder. Lino était encore un adolescent, mais il se fit rapidement remarquer sinon par sa musculature, du moins par sa souplesse, sa vivacité – et une sorte de rage de vaincre. Fred Oberlander m'a raconté que l'entraîneur, Robert Desrosiers, s'étonna de ces dons naturels. Très vite, Lino devint un des espoirs chez les novices.

Pour Lino, la lutte gréco-romaine était une sorte de culte.

« Contrairement au football, au basket, au tennis et à la natation, disait-il, c'est un sport où on ne peut tricher. En cas de défaite, on ne peut invoquer le vent, le bruit, la mauvaise qualité du matériel. On doit reconnaître que l'adversaire est plus fort, c'est tout. »

La lutte représentait à ses yeux une ouverture sur un monde différent, un monde d'hommes, forts et justes, protecteurs ; peut-être l'image du père qui lui avait manqué ?

Pour l'évasion, le rêve, il y avait le cinéma : comme tous les gosses de son âge, à Paris et ailleurs, Lino, dès l'âge de dix ans, s'y précipitait dès qu'il avait réussi à économiser le prix d'un fauteuil. Qu'on ne s'y trompe pas : à l'époque, le droit d'entrer dans une salle obscure était un luxe. A l'Apollo, une salle « somptueuse » de la rue de Clichy, non loin du Casino de Paris, Lino réussit à voir la plupart des films de la Warner Bros.

« J'avais repéré, me raconta-t-il, que les programmes – deux grands films – changeaient le mardi à minuit. En rentrant à 20 heures, j'arrivais à voir quatre exclusivités ! »

Un jour, il en parla à Gérard Oury, qui l'écouta avec étonnement :

« J'avais moi aussi découvert cette possibilité, lui dit-il. Avec mon pote Jean-Pierre Melville, qui habitait le quartier, nous ne manquions aucun mardi à l'Apollo ! »

L'avenir allait les rapprocher de nouveau !

A dix-sept ans, Lino avait déjà livré des combats de lutte gréco-romaine chez les juniors, et il était fier de ses victoires. Il était assidu à l'entraînement et ses progrès étaient rapides. A la salle des Gobelins, je rencontrai plus tard ses amis du square Montholon ; tous adoraient la lutte ; ceux qui préféraient le bistro, Lino ne me les présenta pas. C'étaient des garçons gais, pour la plupart des fils de réfugiés juifs, chassés par le nazisme. A part Fred Oberlander, l'aîné, qui partit s'engager en Angleterre, les lutteurs de l'âge de Lino furent, dans leur grande majorité, arrêtés et déportés. Bien peu revinrent des camps. Mais on était bien loin d'imaginer une telle tragédie, et on riait beaucoup, aux Gobelins d'abord, puis à la porte d'Italie. Ce n'était pas vraiment le luxe. Mais quand Lino avançait sur le tapis de mousse, dans le cercle rouge, serré dans son maillot à bretelles, les pieds pris dans ses bottines montantes souples, il était simplement superbe !

Je découvrais Lino.

Alors que mon histoire personnelle, toute simple, pouvait se résumer en quelques phrases sur mon enfance à Paris, mes parents, mes sœurs, mon frère, nos vacances à la campagne ou à la mer, mes études, Lino avait déjà vécu une vie d'homme avec sa part de drames, de malheurs, de déceptions, de combat contre l'adversité et de grandes espérances. A dix-sept ans, il avait l'expérience de situations que moi je n'avais jamais fait qu'entrevoir dans les livres et dans les films. Il connaissait les visages secrets de l'existence qui attirent et inquiètent tant les adolescents.

Il en parlait peu. Mais ses silences, comme certains de ses regards, étaient, pour moi, pleins de signification.

Quand Lino, pour la première fois, me fit rencontrer Luisa, sa mère, mon étonnement fut grand de la voir si jeune, jolie, avec ses beaux yeux sombres d'Italienne. Elle parlait un mauvais français, qui ne s'améliorera jamais et qui fera toujours la joie et l'attendrissement de la famille. Elle venait de reprendre son travail à l'hôtel. Elle ne s'en plaignait pas. Avec l'argent gagné à la CIT, son fils avait loué, rue Baudin, non loin du lieu de travail de sa mère, un petit logement de trois pièces.

« Elle y est bien, beaucoup mieux que dans une chambre d'hôtel », me dit-il.

Lino n'avait pas connu son père, Giovanni Ventura. Il n'en parlait jamais. Plus tard, j'ai compris que Giovanni, après avoir épousé Luisa, avait regagné le sud de l'Italie, dont il était originaire. Puis, sans doute à la recherche d'un emploi, il était venu s'installer dans la région parisienne où Luisa et le petit Lino l'avaient rejoint. Que s'était-il passé ensuite ? Je ne l'ai jamais su : Lino ne m'a rien dit. Il ne m'a jamais parlé de son père. J'étais à ses côtés, des années après, quand il a appris sa mort. Sans que rien ne trahisse son émotion.

Luisa avait dix-neuf ans, le 14 juillet 1919, quand Lino vint au monde, à Parme. Il y passa une partie de ses premières années avec sa maman revenue seule de Paris chez l'« Adalgisa », la grand-mère. Cette grand-mère jouera un rôle essentiel dans la prime enfance de Lino. La famille Borrini (nom de jeune fille de Luisa) vivait à Parme, borgo Paggeria, rue de la Pagerie, ainsi nommée parce qu'au début du XIXe siècle y étaient logés les pages de Marie-Louise de Habsbourg, ancienne impératrice des Français, devenue après la chute de Napoléon duchesse de Parme. Je suis souvent retournée à Parme avec Lino. La maison a été détruite, comme celles qui l'entourent, par une bombe en 1944. On l'a reconstruite. Au rez-de-chaussée, à la place de la boutique de légumes, tenue longtemps par la famille Borrini, s'est ouvert récemment un restaurant : la « Vecchia osteria della vittoria » (la vieille auberge de la victoire). Lino arpentait la rue, qui a peu changé. Il aimait y évoquer le souvenir de sa grand-mère. Son oncle Paride Borrini, représentant de commerce, avait un peu remplacé le père absent. Sur le même palier vivait la famille Pelagatti. Lino me parlera souvent de Bruno, son frère de lait, fils de Clélia, amie de Luisa. Tous deux, sans beaucoup d'argent, eurent une enfance pleine de bonheur et de liberté. Ils furent baptisés ensemble à l'église San Bartolomeo. C'est là aussi que Lino fit sa première communion, qui eut lieu en deux temps : la grand-mère Adalgisa ayant découvert qu'avant de se rendre à la cérémonie Lino avait achevé, à la cuisine, un fond de plat de polenta. Il reçut une gifle magistrale, et le sacrement – à l'époque, l'Église ne plaisantait pas – fut remis au lendemain.

Pour Lino, chaque visite à Parme était une sorte de pèlerinage. Nous allions sur la place Ghiaia, à deux pas de la rue des

Pages, la place des Graviers où, tout enfant, il jouait au foot avec Bruno et d'autres petits camarades. « Un jour, me dit-il en me montrant la fontaine, j'ai décidé de soumettre un imperméable neuf que ma grand-mère m'avait offert à l'épreuve de la grande eau... » Ce fut une catastrophe et je reçus une gifle. La place a, elle aussi, souffert des bombardements. Tout près, à la hauteur du pont Verdi – autre célèbre enfant de Parme –, nous allions voir l'immense palais « della Pilotta », ainsi appelé parce qu'on jouait à la pelote et à la raquette dans ses cours. Lino aimait se promener le long de ses hauts murs. Aujourd'hui, la « Pilotta » renferme un musée moderne, avec de magnifiques toiles de Corrège, né à Correggio, à l'est de Parme, et du Parmigianino que Lino aimait particulièrement, et un gigantesque théâtre, en partie détruit pendant la guerre et récemment restauré. Avec Bruno, Lino adorait explorer les caves et les murailles ; dans une cachette scellée depuis des siècles, ils auraient même, un jour, découvert des armes rouillées, rapières, sabres, poignards, datant du XVIe siècle ! Vérité ou rêve d'enfant ? Je ne saurais le dire. De l'autre côté du pont, nous poussions jusqu'au jardin du palais ducal : plein de statues, de bosquets, de labyrinthes, c'était un terrain de jeux idéal. L'été, les enfants se baignaient dans le maigre torrent Parme, qui traverse la ville.

Bien sûr, les enfants avaient déjà leur « Cinema Paradiso » : c'étaient l'Orfeo, le Lux ou le Marconi, le moins cher (70 centimes la place), spécialisé dans les films de Charlot. Le cinéma est déjà présent, en muet – nous sommes en 1926 –, dans les premières années de sa vie.

Ces détails de son enfance, Lino ne me les a révélés que plus tard, presque par hasard, au fil de nos séjours à Parme ou à Busseto. J'avais abandonné toute idée de lui poser des questions. Il semblait étonné que je m'intéresse à des choses aussi lointaines, si peu importantes. Et il parlait d'autre chose.

Ainsi, je n'ai jamais eu, de sa part, un vrai portrait du « padre » franciscain Lino Maupas qui a marqué son enfance. L'histoire veut que, aumônier des prisons de Parme, situées à côté de la place Garibaldi, padre Lino ait été un ami de Clelia Pelagatti, mère de Bruno. Parfois, m'a-t-on raconté, padre Lino n'hésitait pas à sortir de la prison, un bébé caché dans les plis de sa soutane : les gardiens, complices, ne le fouillaient pas. Padre Lino donnait tout ce qu'il possédait aux pauvres ; il est pratiquement mort abandonné, à cinquante-huit ans. On raconte que, lors de ses funérailles, les prisonniers ont demandé l'autorisation de former un cortège pour l'accompagner au cimetière : aucun ne s'est enfui. Lino s'était particulièrement attaché à ce personnage. Un jour, à l'occasion d'une fête locale, il lut en public, sur la scène du théâtre Reggio à Parme, un poème sur padre Lino.

Dans les années 20, l'Italie est en pleine crise économique, et la France apparaît comme une sorte de paradis. On y gagne sa vie relativement facilement et, en jouant sur la différence des changes – déjà ! –, on peut réaliser des profits. Giovanni Ventura décide donc d'y venir tenter sa chance, comme des milliers et des milliers d'Italiens. Il laisse au pays Luisa et son fils : plus tard, ils le rejoindront. Que se passe-t-il ensuite ? En vérité, je n'ai jamais cherché à le savoir et Lino m'a su gré de cette discrétion. En 1926 – Lino a sept ans –, Luisa décide de quitter sa famille et de rejoindre son mari à Paris... Elle se retrouvera seule avec son petit garçon à Montreuil, chez des amis de sa famille qui importent des produits alimentaires d'Italie. Lino va à l'école communale. Ces amis possèdent, près de l'Étoile, un magasin de détail où travaille Luisa. Quand l'école est finie, Lino se rend au magasin et livre, pour quelques francs, des produits de luxe aux clients des beaux quartiers ; en dépit de son jeune âge, on lui confie un triporteur. Les réglementations du travail sont encore très vagues. Et c'est l'accident : le petit garçon est renversé non loin de la porte Maillot ! Les tranches de jambon de Parme se répandent sur la chaussée au grand désespoir du jeune livreur. Il gardera toute sa vie une trace de cet accident, la cicatrice d'une petite fracture du nez.

A la suite de cet accident, Luisa, avec beaucoup de peine, sur l'insistance de sa famille, accepte de renvoyer son fils à Parme. La vie n'y est pas plus facile. Lino reprend l'école. Moins de deux ans plus tard, il est de retour à Paris. Cette fois, Luisa a trouvé un emploi plus sérieux chez les Trumbetta, un couple d'origine italienne qui gère l'hôtel Baudin, au 10 de la rue du même nom, dans le Ve arrondissement. (Aujourd'hui, l'hôtel Baudin s'appelle l'hôtel du Pré, et la rue a reçu le nom de « Pierre-Sénard ».) Luisa est femme de chambre-lingère. Un travail dur pour une petite femme à la santé précaire. Mais elle n'a pas le choix.

Lino n'aimait pas évoquer cette période de sa vie. Le souvenir de Luisa travaillant toute la journée et regagnant, épuisée, leur logis minuscule dans une rue voisine devait le hanter. Aussi bien, chaque fois que nous quittions une chambre d'hôtel, même de palace, où que ce fût, il nettoyait la baignoire avant de partir. Il disait toujours « Monsieur » à un garçon de café et respectait les employés subalternes. Un jour, il me dit :

« Odette, j'ai eu une enfance très dure. Mais elle m'a appris la vie. Je plains les enfants qui ont tout sans effort. »

C'est aussi l'époque de l'école communale de la rue Milton – celle de Paul Léautaud – celle où ira bientôt José Giovanni, qui plus tard deviendra l'ami de Lino ; et l'époque des premiers copains du square Montholon. Une sorte de bande, comme on dit aujourd'hui. Henri Cogan, qui deviendra lui aussi un champion de catch, un peu plus âgé que Lino, était à l'école de la rue Milton. Il m'a raconté qu'ensemble ils soulevaient des poids et haltères sous le préau de l'école pour durcir leurs muscles et se préparer à une grande carrière athlétique...

Mais les lauriers sportifs sont encore loin. Et la gloire n'est pas encore au rendez-vous. Lino, qui a déjà fait une expérience du travail avec les livraisons de produits alimentaires, accepte un emploi de garçon d'ascenseur-groom à l'hôtel Baudin. Il gagnera sa vie – on peut compter sur des pourboires –, et il est près de Luisa. Lino groom ! Je ne sais quelle était la couleur de son uniforme, ni même s'il portait la toque du chasseur, comme dans les films... Un jour, en transportant des caisses de vin à la cave, une bouteille éclata et il reçut un éclat de verre dans l'œil droit. On l'emmena chez le médecin. C'était sans gravité, mais il conservera, toute sa vie, une minuscule cicatrice blanche sur la cornée.

Il donnait à sa mère une grosse partie de son salaire ; mais il réussit à économiser ce qu'il fallait pour réaliser son rêve : s'asseoir seul, comme un grand, dans un restaurant du quartier et commander un chateaubriand. Sa déception fut grande de voir arriver un simple steak avec deux feuilles de salade. « Mais j'ai demandé un chateaubriand », dit-il. Il y avait tant de déception dans sa voix que le serveur éclata de rire. Ce jour-là, Lino découvrit ce qui sépare le rêve de la réalité.

Un des signes de reconnaissance de l'amour, c'est le fait que tout ce qui concerne l'autre vous concerne aussi, même ce qui paraît insignifiant. Un homme, ce n'est pas seulement une présence, quelle que soit l'émotion ou le plaisir qu'elle vous apporte ; c'est aussi un poids de passé, d'expérience, un enchaînement de souvenirs. En découvrant Lino, je découvris un monde lointain, inconnu. Et il me paraissait plus proche.

Comment est-il passé de l'hôtel Baudin à la Compagnie italienne de tourisme ? Un jour, il me dit :

« J'en avais assez de ce genre de travail. Je faisais n'importe quoi. Je jouais même de la batterie. Le soir, je traînais. Cela ne menait nulle part. »

Les Trumbetta l'aimaient bien, appréciaient son sérieux et avaient su reconnaître chez lui les promesses d'un avenir différent : ils connaissaient le directeur de la CIT – qui leur envoyait des clients – et lui parlèrent de leur jeune employé, à la recherche d'un travail mieux rémunéré. Le directeur de la CIT avait besoin d'un coursier-cycliste pour porter, à travers Paris, billets de train, bons d'hôtel et réservations aux clients de l'agence ; il engagea Lino. C'est au début de l'été 36. Le Front populaire est au pouvoir ; les grèves se multiplient dans toute la France ; la guerre d'Espagne fait rage, mais Italiens et Français voyagent ; les trains de luxe sont pleins. Lino ne manque pas de travail. Mais, il l'a bien fait comprendre à son nouveau directeur, il n'a pas l'intention de rester longtemps coursier-cycliste (livreur à vélo sera un de ses premiers rôles dans *125, rue Montmartre*, film de Gilles Grangier, en 1959) ; il vise un emploi dans les bureaux de l'agence. Et la chance se présente : le chef-comptable a besoin d'un aide. Le directeur regarde autour de lui. Lino a surpris son regard : « Moi », dit-il. Il ne connaît rien à la comptabilité, mais il prétend le contraire : à l'hôtel des Trumbetta, dit-il, il aidait le préposé. On fait semblant de le croire : à la CIT, on l'aime bien. Il est promu, à l'essai.

Je me revois sur les Champs-Élysées, vers le milieu du mois. Lino me parle avec émotion de la victoire du champion de boxe américain des poids lourds, un Noir nommé Joe Louis! A la radio, on entend l'orchestre de Ray Ventura, et *Marinella*, chanté par Tino Rossi. Je remplis des bons d'hôtel, Lino aligne des colonnes de chiffres, et, sans que nous soit encore venue l'idée qu'il sera commun, l'avenir s'ouvre à nous.

3

Hors-la-loi

Nous nous sommes mariés à la manière italienne, après de longues fiançailles de cinq années et demie, le 8 janvier 1942, au plus noir de l'occupation. C'était une sorte de défi : quelques jours après la cérémonie, Lino partait pour l'Italie rejoindre son unité : il avait vingt-deux ans, était inscrit comme ressortissant italien au consulat de Paris, et l'armée le réclamait.

La guerre, l'exode, la débâcle militaire, l'occupation allemande avaient retardé notre mariage. En 1938, tout le monde pensait que la guerre était pour demain : Hitler avait envahi la Tchécoslovaquie. A Munich, la paix fut sauvée, in extremis. Mais on se doutait que ce n'était que partie remise. Luisa, la mère de Lino, était comme d'habitude allée passer ses vacances en famille. Lino l'avait rejointe et avait regagné Paris avec elle. Au printemps, Lino disputa le championnat de Paris de lutte libre. J'étais présente, bien sûr. Il dut, en hâte, perdre deux kilos. Il y parvint – et remporta le titre. Ses amis lui firent une fête.

Lino vivait avec sa mère dans le studio de la rue Baudin. Je lui rendais visite ; elle me traitait maintenant comme sa future belle-fille. La situation ne s'arrangeait pas : la fatalité de la guerre se faisait de plus en plus évidente. Au début de 1939, les armées italiennes envahissent l'Albanie, et, en mai, l'Italie et l'Allemagne nazie signent un accord d'assistance mutuelle, le pacte d'acier. En France, les Italiens n'ont plus – l'ont-ils jamais eue ? – la cote de faveur. Lino n'en souffre pas trop. L'avenir immédiat n'incite pas à l'optimisme, surtout à la CIT : l'époque n'est plus au tourisme. Du moins dans sa conception traditionnelle.

En août, Luisa part comme chaque été.

De Parme, elle multiplie, par lettres, des appels de plus en plus pressants : elle souhaite que Lino la rejoigne. Il reçoit aussi des lettres de ses oncles, de ses cousins, lui conseillant de quitter la France. Comme il refuse, Luisa décide de regagner Paris. Mais, quand elle prend sa décision, c'est trop tard. La guerre a éclaté entre la France et l'Allemagne. Les frontières sont verrouillées ; en Italie on ne délivre plus de visa pour la France. Lino décide d'aller lui rendre visite : pour une courte période, me dit-il. Il reviendra le plus vite possible. Mais les bruits de bottes qui résonnent en Europe, le pessimisme des journalistes (« faut-il mourir pour Dantzig ? » demande Marcel Déat dans le journal *L'Œuvre*) font peser sur ce départ comme une menace de malheur. Je n'en dis rien à Lino, mais j'ai le cœur serré. Nous nous aimons. Le reverrai-je un jour ?

Je suis à ses côtés, dans le studio de la rue Baudin, quand il boucle ses valises. Sans entrain. Et même avec une tristesse qui me touche. Je sens qu'il est déchiré entre le besoin profond, impérieux, de se trouver aux côtés de sa mère dans la tourmente qui s'annonce et le désir de ne pas me quitter.

Il ne dit rien. Moi non plus. Soudain, il se redresse :

« Odette, je ne pars pas ! »

J'éclate en sanglots. C'est à ce moment que, sans rien nous dire, nous avons décidé de nous marier. Mais il nous faudra attendre encore près de quatre ans!

L'hiver arrive. Hitler et Staline, à la stupeur générale, ont signé un pacte de non-agression. On se prépare au pire; le grand mot est : « évacuation ». On redoute des bombardements massifs sur les grandes villes. On nous distribue des masques à gaz. La drôle de guerre continue – chacun campait sur ses positions – et durera jusqu'au printemps; puis soudain l'armée allemande s'ébranla. Qu'allait-il se passer ? Ce fut la percée des blindés et l'exode : les Belges d'abord, puis les habitants du Nord et de l'Est et ensuite les Parisiens partirent chercher refuge vers le sud, pour échapper aux bombes et aux vainqueurs dont on ignorait les intentions. Je me suis retrouvée, comme les autres, sur les routes, dans la voiture de ma sœur, prise dans le flot pathétique des réfugiés, sous la menace des stukas qui attaquaient les pitoyables colonnes. Faute d'essence, on s'arrêta sur la Loire, à Beaugency.

Lino, lui, était resté à Paris. Sa nationalité italienne – l'Italie avait déclaré la guerre à la France – le mettait à l'abri. Mon beau-frère possédait un garage rue de la Grange-aux-Belles, dans le quartier de la Bastille : Lino y trouva un emploi de mécanicien car la CIT avait suspendu ses activités. Il ne connaissait rien aux moteurs, mais mon beau-frère lui assura qu'il le soumettrait à un apprentissage éclair. Lino habitait alors rue Hamelin, à Paris, chez mon père qui l'appréciait : n'était-il pas devenu, officiellement, le fiancé de sa plus jeune fille ?

Inutile de dire l'émotion qui s'empara de moi – de nous – quand je retrouvai Lino à Paris en septembre ou octobre, l'armistice ayant été signé par Pétain. Des millions d'hommes étaient prisonniers. La ville était comme anesthésiée. Les troupes allemandes défilaient dans les avenues désertes. C'était sinistre et angoissant.

Avec l'Italie, les communications postales fonctionnaient mal et Lino était inquiet pour Luisa. Et pour lui-même : l'Italie étant en guerre, son ordre de mobilisation, sa feuille de route pouvaient lui parvenir d'un jour à l'autre. Nous attendions.

L'année 41 passa dans cette attente. Contre la séparation qui nous menaçait, nous étions sans armes. En octobre, Pétain rencontre Hitler ; les Allemands ont envahi la Russie. La guerre menace d'être longue. Nul ne peut deviner ce qui va se passer. Depuis plusieurs mois, Lino a demandé à Luisa, par lettre, de réunir à Parme les papiers nécessaires à notre mariage. Ce projet n'a pas soulevé, semble-t-il, un grand enthousiasme dans la famille Borrini. Lino recevait des lettres de ses oncles lui conseillant d'attendre la fin de la guerre, ou de reconsidérer sa décision. N'était-il pas le seul soutien de sa mère ? Et ne serait-il pas plus heureux avec une jeune fille née, comme lui, à Parme, issue du même milieu ? Luisa, je pense, ne faisait pas de zèle. Et peut-être les autorités italiennes tardaient-elles à constituer le dossier d'un homme sous les drapeaux ? Finalement – l'attente a été bien longue, plus d'un an –, nous recevons les documents. De mon côté, pas de difficulté. Et le 8 janvier 1942, enfin, nous passons devant M. le maire. A Saint-Pierre de Chaillot, la bénédiction est particulièrement émouvante : mon frère Jean est prisonnier en Allemagne, Luisa est en Italie. Nous avons autour de nous quelques amis juifs menacés. On se réunit chez mes parents, avenue Kléber, avec nos amis les plus proches. Je me souviens que mon père, professionnel de la cuisine, nous promit un festin digne de lui – et de nous – dès que la paix serait revenue. Le lendemain matin, après une nuit dans un petit hôtel près de l'Étoile, Lino partit tôt pour le garage.

En février, à peine un mois après notre mariage, il reçoit sa feuille de route. Nous avions presque oublié la guerre qui nous rattrapait ; dans l'appartement de la rue Hamelin, que mes parents nous avaient laissé, nous avions à peine commencé l'expérience, tant attendue, de la vie commune. Nous étions au début de notre bonheur. Et tout s'arrêtait. Lino est affecté, à Parme, à un régiment de montagne. A la gare de Lyon, la séparation est déchirante. Mon mari part pour la guerre. Je reste seule à Paris. Dès lors, une idée fixe s'empare de moi : trouver l'occasion de le rejoindre, le plus vite possible. Notre mariage me donnait droit au passeport italien – en plus du passeport français. Mais les formalités s'avèrent compliquées. Je fais le siège du consulat d'Italie. Je remplis d'innombrables demandes de visa, des papiers en tout genre. Ce n'est jamais assez.

Lino m'écrivait. De Parme, son unité avait fait mouvement en Slovénie, dans la région de Trieste, à la frontière yougoslave. On ne s'y battait pas ; le seul risque venait des « partisans » qui se déplaçaient dans cette région montagneuse. Lino m'encourageait à me rendre à Parme. Je lui manquais. Il me manquait.

Finalement, en août, mes efforts aboutirent : le consulat italien me délivre un visa temporaire. Je pris, à mon tour, à la gare de Lyon, le train pour Milan, pour un voyage de noces insolite.

A Parme, toute la famille Borrini, groupée autour de Luisa, m'attendait à la gare. Je sus, longtemps après, que mon apparition avait fait sensation. J'étais habillée, suivant la mode un peu curieuse de l'époque, d'une robe assez courte de tissu imprimé, de chaussures à hautes semelles compensées de bois (le cuir avait disparu), d'un chapeau un peu en déséquilibre sur la tête. Lino avait demandé une permission ; il serait à Parme d'un jour à l'autre. En attendant, ses cousins se disputent la gloire de sortir avec la cousine parisienne. Dans la grande tradition italienne, je me retrouve autour d'une table avec la famille et tous les amis du quartier; les plats se succèdent dans une atmosphère chaleureuse. Je ne parlais pas italien, mais Luisa est l'interprète de sa belle-fille dont elle est fière. Lino doit arriver le lendemain. Et c'est sa voix qui me réveille; je me précipite à la fenêtre. Il est là, dans la rue, en tenue de soldat italien, émouvant, souriant, heureux... présent!

Il ronge son frein dans sa garnison de Postumia, avec son unité de montagne. Le plus gros de son activité consiste à transporter des mitrailleuses. Bon pour les muscles – Lino pense toujours à sa carrière sportive – mais déprimant pour l'esprit. Pour l'instant, le plaisir de se retrouver ensemble à Parme, dans la maison familiale du borgo Paggeria, est si vif que, soudain, dans un présent plein de nuages, l'avenir reprend les couleurs du bonheur.

C'est avec allégresse qu'il m'emmène faire la tournée de ses souvenirs d'enfance. Bien sûr, l'absence de son quasi-frère Bruno Pelagatti, mobilisé au loin, l'attriste un peu, mais sur la place Ghiaia, autour du palais de la Pilotta, dans le parc ducal, de l'autre côté du torrent, au théâtre Farnèse, délabré à l'époque qui bientôt sera quasi détruit par les bombes comme la maison de Lino, à l'église San Bartolomeo, nous traînons en amoureux; il rencontre des amis prévenus de son passage en permission et de ma présence. Nous faisons la tournée des petites rues de Parme, souvenirs de son enfance. Il fait beau. Au dernier moment, Lino décide que je l'accompagnerai jusqu'à Postumia, et que nous nous arrêterons quarante-huit heures à Venise. Un vrai voyage de noces! Je crois rêver. Mais cela passe trop vite. La guerre, décidément, ne sied guère aux amoureux : Boris Vian le chantera dans quelques années. A Postumia, nous nous séparons. Le moment est triste, l'avenir indéchiffrable, la vie partout menacée. On se raccroche à de vagues espérances. Je rentre à la maison.

Octobre 42. Début d'une longue séparation. Les liaisons postales sont devenues précaires. Un ami italien, officier en poste à Paris, se propose comme agent de liaison. Je lui remets tant de lettres pour Lino – et j'en reçois de telles quantités – que cela va intriguer certains services. Notre ami saura convaincre les autorités italiennes que ce n'est là que correspondance d'une femme amoureuse et non pas le travail chiffré d'une espionne.

Je retrouve mon emploi de vendeuse, rue Saint-Honoré, chez Lisio, magasin élégant de tissus italiens que dirige un ami, M. Moratilla – qui sera, plus tard, le parrain de Milène, notre premier enfant. Au début de 1943, les importations deviennent difficiles, et tableaux et objets d'art remplacent les tissus. Mon travail me distrait un peu de ma solitude et de mon chagrin. En vérité, je ne survis qu'à travers les lettres que je reçois de Lino et celles que je lui fais parvenir. Les lettres de Lino sont vagues : il est clair que la plupart d'entre elles, sinon la totalité, sont lues par la censure. C'est bien pourquoi je n'ai aucune intuition particulière quand, un après-midi dans l'attente d'un client, je vois sa silhouette familière, rassurante, dans l'encadrement de la porte. Lino est en civil. Je reste un instant comme paralysée. Lino m'a prise dans ses bras.

« Tu as eu une permission ? balbutié-je.

– Ce n'est pas une permission, me répond-il. Je reste. »

Pour Lino commence une période de clandestinité. Il est déserteur. Avec l'approbation et l'aide de son capitaine, un antinazi convaincu, comme beaucoup d'habitants de Parme, Lino a pris la décision d'abandonner son unité. Il a obtenu une permission d'un mois. Seul son chef savait qu'il ne reviendrait pas. Il a pris le risque de traverser la frontière entre l'Italie et la France, sans autorisation. Et il a, en évitant au bluff plusieurs contrôles, atteint Paris. Une chevauchée bien dans son style !

Maintenant, pour Lino, le problème est de s'équiper de papiers satisfaisants. Où se cacher ? Une vieille amie de sa mère, Mme Graziani, l'héberge, et il reprend son travail dans l'atelier de mon beau-frère. A l'époque, la police – allemande comme française – est très active. On recherche et on déporte « terroristes », résistants, juifs, déserteurs... La chasse à l'homme est permanente. On ne peut relâcher sa vigilance.

Nous décidons d'agir comme s'il était reparti, au terme de sa permission. Nous envoyons à Luisa une lettre dans cet esprit, sachant qu'elle serait sans doute lue par la censure. A Paris, seuls quelques amis très sûrs sont mis au courant de la présence de Lino. J'ai réussi, grâce à mon beau-frère, à lui obtenir une fausse carte d'identité à un nom bien français que j'ai oublié. Mais, selon des avis autorisés, la qualité du document est très discutable.

Ces précautions n'empêchent pas les autorités italiennes de faire une enquête. Elle se limite à la visite, rue Hamelin, d'un représentant du consulat. Cela ne m'inquiète pas. Mais, quand je reçois une convocation de la rue des Saussaies, je comprends que l'armée allemande s'est chargée du dossier. Je me rends sans grande crainte au siège de la police. J'ignore, bien sûr, la violence dont la Gestapo, qui occupe les lieux, est capable – et les tortures qui se pratiquent dans cet énorme immeuble. Les eussé-je connues que mon attitude eût été moins dégagée : avec un naturel qui, je l'espère, convainc mes interlocuteurs, je joue les épouses abandonnées. Non, je n'ai aucune nouvelle de mon mari depuis qu'au terme légal de sa permission il a regagné sa garnison... Je ne sais si mon récit est jugé vraisemblable, mais je sens bien que les policiers militaires allemands ne savent rien de la présence de Lino à Paris.

J'en rajoute : je leur demande de me prévenir dès qu'ils auront des nouvelles !

Mais, en rentrant, nous décidons d'être encore plus prudents. L'enquête va se poursuivre, Lino est devenu un homme traqué. Et, à l'époque, le traitement réservé aux déserteurs est dur.

Avant tout, il faut munir Lino de faux papiers de meilleure qualité. Grâce à un de mes cousins, fonctionnaire de police et membre de la Résistance, j'obtiens une nouvelle carte d'identité. Lino est né à Lorient – ville dont toutes les archives d'état civil ont disparu dans un bombardement. Il n'a pas exactement le type breton... mais l'époque absorbe bien des invraisemblances. Plusieurs fois, il échappera à des rafles. Une fois même, place Clichy, tombé sur un barrage, d'un air très naturel, il se baisse pour renouer le lacet de sa chaussure. Alors que les policiers examinent les papiers – vrais ou faux –, il s'acharne sur son lacet tout en reculant, mine de rien. Et il se retrouve au coin de la rue, assez loin des policiers pour s'esquiver. Mais il a eu chaud.

Au magasin, j'ai rencontré un couple sympathique, les Rousseau. Pour cet été 43, ils nous emmèneront à Baracé, dans le Maine-et-Loire, près d'Angers. Un petit village, loin de tout, qui n'aura vu passer aucun Allemand pendant l'occupation ; séjour idéal pour des gens, comme Lino, en situation irrégulière, ou recherchés. Un village peuplé de gens peu curieux et peu bavards – mais accueillants et généreux. Lino pourra s'y cacher facilement, dans le petit hôtel tenu par la famille Logeret ; le père est marchand de chevaux. C'est à Baracé que, après la guerre, Lino installera sa famille, dans une grande maison que nous restaurerons avec amour.

Lino trouve le temps long ; l'inactivité lui pèse ; il se sent inutile. Je ne peux pas l'empêcher de regagner Paris ; les Rousseau lui trouvent de petits boulots. Mais il nous faut changer d'adresse. Celle de la rue Hamelin est devenue dangereuse. Nous trouvons un petit appartement avenue de Versailles – où nous resterons près de quinze ans !

Discrètement, Lino a repris contact avec des amis lutteurs, au club sportif de la Bourse, rue Montmartre. Le secrétaire général du club, le capitaine Bessac, a alerté deux grands copains de Lino, Henri Cogan, son aîné, et Gilbert Leduc – qui sera plusieurs fois champion du monde –, son cadet. Tous deux s'entraînent pas très loin de la rue Montmartre, dans la salle de culture physique du 100, rue Réaumur que dirige un ami sûr, le lutteur Albert Arnaud. C'est l'ancien immeuble de *L'Intransigeant*, occupé par les Allemands qui y fabriquent le quotidien de l'occupation, le *Pariser Zeitung*. Se cacher chez les nazis ? Pourquoi pas ? C'est ce défi que relève Lino.

Pendant toute l'année 43, il se rendra régulièrement au 100, rue Réaumur, croisant journalistes à la solde des occupants et officiers allemands ! Certains d'entre eux venaient faire de la gymnastique dans la salle ! Le régime de Vichy, au nom des grands principes, avait interdit tout sport professionnel. Pendant l'occupation, il n'y eut qu'une seule exhibition de catch – au Vél'd'hiv' : Albert Arnaud contre Stan Karoly. Les lutteurs s'entraînaient rue Réaumur et disputaient, entre eux, des matches amicaux. Un soir Leduc, qui appartient à la Résistance, n'hésite pas à emmener avec lui, rue Réaumur, un parachutiste anglais !

Aucun lutteur, bien sûr, n'ignorait la situation particulière de Lino, mais le secret fut bien gardé ! N'empêche, chaque matin, en le voyant partir, j'avais le cœur serré. Pour éviter les contrôles d'identité très fréquents dans le métro, il allait à pied de l'avenue de Versailles à la rue Réaumur. Et il rentrait à pied ; parfois, j'allais à vélo à sa rencontre sur le chemin du retour. Un couple était moins suspect en cas de vérification.

En 44, la situation se tend. Le bombardement de Billancourt nous tient éveillés toute une nuit ; la surveillance policière semble se resserrer. Le débarquement a eu lieu. La Gestapo multiplie les contrôles – et les arrestations dans le quartier. Heureusement, la fin de la guerre approche. La libération de Paris, bientôt, puis la capitulation du Reich vont faire tomber le rideau sur cette période de notre vie. Mariés depuis deux ans, nous n'avons passé que quelques semaines ensemble – et dans l'inquiétude. Pour nous, la paix revenue contient les promesses d'un grand bonheur.

4

Champion d'Europe

Si l'un de nos amis, touché par un don de divination, nous avait annoncé, dans le Paris libéré et frissonnant de l'hiver 45-46, que, quelques années plus tard, le visage de Lino, acteur de cinéma, serait affiché sur les murs, nous l'aurions traité de fou. La guerre est finie, bien sûr, mais on est encore sous le choc de ses horreurs et la vie est difficile. Pour nous, particulièrement. J'ai repris mon emploi de vendeuse chez Moratilla, faubourg Saint-Honoré. Je gagne 800 francs par mois. Pour le moment, car j'attends un enfant. Lino, qui s'est remis à l'entraînement – il n'a pas abandonné l'idée de faire une carrière sportive, car il se sent l'étoffe d'un athlète de haut niveau –, est devenu représentant de commerce. Sur la demande de nos amis Rousseau, installés rue d'Amsterdam, il vend des bas et de la lingerie féminine. Ce n'est pas du porte-à-porte mais cela y ressemble. Pour augmenter ses commissions, il est même, un temps, représentant de boîtes de chocolat, produites dans une usine de Nevers. Il se déplace en moto. Il travaille beaucoup, car la vie est chère à Paris ; le marché noir sévit encore. Nous tirons le diable par la queue, comme la plupart des jeunes gens de l'époque; mais nous sommes ensemble, heureux et confiants dans l'avenir.

Une ombre sur notre bonheur : Luisa est loin, et la guerre est passée sur le pays de l'enfance de Lino. On s'est battu dans la région, la retraite des Allemands a laissé des traces. La maison familiale du borgo Paggeria a été détruite lors du bombardement de 1944. Tout le quartier, un des plus vieux de Parme, le long du torrent et à quelques pas du palais de la Pilotta, a été touché ; le théâtre Farnese, dans le palais, a beaucoup souffert, de même que la place Ghiaia où Lino jouait, enfant, et les environs.

Luisa ne rentrera à Paris que vers la fin 46, et découvrira sa petite-fille, âgée de six mois. Lino lui a loué un studio dans son ancien quartier, parmi ses amis italiens. Très vite, elle reprendra ses habitudes, sûre d'être chez elle, en France. Elle nous étonnera un jour en nous annonçant son intention d'aller voter. Lino lui répond que c'est impossible puisqu'elle est italienne.

« Je ne leur dirai pas », tranche-t-elle.

De temps en temps, j'accompagne Lino à l'entraînement, et je rencontre ses copains lutteurs ou du moins ceux qui ont survécu. Fred Oberlander est démobilisé après une campagne glorieuse dans la première armée française, comme Gilbert Leduc. Henri Cogan, qui a milité dans la Résistance, a repris lui aussi l'entraînement sous la direction d'Albert Arnaud, le champion d'avant-guerre. Toute cette équipe de jeunes et robustes lutteurs est tentée par le catch – plus spectaculaire, plus rémunérateur aussi. Né en Amérique, le « catch-as-catch-can » (attrape comme tu peux) a été lancé en France avant la guerre et a immédiatement attiré le public. Louis Ballerey vient de codifier ses règles : il s'agit d'une lutte libre, qui autorise aussi les torsions. Dès les premiers essais, Lino fait montre de grandes facilités pour cette discipline. Ses amis ne se sont pas trompés : il est de la trempe des champions.

Je me souviens de son premier combat professionnel. C'était à Noël 1945, salle Wagram à Paris. Le combat avait été organisé par Robert Lageat, lui aussi à peine revenu de la guerre – le futur patron du célèbre Bal à Jo, rue de Lappe. Enceinte, je n'avais pu y assister, et Lino m'a raconté que sa grande surprise avait été de constater que le ring était comme noyé dans le brouillard : les spectateurs pouvaient fumer, et ne s'en privaient pas. Lino était opposé à son ami Gilbert Leduc. Avant d'accompagner les deux hommes jusqu'au ring, Albert Arnaud avait allumé d'office une cigarette et leur en avait fait tirer deux ou trois bouffées : « Pour éviter, dit-il, que vous soyez asphyxiés. » C'était la première cigarette de Lino. Après le combat, il en a allumé une seconde. L'habitude – néfaste – qui devait l'accompagner presque toute sa vie était prise ! Il n'a jamais fait de reproches à Albert Arnaud.

Je ne sais pas si Lino a gagné ou perdu ce premier combat. Mais je sais qu'il en est sorti satisfait, bien qu'un peu meurtri. Le public, qui a souvent tendance à crier au chiqué ou à croire qu'au catch tout est arrangé, n'a jamais vu un catcheur rentrer à la maison couvert d'hématomes et de brûlures provoquées par les cordes du ring – sans parler des accidents plus graves. Combien de fois ai-je soigné Lino, nettoyant ses blessures, étalant du Mercurochrome sur ses plaies ou sur ses brulûres ! Le tapis du ring n'était jamais vraiment propre, les lutteurs étaient tous victimes de furoncles, qu'ils soignaient avec une pommade spéciale. Lino ne se plaignait jamais. « C'est le métier », disait-il. Et, le lendemain matin, il reprenait sa tournée de représentant.

Le bébé qui s'annonçait était ma seule préoccupation. Entre deux tournées, Lino livre son deuxième combat professionnel, à Bordeaux, contre son ami Henri Cogan. C'est le début d'une série de rencontres en province : au trio Lino Ventura, Gilbert Leduc et Henri Cogan s'est joint un quatrième luron, un lutteur italien nommé Brossati, vivant en

Espagne; Henri Cogan a discerné chez lui un gros potentiel sportif, et il a vu juste.

En juillet 46, Milène naquit. Elle se faisait attendre. Je me souviens m'être rendue deux fois à la clinique, pour rien. L'accouchement, surveillé par notre ami le docteur Musset, fut long. Lino était à mes côtés. Il faisait très chaud : je demandais des citrons. Lino partit m'en chercher comme s'il s'agissait d'une potion magique. Quand il vit Milène, il pleura de joie. Il tint à prévenir aussitôt, par télégramme, les membres de sa famille, en Italie. Il regardait sa fille avec une sorte d'émerveillement. Le parrain était M. Moratilla, mon patron; la marraine, mon amie Jacqueline, qui venait d'épouser Fausto, l'ami de Lino à la CIT. Le bébé était magnifique. Dans ma propre famille, c'était la même émotion : un des lieutenants de Surcouf, célèbre corsaire, un de nos lointains ancêtres, disait-on, avait une descendante de plus!

Nous sommes rentrés avenue de Versailles en taxi.

J'avais, évidemment, abandonné mon emploi de vendeuse. Lino, lui, porté par le succès que le catch, à cette époque, remportait auprès du public, réalisait un autre de ses rêves : il se hissait dans la hiérarchie du sport qu'il avait choisi, et il en tirait de vrais profits. L'équipe de copains était demandée un peu partout en France, et en Europe. Lino, dont le nom montait vers la tête d'affiche, catchait en Angleterre, en Suisse. Au retour, il me décrivait l'ambiance joyeuse qui régnait durant le voyage; leur principale préoccupation – l'Europe sortait lentement de la période de restrictions – était d'apaiser leur faim pantagruélique. Dans un wagon-restaurant, poussés par la faim, ils avaient annexé à leur profit un plat prévu pour la moitié des voyageurs, au grand étonnement du maître d'hôtel. Ces tournées n'étaient pas tristes : les catcheurs étaient jeunes, ardents, pleins de vigueur, et ils ne voyaient aucune raison de ne pas mettre leurs déplacements sous le signe de la franche rigolade.

En vérité, Lino, à l'époque, se demandait si le sport lui permettrait longtemps de nourrir sa famille. Les cachets étaient modestes : une fois les frais payés, les sommes avaient fondu. A part quelques grandes vedettes – et Lino ignorait s'il atteindrait un jour ce niveau –, les catcheurs avaient du mal à joindre les deux bouts. C'est pourquoi, entre les séances d'entraînement et les rencontres, il continuait son métier de représentant.

Je voulais, de toutes mes forces, l'aider et le hasard allait réaliser mon souhait. Pour la petite Milène, j'avais confectionné une sorte de burnous avec un coupon de tissu de laine. Dans la rue, plusieurs mamans avaient remarqué ce « nid d'ange » : « C'est joli, m'avaient-elles dit. Où avez-vous trouvé ça ? J'aimerai en acheter un pour mon bébé. » Une idée naquit dans ma tête : pourquoi ne pas les fabriquer ? C'est ainsi que j'ai commencé à couper et à coudre les burnous qu'on ne trouvait nulle part. Et à les vendre.

Ce qui avait commencé comme une simple idée se développa très vite en aventure commerciale : Lino, à sa grande surprise, prenait ordre sur ordre. Il nous fallait fournir. En 1946, le tissu était rare. Lino se débrouillait pour en trouver, avec l'aide des Rousseau. La laine était encore contingentée et on tourna la difficulté en utilisant des langes ; à partir de trois langes, on confectionnait deux burnous. J'avais engagé une couturière ; dans le petit appartement de l'avenue de Versailles, on taillait, on cousait sur la table de la salle à manger ; on décolorait des rubans à l'eau de Javel dans la baignoire ! En 1947, je déposai la marque « Milène » et louai un petit atelier à Boulogne, avec plusieurs employés. Dans le même temps, Lino ne suffisant plus à assurer le réseau de ventes, on engagea des représentants. Milène produisait désormais, en plus des burnous, des petits manteaux courts d'enfant, avec capuche. Au premier salon de la confection pour enfants, à la porte de Versailles, en 1950, notre petite entreprise bénéficia d'un stand, qui obtint un vif succès. Je me souviens que des Japonais – déjà! – prirent des photos de nos modèles.

Dans le même temps que se développait la layette Milène, Lino s'affirmait comme un des meilleurs catcheurs de France dans sa catégorie (75 à 79 kilos). D'après Albert Arnaud et Louis Ballerey, il aurait été champion de France des poids moyens s'il avait été français. Mais Lino n'était pas naturalisé. C'est donc sous les couleurs italiennes qu'il dispute à Lausanne, en février 1950, le championnat d'Europe et qu'il le remporte, par tombé, après un combat difficile contre Mike Marino. C'est désormais une tête d'affiche, une vedette. Gilbert Leduc, le copain de toujours, qui a remporté le titre de champion du monde dans la catégorie inférieure (il le gardera longtemps), est le premier à le féliciter. Lino reçut une coupe et une ceinture, que j'ai conservées. A cette époque, Alain Delon était porteur de vélos pour les coureurs cyclistes du Vél'd'hiv'. « Un de mes grands regrets, dira-t-il, c'est de n'avoir jamais vu Lino catcher. »

Il ne profita pas longtemps de ce titre. Il le remit en jeu le mois suivant au Cirque d'Hiver, à Paris, face à son rival de toujours et ami fidèle, Henri Cogan. Juste avant ce championnat d'Europe, on put lire, dans *L'Équipe*, à la rubrique catch, l'article suivant :

Cogan ne craint pas Ventura.
Le champion d'Europe des poids moyens Lino Ventura est un catcheur consommé. Pourtant, l'Italien devra tirer dur, vendredi, au Cirque d'Hiver, s'il veut vaincre, car Henri Cogan, qui lui sera opposé, a du métier et un « mordant » exceptionnel.

Les deux hommes vont se tirer une « bourre » qui promet d'être animée.

Cinq jours plus tôt, le gala de l'Union des artistes a eu lieu au Cirque d'Hiver, dans une ambiance d'allégresse, avec les étoiles du moment : Pierre Brasseur, Jean Marais, Annie Ducaux, Maurice Chevalier... Lino, tout nouveau champion d'Europe est une des vedettes avec Gilbert Leduc qui, dans la même réunion, met en jeu son titre de champion du monde. Henri Cogan, qui rencontre Lino sous les couleurs françaises, est évidemment un des favoris du public. Mais Lino étrenne son titre. Contrairement à mon habitude, je ne suis pas venue au Cirque d'Hiver car je suis enceinte de sept mois de mon deuxième bébé. Je vois Lino partir sans inquiétude : auréolé de son titre tout neuf, mon bonhomme est heureux, sûr de lui – en pleine force et en pleine forme.

Deux heures plus tard, le malheur va nous frapper et infléchir le cours de notre vie.

Trente minutes environ après le début du combat, qui soulève l'enthousiasme des spectateurs – le Cirque d'Hiver est plein –, Cogan pratique un « body slam », ou enfourchement : il a pris Lino entre les jambes, l'a soulevé au-dessus de sa tête avant de le projeter au sol. L'adversaire a le temps de tourner sur lui-même avant de retomber sur le dos. Une prise spectaculaire mais classique à ce niveau, que les deux adversaires ont déjà, l'un sur l'autre, souvent pratiquée sans problème. Mais cette fois, c'est le drame. Henri Cogan m'a lui-même raconté la scène :

« Lino n'est pas arrivé au sol sur le dos ; sa jambe coincée dans le tapis du ring n'a pas glissé comme prévu, elle a freiné le corps, et il est resté debout. Cela n'arrive jamais. J'ai entendu un bruit affreux et soudain j'ai vu Lino, à mes pieds, le visage déformé par la douleur. J'étais anéanti. »

A cette époque, la radio ne diffusait pas les rencontres de catch comme ce fut le cas plus tard. Je fus avertie par téléphone. C'était René Musset, mon accoucheur, notre ami, qui appelait de l'hôpital Lariboisière. Musset était lui-même lutteur amateur. Lino et ses copains allaient souvent s'entraîner chez lui, quai des Orfèvres. Il assistait à toutes les réunions à Paris.

« Odette, entendis-je, Lino a eu un accident... Gilbert Leduc vient de l'amener à Lariboisière...

– J'arrive », dis-je.

Au Cirque d'Hiver, les spectateurs, frustrés, criaient : chiqué ! Sur le ring, Lino avait beaucoup souffert. Sa jambe était brisée en plusieurs morceaux : fracture ouverte du tibia et du péroné. Stupéfiant : il n'y avait pas de médecin de garde, pas de poste de secours, pas de civière ! Gilbert Leduc dut confectionner des attelles de fortune avec l'aide de René Musset.

Quand j'arrivai, Lino était aux urgences. Je me précipitai vers lui :

« Ça ira, Mounet. Ne t'en fais pas », me dit-il d'une voix blanche.

Gilbert Leduc était reparti pour le Cirque d'Hiver disputer son championnat du monde (qu'il remporta) face à l'Américain Harry Fields.

René Musset avait pratiqué une réduction d'urgence (qui permit à Lino d'éviter l'opération). Mais une radiographie était nécessaire. Quand l'infirmier entreprit d'appliquer à Lino, un peu brutalement, un masque chloroformé dans l'intention de l'endormir, Lino eut un réflexe de catcheur : d'un revers du bras, il repoussa l'infirmier qui alla percuter le mur ! Finalement, il se laissa faire.

Les soins donnés sur place par René Musset avaient évité l'intervention. Lino sortit de l'hôpital avec une jambe plus longue de un centimètre environ (d'habitude c'est le contraire qui se produit). Mais il réussit assez vite à compenser, avec une talonnette, la légère claudication qui s'ensuivit.

Il resta cinq jours – le minimum – à Lariboisière. L'infirmier blessé réapparut avec un pansement sur le visage : ils se réconcilièrent.

Je venais le voir chaque jour. Il rongeait son frein :

« Le catch, c'est fini pour moi, me dit-il. Je sais bien que les copains me racontent des “ craques ” quand ils me disent que je vais reprendre l'entraînement. »

Dans l'hebdomadaire *But et Club* daté du 3 avril 1950, on peut lire un reportage titré : « Catch à sensation au Cirque d'Hiver ». Une première photo montre Gilbert Leduc en mauvaise position face à Harry Fields avec la légende : « Gilbert Leduc, en difficulté, deviendra pourtant champion du monde des poids mi-moyens. » Une deuxième photo montre Gilbert Leduc, rayonnant, recevant une coupe. Et la troisième est celle d'un catcheur recouvert d'une couverture, descendu du ring sur une civière de fortune par deux officiels et par Henri Cogan : Lino. Commentaire : « Le catch n'est pas un sport de tout repos. Au cours de la rencontre opposant l'Italien Ventura, champion d'Europe, à Cogan, le premier nommé eut la jambe fracturée. On voit ici Cogan aidant à transporter son malheureux adversaire. »

Je ne pus aller chercher Lino à l'hôpital : c'est Gilbert Leduc qui le ramena à la maison. Cet accident arrivait au plus mauvais moment. J'allais accoucher de Laurent d'un jour à l'autre. La Sécurité sociale était embryonnaire. Nous avions englouti dans l'affaire Milène la totalité de nos économies, nous avions même emprunté. L'avenir qui, une semaine plus tôt, nous semblait souriant changeait soudain de visage. Mais Lino, immobilisé dans son plâtre, n'eut pas un instant de découragement :

« Le catch, c'est bien fini, me dit-il. Mais j'ai mon idée et ça marchera...

– Ton idée ?

– Je serai manager et organisateur. Je connais tout le monde dans le métier. Tu peux dormir tranquille. »

Il y avait dans la voix de Lino une certitude, une confiance qui balayaient les doutes et les inquiétudes. Il souffrait mais il me souriait. Il ne remonta plus jamais sur un ring. Curieusement, douze ans plus tard, il affrontera de nouveau Henri Cogan, devenu cascadeur de cinéma, mais ce sera à l'occasion d'un film, *Les Tontons flingueurs*, de Georges Lautner. Et cette fois, c'est Lino qui, pour les besoins du scénario, jettera son adversaire au tapis.

Peu après son retour à la maison, ma sœur Yvonne m'accompagna, en taxi, à la clinique Blomet où m'attendait René Musset. Lorsqu'on annonça à Lino, par téléphone, qu'il avait un fils, il se rendit à la clinique en autobus, au mépris des consignes de prudence : on lui avait changé son plâtre le matin même ! Il arriva sur une jambe, en équilibre sur ses béquilles. Je me rappelle avoir entendu le bruit qu'elles faisaient dans le couloir. Pour lui, la joie d'avoir un fils passait au-dessus de tout : comme si le destin avait voulu réparer une erreur – ou une injustice. Gilbert Leduc sera le parrain.

Lino, guéri, se mit aussitôt au travail. Deux mois d'immobilité avaient aiguisé son impatience. Il entreprit, en même temps, de réactiver les ventes de l'affaire Milène que j'avais un peu négligées et de débuter dans la carrière de manager de catch. Ce fut rapidement une double réussite. « Milène » repartit. Et, quand il annonça son intention de constituer une écurie de catcheurs, les postulants affluèrent. C'était la preuve de sa popularité dans le milieu, et de l'amitié que lui portaient ses camarades : ils l'aidaient, à leur façon. Lino en fut très touché; par la suite, il me parlera souvent de ces témoignages de solidarité.

Il eut bientôt, groupés autour de l'ami Gilbert Leduc, champion du monde, une vingtaine de garçons choisis pour leur esprit sportif et leur motivation : René ben Chemoul, les frères Laroche, Claude Montourcy, Roger Delaporte... Lino se chargeait de leur trouver des combats et négociait leurs contrats. Parfois, il était manager et quelquefois organisateur. A cette époque, il y avait, chaque semaine, à Paris et en banlieue quatorze réunions de catch, dans des salles bourrées à craquer. A l'Élysée-Montmartre, le dimanche après-midi, il y avait deux mille cinq cents personnes; à la Mutualité, trois mille personnes et autant à la salle Wagram. On catchait aussi au Central et au Stadium – et surtout au Vél'd'hiv' – où Lino, lui, n'avait jamais combattu (son ami Delaporte m'a dit qu'il y avait vu dix-huit mille spectateurs). Le catch était la folie du début des années 50, Lino sut profiter de cet engouement.

En ce qui me concerne, dans notre petit appartement, j'étais désormais plus préoccupée par Laurent, âgé de quelques mois, et par Milène, trois ans et demi, que par la vente de nos layettes ou les contrats signés par Lino. Il travaillait énormément, partait en tournée, revenait exténué et passait ses dimanches à jouer avec ses enfants.

Un jour de 1951, à midi, il arriva à la maison par surprise – Laurent avait dix-huit mois – et me dit d'un ton solennel : « Odette, nous avons une voiture! » A l'époque, une voiture était un luxe: les jeunes, aujourd'hui, ont du mal à le comprendre. J'ai pris Laurent dans mes bras, Lino a pris Milène par la main, et nous nous sommes précipités dans la rue. Il s'agissait d'une 4 CV Renault grise, d'occasion. Elle nous parut somptueuse. Je me revois encore faisant fièrement le tour du pâté de maisons avec toute notre petite famille.

Une voiture, c'était surtout, pour nous, la possibilité de nous rendre plus facilement à Baracé : par le train, il fallait changer au Mans, descendre à Sablé, prendre un taxi – toute une expédition. Là-bas, Milène et Laurent faisaient l'expérience de la liberté : ils construisaient des cabanes dans le jardin du prieuré, resté à l'abandon. Les enfants des Logerais nous accueillaient avec joie. Lino avait gardé tous ses amis de l'occupation et aimait retrouver les villageois : Michel Panneau, le boucher, Henri Demarre, et bien d'autres. Tous joueurs de boule de fort. Rien à voir avec la pétanque : spécialité de ce pays des bords de Loire, ce jeu se joue en salle couverte, sur un terrain concave en terre battue; la boule a treize centimètres de diamètre, un peu plate, décentrée, ce qui l'amène à retomber sur son « fort ». Le jeu consiste à la lancer d'une façon très précise, en tenant compte de la pente du terrain et de la position du « fort ». Le trajet de la boule est beaucoup plus difficile à prévoir qu'à la pétanque. On dit que ce jeu a été introduit par les Anglais durant la guerre de Cent ans. Lino adorait la boule de fort. Il était capable d'y jouer plusieurs heures d'affilée, voire des nuits entières. Tout nous paraissait simple – et définitif. Et, de nouveau, un croche-pied du destin. Lino avait organisé une réunion de catch au Mans. A Paris, mes parents gardaient Milène et Laurent. On avait décidé de profiter de ce voyage pour nous rendre à Baracé, en amoureux. Entre Le Mans et Angers, une voiture, en nous doublant, nous fait une queue de poisson. La route était bombée. Lino dut braquer soudainement et la 4 CV partit en tonneaux. Je fus éjectée au troisième et me retrouvai allongée sur la route sans pouvoir allonger les jambes. Je pensais : « Paralysée, mais pas morte. » Lino, prisonnier de la voiture, hurlait mon nom. Je lui montrai, en bougeant, que j'étais vivante. Des automobilistes vinrent à notre aide. Ce furent les seuls témoins, car le coupable avait disparu (on le retrouvera plus tard et il sera condamné). Lino était indemne. J'avais une fracture du bassin, on m'emmena à la clinique de La Flèche. Aussitôt que possible, Lino me ramena à la maison et on oublia l'accident.

A la 4 CV inutilisable succéda une Aronde neuve qui diminua encore le temps pour rejoindre Baracé. Une autre « superbe voiture » qui, à la grande fierté de Lino, atteignait facilement les cent vingt kilomètres à l'heure. A Paris, Lino continuait de se partager entre notre affaire de layette et l'organisation des combats. Il semblait ne pas regretter l'époque où il montait sur le ring. Lino n'était pas un homme de regrets.

Puis Albert Arnaud, le champion, le professeur, l'ami, qui avait ouvert sa salle à Lino, traqué pendant l'occupation, mourut. Tous les catcheurs français, très émus, se réunirent pour ses obsèques, conduits par Stan Karoly, une sorte de colosse au crâne dénudé, déjà vedette avant guerre. La mort d'Arnaud marquait la fin d'une époque. Pour Lino, elle annonçait, avec quelques mois d'avance, le plus important tournant de sa vie.

5

Le coup de bluff des débuts

Sur le premier rendez-vous de Lino et du cinéma, combien de témoignages, de récits vécus, de souvenirs personnels ai-je lus ou entendus! Tous différents, bien sûr. Comme si les gens du métier se faisaient un point d'honneur d'avoir « découvert » Lino, d'avoir été à la source de sa carrière ou du moins d'avoir participé à ses premières séquences. Les débuts de Lino, leur caractère imprévu, les incertitudes qui les entourèrent, et finalement l'ampleur des conséquences – le succès – ont donné naissance à une sorte de légende. Lino s'en étonnait lui-même :

« C'est fou, me dit-il un jour en riant, le nombre de personnes qui ont été à l'origine de ma carrière d'acteur! »

Encore récemment, je lisais un article parlant de « coup de foudre ». Quel coup de foudre ? L'entrée de Lino dans le monde du spectacle a été une longue suite de hasards, d'hésitations, de réflexions, de doutes. Mon mari était tout sauf un homme de spectacle. C'était même, à mon avis, un homme totalement dépourvu des dispositions de caractère indispensables pour faire ce métier. Il était intraverti, ne laissait rien paraître des émotions, des élans, ou des refus qui naissaient en lui. Il ne faisait jamais de « cinéma » et, à coup sûr, il n'aurait jamais pensé qu'un jour le cinéma deviendrait son métier.

Le cinéma, il l'aimait – nous l'aimions en tant que spectateurs. Passionnément. Dès avant la guerre, je l'ai écrit, nous nous précipitions dans les salles, et peu de grands films nous échappaient. Lino avait une passion pour Jean Gabin. Nous avions vu plusieurs fois, à Paris, *Pépé le Moko, Quai des brumes, La Grande Illusion*. Nous en discutions avec des amis. Lino aimait les acteurs de l'époque, s'intéressait à eux ; mais l'idée qu'il pût, un jour, passer de la salle à l'écran et devenir lui aussi un comédien ne l'avait jamais effleuré.

Son expérience de sportif professionnel l'avait mis en contact avec le public, et il en avait gardé une sorte de rejet, de réserve. Il est vrai que le public du catch est particulièrement exigeant et souvent injuste. Lino était un homme discret par nature, et il détestait se faire remarquer. Un jour, nous avions parlé de la vie des vedettes de cinéma, telle que les journaux la racontaient avec une foule de détails indiscrets et il avait dit :

« Être connu, dans ce métier, ce doit être terrible. On ne peut plus être soi-même. »

Son admiration, à part celle qu'il avait pour Gabin, allait aux grands Américains : James Cagney, qu'il imitait parfois, Humphrey Bogart, Gary Cooper, Spencer Tracy. Après la Libération, nous avions, ensemble, découvert le néoréalisme italien, qui donnait la priorité à l'histoire sur ceux qui l'interprétaient ; nous avions été séduits par *Rome ville ouverte*, de Rossellini, *Sciuscia, Le Voleur de bicyclette, Umberto D*, de De Sica, *Quatre Pas dans les nuages*, de Blasetti, *Vivere in pace*, de Zampa. (Plus tard, Lino tournera un film avec De Sica.) Ce cinéma vérité, fait de simplicité et d'humour, plaisait à Lino ; il se retrouvait dans le « popolino », le petit peuple italien. Dans le même esprit, nous avions beaucoup aimé, en 1950, *Au-delà des grilles*, avec Gabin, de René Clément. Mais, non plus que la sophistication et le star-system hollywoodiens, le néoréalisme n'avait conduit Lino à penser qu'il pourrait un jour passer de l'autre côté, celui des acteurs. Il se sentait à des années-lumière de ces ombres ; leur monde lui paraissait à la fois inaccessible et indifférent. Le domaine de l'illusion, de la poudre aux yeux – le contraire de celui du sport, qu'il connaissait et où il se sentait en accord avec lui-même.

Pour l'instant – nous sommes en 1953 –, le sport répond à ses attentes et, en grande partie, à nos besoins. Son bureau d'organisation de matchs démarre bien. Il est content de son écurie de catcheurs, des jeunes hommes sympathiques qu'il a choisis auxquels il procure, en association avec son ami Gilbert Leduc, des combats dans toute la France. Le mercredi, c'est à Paris, en général à la salle Wagram – que dirige un homme d'origine hongroise, Paul Marton. Assez rapidement, de manager, Lino devient coorganisateur de réunions, ce qui est logique. Comme je continue à fabriquer et à distribuer la layette Milène, notre vie est plus confortable. Baracé reste notre refuge des fins de semaine, avec Milène, six ans et demi, et Laurent, trois ans. Les fantômes et les drames de la guerre mondiale encore proche s'éloignent. Staline est mort au mois de mars, la guerre de Corée est terminée, et la grève générale du mois d'août a tourné court. L'avenir nous paraît souriant. Je pense aujourd'hui que cela s'appelle le bonheur.

Un mercredi soir, avenue de Versailles, Lino qui est rentré tard – après la réunion de catch hebdomadaire – me dit avant de s'endormir qu'il a revu un ami de la CIT, Emmanuel Cassuto. « Tu t'en souviens ? » me demande-t-il. Bien sûr que je m'en souviens.

« Il n'a pas changé, dit Lino. Maintenant, il travaille dans le cinéma. »

Ce n'est que le lendemain que j'en apprendrai davantage. Cassuto, le copain d'avant-guerre, est devenu le représentant d'Unitalia Films, une société d'exportation et de production en France. Il n'a pas rencontré Lino par hasard. Il est venu le voir. Et avec une proposition : Cassuto est en train de monter une production franco-italienne, en association avec le magnat de la presse Cino Del Duca (propriétaire d'un journal à succès, *Nous Deux*) et le producteur Robert Dorfmann. Ce film sera signé par Jacques Becker, assistant de Renoir dans *La Grande Illusion*, devenu un des metteurs en scène français les plus célèbres. Il a réalisé récemment *Casque d'or*, avec Simone Signoret et Serge Reggiani, et *Rue de l'Estrapade*, avec Daniel Gélin et Anne Vernon. Le futur film est tiré d'un roman d'Albert Simonin, un des premiers auteurs français à avoir été publiés par la prestigieuse « Série noire » de Marcel Duhamel ; son titre – ce sera aussi celui du film : *Touchez pas au grisbi*. L'histoire d'un truand qui décide de se retirer après un gros coup, mais qui, pour sauver un ami, est obligé de reprendre du service et qui perdra son butin dans l'aventure. Cela se passe en France, de nos jours.

Jacques Becker, plutôt tenté par la comédie légère, du genre *Falbalas*, n'était pas très enthousiaste. Dorfmann, à qui il est lié par contrat, l'a persuadé de tourner le sujet en le mettant au défi de refaire un policier : « Tu te sens trop vieux ? » lui a-t-il demandé. Et il lui a projeté un de ses films d'avant-guerre : *Atout cœur*. Piqué, car les problèmes d'âge le préoccupent, Becker a accepté. Peu après, le roman a obtenu le prix des Deux-Magots. Becker a d'abord proposé le rôle principal, celui de Max le menteur, à Daniel Gélin : il a la réputation de ne pas aimer les « vieux » acteurs. Gélin l'ayant refusé, Becker s'est tourné vers François Périer qui a accepté. Mais, finalement, Becker a changé d'avis et – suivant les conseils de son entourage – il est allé voir le vieux Gabin. Clairement, c'est lui qui correspond le mieux au personnage de Simonin.

« Ça m'intéresse, a dit Gabin. Mais je sais que le môme François Périer est sur le coup. Je ne ferai rien s'il n'est pas d'accord. »

En définitive, cela s'était arrangé, et Gabin avait signé.

Dans le roman, il y a un gangster un peu raté, une sorte de trafiquant à qui une fille amoureuse (Jeanne Moreau) donne un tuyau précieux : son amant âgé (René Dary), nommé Riton, a fait avec Max un « coup » exceptionnel. Le grisbi est planqué. Le raté décide de s'en emparer. Il s'appelle Angelo. Pour les besoins de la coproduction, il faut un acteur italien : Cassuto a pensé à Lino – qu'il n'a pas vu depuis des années, mais dont il a suivi la carrière sportive. Il a le physique de l'emploi. Il en a parlé à Jacques Becker et à Marc Maurette, son assistant.

Marc Maurette m'appela au téléphone. Lino n'était pas là.

« C'est pourquoi ? demandai-je.

– S'il vous plaît, dites-lui de rappeler Jacques Becker, le metteur en scène. De la part de M. Cassuto. »

Quand Lino rentra, étonné, il forma le numéro. J'étais dans la cuisine. Il tomba sur Jacques Becker, qui lui fixa rendez-vous chez le producteur. Becker parla d'un film qu'il préparait et conclut en disant : « Je peux avoir besoin de vous. »

« Je ne sais pas ce qu'il me veut au juste, me dit Lino en raccrochant. Je lui ai dit que j'étais un lutteur devenu organisateur et que je ne voyais pas ce que je pouvais faire pour lui. S'il a besoin de gros bras, j'ai proposé de lui envoyer quelques-uns de mes catcheurs en activité – italiens ou pas. Mais il a insisté pour que je vienne moi-même. »

Entre-temps, Cassuto avait assuré à Becker, à Marc Maurette et à Jean Becker, fils de Jacques, ses assistants, qu'ils ne trouveraient jamais un meilleur Angelo. La distribution, qui comprenait Jean Gabin, Jeanne Moreau, Dora Doll, René Dary, Daniel Cauchy, était terminée – sauf le rôle de Pierrot et celui d'Angelo. Pour ce dernier, on avait essayé, en vain, plusieurs comédiens. Aucun n'était plausible. On avait même fait lire un texte au veilleur de nuit de la banque qui se trouvait, sur les Champs-Élysées, au rez-de-chaussée de l'immeuble où Robert Dorfmann, le producteur, avait ses bureaux. Catastrophe.

Le lendemain, Lino se rendit avec ses photos de catcheur chez Cino Del Duca, pour rencontrer Becker. Quand il revint à la maison, il me montra une feuille de papier pliée en quatre.

« Tu vas rigoler, Odette, c'est moi qu'ils veulent ! On m'a donné un rôle à apprendre !

– Tu as accepté ?
– Non.
– Et alors ?
– Becker a tellement insisté que j'ai pris le papier. Regarde ! »

C'était une scène à plusieurs personnages, la première du film. Angelo expose sa situation dans un monologue (on appelle ça un « tunnel ») à Max le menteur (Gabin), Riton (René Dary) et Pierrot le barman (Frankeur).

« De vraies vedettes, me dit Lino. Tu imagines ? »

Le rôle d'Angelo n'est pas le plus important – Max le menteur et Riton sont au centre de l'histoire –, mais il est le moteur de l'action et comporte de vrais moments de bravoure. Angelo n'est pas sympathique – même franchement ignoble –, mais il est puni pour ses mauvais sentiments.

« Tu vas apprendre tout ça ? demandai-je.

– Non », dit Lino.

Le lendemain, Jacques Becker téléphonait à la maison. On sut, plus tard, qu'il avait dit à Dorfmann et à Cassuto : « Ce type, c'est Angelo, tu as raison. S'il est capable de dire son texte, je le prends ! » Il annonça à Lino qu'il envoyait son assistant, Marc Maurette, deux jours après (c'est-à-dire dimanche) à la maison :

« Il vous fera répéter le texte que je vous ai donné.

– J'ai pas besoin de répéter, répondit Lino. Qu'il vienne s'il y tient... »

En raccrochant, il me dit quelque chose comme :

« Ces gens de ciné exagèrent un peu, non ? Je ne suis pas à leur disposition ! »

Mais il apprit le texte par cœur. Et quand Marc Maurette arriva avenue de Versailles, dimanche matin, il le récita avec un naturel parfait. C'est du moins ce que m'assura Maurette car, moi, j'avais jugé judicieux de m'éclipser : j'étais descendue avec Milène et Laurent faire des achats au marché de l'avenue de Versailles. Je n'ai jamais été présente quand Lino jouait. Même pas cette fois-là.

Quand je remontai avec les enfants, Marc Maurette était sur le point de partir. Il paraissait très excité :

« Madame, me dit-il, votre mari est formidable ! »

Lino haussa les épaules ; il était de mauvaise humeur.

« Il m'a fait recommencer, bougonna-t-il. (Et il ajouta, en pouffant de rire :) Il paraît que je suis génial ! »

J'apprendrai plus tard que Maurette, en effet, frappé par son naturel, lui avait demandé de redire le texte en s'interrompant au milieu d'une phrase pour allumer une cigarette avec son briquet. Un vieux truc : un comédien qui a bien potassé son rôle peut alors perdre ses moyens : le rythme étant différent, il peut hésiter, se troubler. Cela n'avait pas été le cas de Lino. Il avait allumé sa cigarette et enchaîné sans aucune gêne, toujours naturel. Maurette n'en revenait pas. A peine dehors, il s'était précipité vers une cabine téléphonique et avait déclaré à Becker :

« Jacques, il est parfait ! Tu sais à quel point je suis méfiant d'habitude ! Eh bien, tu as ton Angelo. Et le meilleur possible... »

Ce n'était pas le sentiment de Lino qui pensait avoir, par une prestation qu'il jugeait douteuse, mis un terme à toute cette histoire sans intérêt :

« Je ne sais pas ce qui m'a pris d'accepter de faire ces simagrées. A mon âge ! me dit-il. Allez, on n'y pense plus. Je t'emmène dîner dehors avec les enfants, il fait beau (nous étions en septembre). »

Le lendemain, il refusa de parler au téléphone à Marc Maurette et partit pour le bureau. Dans la scène suivante – tout cela défile dans ma mémoire comme un film –, Jacques Becker et Marc Maurette sont à la maison. Ils se sont arrêtés en revenant des studios de Boulogne-Billancourt.

« Vous êtes un acteur naturel, dit Becker. Vous l'ignorez, mais c'est ainsi. Vous n'êtes pas timide, vous serez excellent dans le film... »

Peut-être, en tête à tête, Becker cita-t-il à Lino une phrase de Guitry qui se grava dans sa mémoire : « Tous les hommes sont des comédiens, sauf quelques-uns, qui sont des acteurs » ? Toujours est-il que Lino finit par se rendre aux arguments de Becker. Il irait revoir Robert Dorfmann pour étudier la possibilité d'un contrat. Combien cela lui rapporterait-il ?

« Cent mille francs, dit Becker.

– Bon. Mais je n'ai rien accepté, dit-il à Becker, sur le pas de la porte. On verra. »

Cent mille francs, c'était une belle somme pour l'époque. Lino gagnait 5 000 ou 6 000 francs par mois... Dans un restaurant, un bon repas coûtait trois cents francs.

Il avait déjà une idée en tête. Il me l'exposa aussitôt :

« Ces gens m'ennuient. Je n'ai rien à faire de leur cinéma. J'ai trente-quatre ans et deux enfants. Et même si on me donne ce rôle dans ce film, qu'est-ce que cela veut dire ? Et après ? Je deviens acteur ? Tu peux imaginer ça, Mounet ? »

Et, après un temps :

« Je vais leur demander tellement de fric qu'ils vont abandonner leur idée et me virer, vite fait. Tu verras ! »

C'est ce qu'il fit peu après, lors de son entrevue avec Robert Dorfmann au bureau des productions Corona, 55, Champs-Élysées.

« Combien me donneriez-vous ? demanda Lino.

– Cent mille francs », répondit Dorfmann.

Lino se leva.

« Vous n'avez pas de temps à perdre, moi non plus. Ce que je veux est tellement loin de ce que vous m'offrez qu'il est inutile de discuter. »

Interloqué, Dorfmann demanda :

« Mais combien voulez-vous ?

– Un million, laissa tomber Lino.

– Un million ? Mais dans ce film, Jeanne Moreau, qui vient de tourner *Le Fleuve étincelant* avec Jean Renoir, touche 750 000 francs et Dora Doll 300 000, Daniel Cauchy a 200 000 francs ! Il paraît que vous êtes bon, mais vous n'avez jamais tourné... Et il ne s'agit que d'une semaine de tournage ! Gabin pour le rôle principal – et douze semaines de travail – touche 10 millions... Je peux vous donner 100 000 francs. C'est tout.

– Je n'ai rien demandé, répondit Lino. Je vous donne mon prix. J'ai un métier, je suis organisateur de matches ; j'ai calculé le manque à gagner et ce que je vais perdre à la suite de mon absence. C'est à prendre ou à laisser. »

Dorfmann n'était pas habitué à ce genre de propos. Il se leva.

« Au revoir », dit Lino.

Et il s'engagea dans le long couloir au bout duquel se trouvait le bureau de Dorfmann.

« Et tout d'un coup, m'a raconté Lino, j'ai entendu sa voix : " Revenez, monsieur, c'est d'accord. " »

« En le voyant s'éloigner, de sa démarche lourde mais souple de lutteur qui regagne son coin avec ses épaules larges, sa légère claudication, a raconté Robert Dorfmann, j'ai entendu les paroles de Becker : " Ce type, c'est Angelo ; il me le faut. " Et je lui ai signé un contrat, avec ce qu'il demandait. J'ai toujours pensé qu'un film, c'est avant tout du talent, et j'en avais, j'en étais sûr, devant moi. »

« Il m'a signé mon contrat, me dit Lino en rentrant. Regarde : un million ! Le bluff a réussi... »

Il ajouta :

« Mais maintenant, il faut y aller ! »

Je suis certaine qu'en exprimant des exigences aussi élevées, et en restant sur ses positions, il pensait sincèrement provoquer un refus. En aucun cas, j'en suis sûre également, il n'aurait accepté de baisser son prix. C'était un bluff, pas une base de discussion. Et surtout, pour lui, le moyen de sortir glorieusement du piège où, par amitié pour Cassuto, il s'était laissé prendre. Et, au contraire, le piège s'était verrouillé. A mon avis, Lino avait sous-estimé deux facteurs : la volonté de Becker de l'avoir dans son film et l'intelligence de Dorfmann. Un producteur de qualité, à qui on devait déjà des films comme *Jeux interdits, Gervaise, Les Tricheurs*, etc., un homme qui donnait – qui a toujours donné – une priorité aux créateurs et aux artistes.

En quelques minutes, mon mari était devenu un acteur de cinéma et même, sans doute, le débutant le mieux payé du cinéma français. Un débutant de trente-quatre ans ! Tout cela tenait un peu du conte de fées – ou de l'histoire de fou...

C'était l'opinion de Lino. La perspective de toucher un million de francs – le gros lot – lui souriait, mais sa joie n'était pourtant pas sans inquiétude.

« C'est signé, d'accord, me dit-il, mais cela ne veut pas dire grand-chose au fond. Si je suis mauvais, ils me vireront... »

Je m'employai à le rassurer. Tout le monde l'avait trouvé bon dans la scène d'essai qui devait être la première du film. (A ce sujet, je signale que cette scène avec Gabin, René Dary et Paul Frankeur a curieusement disparu de la cassette qu'on peut se procurer dans le commerce.) Je lui dis qu'il serait aussi bon sur un plateau.

« Sur le plateau, dit-il. Bon Dieu, je n'y ai jamais mis les pieds. Et je vais me trouver face à Gabin ! Non mais, tu te rends compte ? »

Je crois qu'il ajouta, à mi-voix :

« Face à Pépé le Moko ! »

Je ne pense pas que Lino avait le trac, dans le sens où on l'entend d'habitude. D'ailleurs, tout au long de sa carrière, je crois qu'il n'a jamais connu le trac – ce cauchemar des acteurs. Il ne connaissait que le doute pendant la période qui précédait sa décision. C'est à peine si je le sentais un peu plus nerveux aux premiers jours de tournage. Pour le moment, il était à la fois impatient, incrédule et préoccupé. A notre ami Fausto, je l'entendis confier ses doutes, un dimanche, alors que nous promenions ensemble nos enfants à la Muette :

« Je vais me couvrir de ridicule. »

Et il ajouta :

« Pauvre Odette ! Pour elle, ce ne sera pas drôle ! »

J'ignore ce qu'il voulait dire exactement. Peut-être envisageait-il les conséquences d'un échec ? Ou autre chose ? En ce qui me concerne, ce qui lui arrivait ne m'enchantait pas vraiment. J'avais, moi aussi, une méfiance instinctive à l'égard du monde du cinéma. Lino me l'avait, pour ainsi dire, communiquée. Dans ma tête passaient des images de baisers appuyés, d'enlacements de starlettes aguichantes, de partenaires séduisantes qui deviendraient autant de tentations. Comme toute femme amoureuse, j'étais jalouse. Je supportais mal que Lino entrât dans ce monde de facilités pour lequel il était si peu fait.

Bien sûr, Lino ne sut rien de ces réflexions. Lui-même, dans les jours qui suivirent, parla de tout, sauf de cinéma. Il se rendit, avec Marc Maurette, chez un tailleur de l'avenue de Wagram, son ami Giuffreda, pour essayer les costumes prince-de-galles un peu voyants d'Angelo. Nous sommes allés au cinéma voir *Le Blé en herbe*, d'Autant-Lara ; et, un matin, je le vis quitter seul la maison avec son sac, exactement comme s'il allait disputer un combat de catch. Mais, cette fois, le ring avait la dimension des studios de Boulogne-Billancourt, et Lino ne connaissait pas les règles du jeu.

6

Touchez pas à Lino

« Dès que j'arriverai au studio, je m'arrangerai pour voir M. Gabin. Et si quelqu'un me cherche..., sur la figure, et je rentre ! »

Lino avait cet air décidé, buté même, que je lui connaissais. Je me demandai pourquoi voir Gabin était si difficile.

« Mounet, me dit-il, Gabin a la réputation d'avoir très mauvais caractère. Il n'aime pas être dérangé avant de commencer à travailler. Moi, je m'en fous. J'irai le voir...

– Mais pourquoi ?

– Parce que, si je lui déplais, je me tire. Et tant pis pour ce qui arrivera ensuite ! »

Je compris que ces propros n'étaient pas lancés au hasard, pour exorciser je ne sais quelle crainte. Lino avait pris une décision. Et il ne revenait pas sur ses décisions.

Je ne savais pas que Jean Gabin, que nous admirions sans l'avoir jamais rencontré, était une sorte de terreur parmi les professionnels du cinéma. Comment l'aurions-nous su ? Vedette, avant la guerre, de quelques-uns des meilleurs films français, il avait tourné à Hollywood et s'était engagé à New York, en 1943, dans les forces navales de la France libre. En 1944, il avait, comme fusilier marin, participé à la campagne d'Alsace. Les journaux l'avaient présenté sous l'uniforme du libérateur. Notre héros était un héros ! Nous savions qu'à Paris il avait retrouvé Marlène Dietrich ; tous deux avaient tourné ensemble *Martin Roumagnac* que nous avions vu ; le film ne nous avait pas emballés, mais Gabin était à peine changé, à part ses cheveux blancs, après six ans. Nous avions vu aussi *Miroir*, un film de 1947, et l'excellent *Au-delà des grilles*, de René Clément. Nous savions aussi, par les journaux, qu'après sa rupture avec Marlène Gabin avait épousé un jeune mannequin de chez Lanvin, Dominique, alors qu'il jouait *La Soif*, de Bernstein, au théâtre. Nous étions bien loin de penser que Dominique deviendrait – bientôt – notre meilleure amie !

Tous ces films récents n'avaient pas été des triomphes, non plus que *La Vierge du Rhin*, le dernier en date. Mais pour nous, en dépit de ce qu'écrivaient des journalistes, il était resté le grand Gabin.

En vérité, avec le *Grisbi*, Becker et Dorfmann lui donnaient, avec ce rôle de truand qui prend sa retraite, une nouvelle chance. Mais nous l'ignorions – comme nous savions peu de chose de son vrai caractère – jusqu'à l'entrevue avec Becker. Celui-ci, avec franchise, avait averti Lino.

Car, contrairement à ce que j'ai souvent lu et entendu, Lino avait été engagé sans jamais avoir rencontré Gabin (pas plus que les autres acteurs du film). Il n'avait pas tourné de « bout d'essai » – Becker s'était contenté du monologue récité à la maison et s'était fié à son intuition. Gabin n'avait donc pu – contrairement à une légende – lui donner la réplique en concluant : « C'est très bien, môme! »

Ç'aurait certainement été souhaitable, et cela aurait rendu les choses plus faciles pour Lino, ce matin-là; mais, malheureusement, ce n'était pas le cas : Lino allait pour la première fois affronter son idole, qui ne deviendrait jamais sa terreur. L'embarras de l'entourage, des amis et des collaborateurs de Becker l'avait suffisamment averti. Ils étaient inquiets. Pas lui. Il avait décidé de prendre le taureau par les cornes.

Et, comme je l'avais prévu, il a mis son plan à exécution. En arrivant à Boulogne, il est tombé sur Jean Becker, fils et assistant de Jacques, et quelques autres.

« Je veux voir M. Gabin. »

Comme il s'y attendait, sa déclaration ne souleva pas d'enthousiasme.

« Il y eut un silence gêné, me raconta-t-il le soir, puis quelqu'un dit qu'il était préférable d'attendre un peu que M. Gabin arrive sur le plateau par exemple... Il se mettait en colère, et ensuite tout le monde en pâtissait. »

Ne devait-on pas tourner, pour commencer, la scène que Lino avait répétée, mais cette fois avec Max et le gros Pierrot (Lino, plus tard, me dit que le rôle de Pierrot n'avait été attribué à Paul Frankeur qu'au dernier moment) ? Ce serait l'occasion idéale pour faire connaissance...

Lino écoutait sans sourciller.

« Je veux le voir avant, confirma-t-il d'une voix ferme. Où est sa loge ? »

Après un silence, raconta-t-il plus tard lors du « Grand Échiquier » que lui consacra Jacques Chancel, un « innocent » se présenta. C'était Jean Becker qui le conduisit d'une démarche un peu hésitante. Lino frappa à la porte. Micheline Bonnet, l'habilleuse de Gabin depuis des années, l'entrebâilla.

« Qui est-ce ? demanda-t-elle d'une voix parigote et nasillarde.

– Je suis Lino Ventura. Je joue dans le film, et je veux voir M. Gabin. »

Lino savait que Gabin avait été averti qu'il allait tourner avec un débutant et que celui-ci avait obtenu un cachet exorbitant. (« Il est fort, ce rital », avait commenté Gabin.)

Lino, dans l'entrebâillement, avait volontairement haussé le ton : Micheline, obéissant à la consigne, allait lui refermer la porte au nez, quand une voix, que Lino reconnut aussitôt, se fit entendre :

« Qu'est-ce que c'est ? »

Lino répéta :

« Je suis Lino Ventura. Je veux voir M. Gabin.

– Bon, ben, entrez », dit la voix.

Lino est entré et est resté planté devant Gabin en maillot de corps, les bretelles pendant sur son pantalon, qui l'observait en silence. Puis Gabin dit :

« Ça va ?

– Ça va. »

Gabin lui serra la main.

« Bon, ben, à tout à l'heure », ajouta-t-il.

Ce fut tout.

Il n'y avait pas d'hostilité dans sa voix, me raconta Lino. Et même comme une nuance de sympathie. Ou du moins de complicité.

« Je sentis un poids énorme tomber de ma poitrine, dit Lino. Je savais que cela pouvait bien se passer. J'étais tranquille. »

Que serait-il arrivé, ce matin du premier jour de tournage, si Gabin avait refusé de le voir, ou si, sur le plateau, il lui avait fait la tête ? Tout le monde – je l'ai su longtemps après – redoutait une phrase du genre : « Ah, c'est toi le rital inconnu qui se fait payer comme une star ? » Gabin était familier de ces réflexions sans aménité. Encore aujourd'hui, je pense sincèrement que Lino aurait dit à Jacques Becker : « Trouvez un autre Angelo. » Il aurait tourné le dos, abandonné rôle, cachet et carrière au cinéma. Notre vie aurait pris une autre direction. Lino, je l'ai dit, ne changeait jamais d'avis, quand il avait mûri une décision.

Tout au contraire, cette rencontre de l'hiver 53 fut le début d'une longue, riche et constructive amitié à laquelle je fus étroitement associée, ainsi que Dominique, la femme de Jean – qui est toujours une fidèle amie. Même nos jeunes enfants, plus tard, ont fraternisé à l'occasion de vacances familiales à Trouville. Dès le début du tournage, Gabin et Lino se sont reconnus. Ils sont même, rapidement, devenus inséparables. Beaucoup de choses les rapprochaient : le souvenir de leur enfance difficile, leur amour du sport. La différence d'âge, quinze ans – on appelait Gabin : le vieux –, n'était pas un obstacle. Leurs goûts correspondaient : pour les vrais copains, la cuisine, le bon vin. Ils détestaient, tous deux, le snobisme, l'affectation, l'aspect poudre aux yeux du métier d'acteur, les soirées mondaines, les cocktails où l'on parle pour ne rien dire.

Le soir même, Lino me dit :

« Ce type est encore mieux que ce que nous pensions ! »

Il ajouta, pensif :

« Dire que je tourne dans un film avec lui, et que nous sommes, comme ça, devenus amis. »

Dominique Gabin m'a raconté que, au soir du premier tournage, Jean, qui d'habitude ne faisait aucun commentaire sur son travail, lui avait déclaré : « Il y a un type dans le film, c'est quelque chose ! Celui-là, ça m'étonnerait qu'on n'en reparle pas. »

Les Gabin habitaient alors rue François-1er. Nous allions chez eux, ils venaient chez nous, avenue de Versailles. Nous dînions dans des petits bistros. Notre amitié n'a jamais eu d'ombre. J'ai lu beaucoup de commentaires sur la rencontre Jean-Lino. On a écrit que Gabin avait soudain compris que son successeur venait d'apparaître devant lui et qu'il aurait éprouvé des sentiments mélangés. L'amitié qui les liait était simple, sans arrière-pensées, et elle n'a jamais faibli ; ni l'admiration que Lino portait à son aîné. Gabin a tout fait pour appuyer Lino, lui transmettre son expérience, avec une franchise absolue, et l'aider à trouver d'autres rôles. Après la mort de Jean, je suis restée très liée avec Dominique. Elle m'a confirmé la nature du sentiment que Gabin avait pour Lino : il l'aimait comme un fils et le tenait pour un très grand professionnel.

« Je n'ai jamais entendu Jean formuler un jugement négatif sur lui », m'a-t-elle dit.

J'ai encore fait, récemment, un voyage en Corse avec Dominique (j'écris ceci à la fin de 1991). Les Gabin, après la naissance de Linda, notre troisième enfant (Jean était son parrain), se sont intéressés dès le début à notre fondation « Perce-Neige » pour handicapés. Aujourd'hui, son fils Mathias organise chaque année, sur le champ de courses de Moulins-la-Marche, le prix « Perce-Neige-Jean Gabin », dont les profits vont à l'association, et à laquelle de nombreux amis fidèles donnent un éclat particulier. L'amitié entre les deux hommes subsiste, au-delà de leur disparition.

Le tournage du *Grisbi*, le premier de Lino et – il le pensait sincèrement – le dernier, ne fut pas sans histoire. Le public a gardé le souvenir d'un excellent film en noir et blanc (on disait film de gansters). La merveilleuse musique de Jean Wiener est encore dans les mémoires. Ce fut un grand succès, devenu un classique, même si la critique a été, au début, sévère. Lino, qui découvrait le métier d'acteur, se demandait à quoi tout cela allait aboutir.

Quand il est rentré à la maison, après le premier jour de tournage, Milène, huit ans, s'est jetée dans ses bras :

« Alors, papa, comment ça s'est passé ?

– Bien », a répondu Lino, laconique comme d'habitude, et Milène avait été déçue.

Le premier jour, après une répétition avec tous les acteurs, Becker a dit : « Moteur ! » Il a suffit d'une seule prise. Becker avait prévu un plan général qu'il pourrait découper ensuite (ce qu'il fit). Mais, à coup sûr, il n'avait pas prévu que cela irait aussi vite et aussi bien. On m'a dit que tout le monde était stupéfait, et que cette surprise, succédant à tant d'inquiétudes, s'était traduite, sur le plateau, par un énorme éclat de rire – de soulagement ! Gabin, pour sa part, fut frappé par le naturel de Lino, même s'il n'en laissa rien paraître.

A la fin de la journée, il dit à Becker :

« Tu ne me feras jamais croire que ce type n'a jamais fait de cinéma ! »

A Lino, il se contenta de dire, d'un ton bourru :

« C'était bien. A demain. »

Cela commença facilement, mais bientôt des difficultés surgirent. Les fameuses scènes de l'échange (otages contre lingots d'or) devaient être filmées sur une route, à l'ouest de Paris, mais on était en hiver, et un brouillard persistant poussa Dorfmann à aller terminer le film dans le sud de la France. Un matin, Lino m'annonça qu'il partait pour quelques jours rejoindre Jean Gabin et le reste de la production. C'était son premier voyage professionnel d'acteur.

« J'aimerais t'emmener », me dit-il.

Mais Milène et Laurent me retenaient à Paris. On décida que j'irais un peu plus tard le retrouver. Ce fut pour moi la découverte du tournage d'un film – et de ses soumissions : une nuit, toute l'équipe fut immobilisée jusqu'au petit matin dans le froid parce que la lumière des phares d'une voiture, une traction avant, ne correspondait pas à ce qu'exigeait le metteur en scène. J'étais frappée par la dépense que cela représentait ! Je découvris aussi, à Nice, au Negresco, la vie de palace ; et avec Lino et Jean Gabin, le plaisir de fréquenter, le soir, les petits restaurants du vieux Nice.

Ce transfert vers le midi de la France n'arrangeait pas certains comédiens, et en particulier Daniel Cauchy qui jouait Fifi, un gangster de la bande d'Angelo. Il tournait en même temps, à Paris, un autre film, *Monte-Cristo*. Il demanda donc à regagner Paris le plus tôt possible, et c'est pourquoi, dans une scène insolite, il est éjecté sans raison apparente sur une route déserte par la bande de Gabin dont il est le prisonnier...

A la fin du film, Lino périt et Gabin sort vainqueur de la confrontation (mais le grisbi disparaîtra dans l'incendie d'une voiture). La morale est sauve. Dans le Midi, l'amitié entre les deux hommes se consolida. Leurs carrières vont se développer en parallèle, grâce à Gabin. Dans cinq autres films, Lino sera le partenaire de Jean : *Razzia sur la chnouf*, *Le rouge est mis*, *Maigret tend un piège*, *Crime et Châtiment*, *Le Clan des Siciliens*. Il sera tué, trois fois encore, par celui qui est devenu notre grand ami, et dont il est un peu, au début, l'ombre portée. C'est avec *Le Clan des Siciliens* qu'il sortira de cet emploi qui semble le destiner à être automatiquement éliminé par son idole : dans ce film, Lino policier, arrête Jean Gabin. N'empêche : le cercle est rompu. Le souvenir de Gabin, pourtant, ne l'abandonnera jamais. Un de ses derniers rôles – en 1982 – est celui de Jean Valjean dans *Les Misérables*, de Robert Hossein. Lino hésitera longtemps avant de l'accepter.

« Tu te rends compte, me dit-il, après Frédéric March, Harry Baur. Et Gabin ! »

Vingt ans s'étaient écoulés depuis que Jean avait joué le personnage au cinéma (dans le film de Jean-Paul Le Chanois et

Michel Audiard, en 1957) ; mais Lino hésitait à marcher sur les traces de son aîné.

Le tournage terminé, Lino reprit son activité de « match-maker » et moi la surveillance de notre petite entreprise de layette. Très sincèrement, Lino pensait que cette prestation resterait une parenthèse dans notre vie – un souvenir agréable : il avait fait une expérience passionnante, bien rémunérée ; il avait gagné l'amitié d'une de nos idoles, Jean Gabin, que nous continuions à voir régulièrement.

Pendant ces trois semaines de tournage, Lino avait aussi été frappé par l'esprit d'équipe qui régnait sur le plateau :

« Il y a vraiment des types " bien " dans ce métier. »

Entre la fin du tournage et la sortie du film, cinq ou six mois s'écoulèrent. C'était normal – et il était normal aussi qu'aucune proposition ne vînt vers Lino – puisque personne, sauf les gens de la production, ne pouvait juger sa prestation. Fut-il surpris, voire déçu, par ce silence ? Il ne m'en dit rien, mais j'ai le souvenir qu'un jour, alors qu'on lui parlait cinéma, quelqu'un lui demanda ses projets, il répondit avec humeur :

« Oublions tout ça, voulez-vous ? »

Dans son esprit, l'aventure du *Grisbi* devait rester sans suite. La preuve : il avait insisté pour apparaître au générique non pas sous son vrai nom, mais sous celui de sa mère, Borrini.

Ce sentiment fut renforcé, lors de la sortie, par une critique très hésitante – pour ne pas dire méchante. J'ai conservé quelques articles de presse dont celui de Georges Charensol dans

Les Nouvelles littéraires. En voici un extrait : « La vive sympathie que nous éprouvons tous pour Jacques Becker n'est pas une excuse pour manifester à ce film une indulgence qu'il ne mérite pas ! » Heureusement, les journalistes furent plus indulgents pour Gabin – comme pour Lino. *France-Soir* : « On peut s'interroger sur les qualités du film, mais la création de M. Sanipoli dans le rôle d'Angelo est fantastique. » Malgré l'erreur sur le nom (Sanipoli était un acteur italien connu qui faisait partie de la distribution), c'était bien à Lino Borrini que s'adressait le compliment. Et dans le métier, comme on dit, sans même que Lino en eût connaissance, le bruit s'était répandu qu'un talent était né aux côtés de Gabin, dans le film de Becker. Notre ami, Claude Pinoteau, assistant et futur réalisateur du *Silencieux*, a bien résumé la situation. Lino était pratiquement devenu acteur, sans le savoir : « Pour Lino, dit Pinoteau, ce premier rôle a été déterminant. Becker a eu l'intelligence de lui demander d'être lui-même, et rien de plus. Lino s'est donc trouvé très à l'aise. Il n'avait pas à jouer ni à dire un texte étranger à son propre langage et à sa spontanéité, et Gabin a su le mettre totalement à l'aise. Lino est venu avec sa personnalité, cette manière directe qu'il avait dans ses rapports avec les autres êtres humains dans la vie, avec cette force qui était la sienne. Il se trouvait devant une caméra qui ne l'impressionnait pas du tout, il s'est comporté comme partout ailleurs. A la fin du film, il a trouvé que ce n'était pas difficile. Becker et tous les autres l'avaient jugé formidable, mais il n'en avait tiré aucun orgueil. »

La carrière de Lino avait commencé. Mais il ne le savait pas !

7

Les premiers succès

Le succès de *Touchez pas au grisbi* auprès du public surprit beaucoup Lino, d'autant plus que les critiques, tout en épargnant Jean Gabin et en signalant la bonne prestation de l'inconnu Lino Ventura, avaient été peu indulgentes. On a souvent dit, et écrit, que Lino n'aimait pas les journalistes. C'était vrai. Même avant le *Grisbi*, il jugeait trop facile l'exercice de la critique, il pensait que le verdict des juges était, souvent, rendu avec légèreté, sans tenir compte du travail fourni, mettant l'accent, avec partialité, sur les défauts ou les erreurs de l'œuvre. De même, la recherche de la sensation, ou de l'indiscrétion, l'irritait. Plusieurs fois, il sera trahi par des journalistes auxquels il a fait confiance. On publia même des interviews totalement inventées ! Au fil des ans, et la demande augmentant avec le succès, sa méfiance ne fera que croître.

En 1954, après la sortie du *Grisbi*, la réalité confirme ses craintes. Il a été remarqué par la presse dans le rôle d'Angelo – « quelle présence ! » lit-on dans une revue –, mais il découvre aussi une série d'âneries ou de médisances. Quand on ne déforme pas son nom, quand on ne le confond pas avec un autre acteur, on lui attribue des origines siciliennes (lui qui est né à Parme), on dit qu'il est un mauvais garçon, qu'il a fait de la prison.

« Je ne suis même pas connu, me dit-il un soir, très en colère, en déchirant une revue de cinéma (il y en avait plusieurs dizaines à l'époque), et on écrit n'importe quoi à mon sujet ! »

Ce genre de réflexion a pour conséquence de renforcer sa décision d'arrêter là son expérience d'acteur de cinéma. Non pas qu'il ait souffert au cours du tournage. Au contraire : il y a pris du plaisir et il en retire une certaine fierté. Il a rempli son contrat au-delà de ce qui était prévu, il a interprété le rôle d'Angelo avec facilité et – on le dit – naturel ; de l'avis général, son coup d'essai a été un coup de maître. Jacques Becker a confié qu'il a été lui-même stupéfait par la facilité et le sens de l'improvisation de Lino. En particulier dans les scènes du début, quand Lino s'approche d'une table de restaurant où sont déjà installés Gabin et Dary : tout en leur parlant, il découpe avec un naturel parfait une tranche de pain et de saucisson qu'il se met à manger. Comme cela, sur le papier, cela paraît simple. Mais sur un plateau, sous les caméras, une improvisation de ce genre est difficile – et très rare.

Autre sujet de fierté et de satisfaction, l'amitié que lui porte Jean Gabin. Lino a aussi découvert et apprécié la camaraderie qui règne sur le plateau :

« C'est une vraie équipe », m'a-t-il dit.

Il aimait ça. Et, enfin, détail non négligeable, le million de francs, montant du cachet, qui a amélioré notre trésorerie.

Pourtant, Lino n'envisage pas de continuer à « faire l'acteur », malgré les conseils des camarades du studio. Il ne se considère pas comme membre d'une profession qui, d'ailleurs, mettra quelque réticence, par la suite, à l'accueillir.

« Si cela m'était arrivé à vingt ans, me dit-il, cela aurait sans doute été différent. »

Dès le dernier jour de tournage, il a regagné son bureau de la rue Marcadet et repris son activité d'organisateur.

D'ailleurs, les propositions de films ne se bousculent pas. Le *Grisbi* est sorti en mars 1954, nous avons assisté à la première, avec les personnalités et les journalistes : évidemment, l'intérêt s'est porté sur Jean Gabin, la vedette, et sur la jeune Jeanne Moreau à qui on prédit une grande carrière. Jean Gabin, qui n'a pas eu, depuis longtemps, un tel triomphe personnel, s'apprête à tourner *L'Air de Paris*, de Marcel Carné, rôle pour lequel il obtiendra un prix d'interprétation à Venise. Juste avant la première du *Grisbi*, il nous a invité à la salle Pleyel, à une sorte de soirée d'hommage public, en présence de Michèle Morgan, Arletty, Madeleine Renaud, Carné, Grémillon, Delannoy, Decoin, etc. Le Tout-cinéma se déployait sous nos yeux! On lut des messages enregistrés de Jean Renoir, Yves Montand et Jacques Becker. Serge Reggiani récita un poème spécialement composé par Jacques Prévert qui commençait par : « Le regard toujours bleu et encore enfantin... » André Brunelin (qui écrira, bien plus tard, un excellent livre sur Gabin, Robert Laffont éditeur) avait réalisé un montage d'extraits de films de Gabin, des *Gaietés de l'escadron* (1932) à *Touchez pas au grisbi*, en passant par *Les Bas-fonds, Pépé le Moko, La Grande Illusion, Quai des brumes, Le jour se lève, Remorques, La Marie du port, La Vérité sur bébé Donge, La Minute de vérité*. Dans sa loge, Gabin semblait ému. Il nous avait placés pas très loin de lui. Il avait dit à Lino :

« Regarde, mon gars, tu vas voir ce que c'est, vingt-cinq ans dans ce métier! »

Le lendemain, alors que les journaux avaient légendé une photo de lui « Gabin a pleuré à Pleyel », il nous dit, furieux :

« Les cons ! J'étais seulement en train de me moucher ! »

Et il ajouta, à l'intention de Lino :

« Tu vois, il faut faire gaffe à tout ce qu'on fait. Même quand tu éternues, tu dois avoir l'œil. »

Puis Jean Renoir lui proposa le rôle vedette de *French Cancan*. Gabin savait que Charles Boyer l'avait refusé, mais il accepta tout de même : son premier film en couleurs ; et un succès. Tout de suite après, il signa avec Henri Decoin pour *Razzia sur la chnouf*.

Ce fut la seconde chance de Lino : il y avait un rôle de dur à distribuer. Gabin exigea qu'on le proposât à Lino.

C'était au début de 1955, près d'un an après le *Grisbi*. On avait presque oublié le cinéma. Même avec les Gabin, on n'en parlait guère. Lino parut presque surpris de la proposition : il décida de refuser.

« Le catch marche bien, me dit-il. Je ne vais pas replonger là-dedans. »

Mais je sentais bien qu'il hésitait et qu'il était tenté. Il y eut un dîner avec les Gabin : Jean lui donna le roman d'Auguste Le Breton – un rival de Simonin – qui avait servi de base au scénario. Lino le lut très vite et le trouva intéressant. A Gabin était attribué le rôle principal, celui d'Henri Ferré, dit le Nantais. Lino devait incarner un tueur glacé, Roger le Catalan. C'est l'histoire de la reprise en main d'un réseau de trafiquants de drogue, avec mise au pas des récalcitrants, par un caïd venu de New York, Gabin, qui est en réalité un policier infiltré. Le grand patron de la drogue, Liski (Marcel Dalio), sera finalement arrêté avec tous ses complices. L'histoire de *Razzia sur la chnouf*, sa construction rappellent un peu le *Grisbi*. Certains

La place Ghiaia à Parme,
ville natale de Lino.
Sa grand-mère Adalgisa y tenait commerce
de fruits et légumes.

C'était son terrain de jeux quand,
quarante ans avant *Taxi pour Tobrouk*,
il portait déjà le béret de marin.

Lino avait pour Luisa, sa « mamma »,
une véritable adoration.
(Photo Romano Pizzigoni.)

Notre mariage à Paris en pleine occupation allemande. A mes côtés, ma mère. Sauf dans ses films, je n'ai plus jamais revu Lino avec un chapeau et un parapluie.

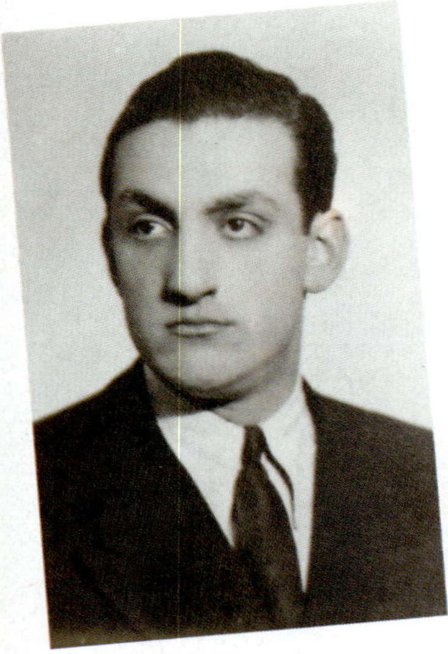

Lino à vingt ans, employé à la Compagnie italienne de tourisme sur les boulevards, à Paris.

Nos dernières vacances avant la guerre mondiale.

Toute la vie de Lino
fut marquée par le sport.
A dix-sept ans,
il fait de la lutte gréco-romaine.
A vingt-cinq ans,
il est champion d'Europe de catch.

Grande vedette de cinéma,
Lino n'aurait jamais manqué le
« foot du samedi »,
au Stade-Français, à Saint-Cloud.
(Photos A. de Martignac.)

Dîner en famille (avec moi et Mylène) dans notre appartement de la rue Alfred-Bruneau avant la naissance de Linda. *Ci-dessous,* Lino et Linda, notre petite fille « différente ».

Autour de moi, les amis de Lino qui parrainent aujourd'hui « Perce-Neige » : Pierre Tchernia, Jacques Chancel, Michel Drucker, Jean-Claude Brialy.
(Photo Joël Brunerie.)

Lino la tendresse : avec Clélia, la petite dernière, née en 1961. *Ci-dessous* avec Linda, en vacances dans les Pyrénées.

Lino l'amitié : les photos de ces deux pages sont toujours accrochées aux murs de son bureau : Georges Brassens en visite à « Perce-Neige ». Jacques Brel avec Claude Lelouch dans *L'Aventure c'est l'aventure*.

Ceux que Michel Audiard appelait le Vieux (Jean Gabin), le Môme (Delon), le Rital (Lino) ici réunis dans *Le Clan des Siciliens*.
(Photo D.R.)

La complicité du métier dans l'amitié : avec Claude Pinoteau, réalisateur, et Jean-Loup Dabadie, scénariste. La dédicace dit : « A Lino pour la vie ! »

Espion, lève-toi ! A Zurich, avec Claude Boisset *(à gauche)*, Michel Piccoli et Norbert Saada, le producteur copain.
(Photo D.R.)

Malgré les sourires qu'ils échangent dans *Boulevard du rhum*, de Robert Enrico, le courant n'est pas vraiment passé entre eux.
(Photo L. de Raemy/Sygma.)

Sur l'affiche originale de son premier film, le nom de Lino ne figure même pas. Jean Gabin, qui lui ouvrit les portes du métier, resta toujours son maître, son modèle et son ami.
(Photos Christophe L. et coll. famille Ventura.)

dirent que l'auteur s'en était inspiré. Le film est aussi un documentaire sur le monde de la drogue en France – le premier.

Finalement, Lino accepte de tourner *Razzia sur la chnouf* parce que Gabin l'y pousse vivement et parce qu'il sympathise, dès la première rencontre, avec Henri Decoin, lui aussi un ancien sportif. Le rôle lui paraît moins intéressant que celui d'Angelo ; pour la deuxième fois, il meurt à l'écran.

« Cette fois, je suis bien mort, me dit-il après le tournage. Je ne vais pas passer mon temps à tuer et à me faire tuer ! »

Moi, j'ai du mal à retrouver dans cet ignoble individu, cet assassin sans scrupules, encore plus impitoyable qu'Angelo, l'homme tendre, attentif, rigoureux qu'est mon mari. Ce sentiment d'incrédulité, sinon de rejet, je l'éprouverai d'ailleurs longtemps en voyant Lino déguisé en tueur, en exécuteur, capable de terrifier une salle ! Quel soulagement quand il abandonnera ce genre de rôle !

Razzia sur la chnouf n'eut pas le même succès que le film de Becker dont il s'inspirait. L'amitié de Lino et de Jean Gabin en sortit renforcée. Nous dînions de plus en plus souvent ensemble ; nous sommes même allés à la Pichonnière, le grand domaine que Gabin avait acheté en Normandie et au cœur duquel il construira plus tard sa maison, la Moncorgerie.

Après la *Razzia*, Jean Gabin enchaîna les tournages. Cinq films en 55, quatre en 56, dont *La Traversée de Paris*. Et *Les Misérables* où il est Jean Valjean, rôle qu'on proposera vingt ans plus tard à Lino.

Lui a repris son métier après ce deuxième intermède. Il est toujours organisateur de galas sportifs, et moi toujours directrice de la layette Milène. Et, de nouveau, le cinéma s'éloigne de nous. Cette année-là, on assiste au premier vol de la Caravelle, James Dean se tue en voiture à vingt-quatre ans, Grace Kelly devient princesse de Monaco. Marilyn Monroe épouse Arthur Miller. Au cinéma, comme spectateurs, nous voyons *Le Monde du silence*, du commandant Cousteau, *Les Diaboliques*, de Clouzot. Gabin tourne tellement que lui aussi semble un peu s'éloigner. Mais, bientôt, nous allons avoir la preuve qu'il n'a pas oublié Lino, son nouvel ami.

Celui-ci, bien qu'il joue les indifférents, s'impatiente un peu. Je devine qu'il attend quelque chose, c'est-à-dire une proposition. Un rôle. Et je comprends que, maintenant, il aime ça ! Il a pris un impresario (il ne le gardera pas très longtemps), celui de Gabin, André Bernheim ; je le surprends au téléphone :

« Rien de nouveau ? »

Il n'y a rien de nouveau jusqu'à la fin de l'année, où Bernheim propose à Lino un rôle dans un film que prépare Ralph Habib, *La Loi des rues*.

Lino lit le scénario et, assez vite, accepte. Pas question, bien sûr, d'abandonner son activité principale, mais il est clair qu'il est heureux de retrouver le chemin des studios. Il ne s'en cache pas. Et je comprends que le virus du métier l'a envahi.

La Loi des rues est tirée, comme *Razzia sur la chnouf*, d'un roman d'Auguste Le Breton, en partie autobiographique. Cette fois, ce n'est pas Gabin, mais Raymond Pellegrin qui est le chef des truands, Jo. Un jeune orphelin (Jean-Louis Trintignant) s'évade d'une maison de correction, gagne Paris où il découvre la dure loi des rues et des mauvais garçons. Parmi eux, Mario, interprété par Lino. Dans le film, on trouve Sylvana Pampanini, Fernand Ledoux – et un inconnu qui fait, à son tour, ses débuts : Louis de Funès !

La Loi des rues n'obtint pas non plus un énorme succès auprès du public, mais le film marque une date dans la carrière de Lino : il devient l'ami du premier assistant, Claude Pinoteau, avec qui il fera plus tard quelques-uns de ses meilleurs films.

« J'ai tout de suite compris, m'a dit Claude Pinoteau, que j'avais affaire à une personnalité exceptionnelle. Lino ne se prenait pas pour un grand acteur. Il était modeste, ce qui est très rare dans ce métier : il observait tout, avec une grande curiosité. Même quand il ne tournait pas, il venait voir ce qui se passait sur le plateau. Tout l'intéressait. Il s'asseyait un peu à l'écart et il regardait... En même temps, il savait se faire respecter. »

De son côté, Lino a senti tout de suite les possibilités du jeune assistant. Et il ne l'oubliera pas.

La Loi des rues terminée – près d'un mois de tournage –, Lino reprend son métier, mais le cœur n'y est plus. Il est devenu comédien. André Bernheim l'envoie de temps en temps dans une production qui recherche un « dur » – puisque c'est son emploi, en général, dans le quartier des Champs-Élysées. Lino me parle peu de ces démarches, qui doivent lui coûter. A tel point que, bientôt, il refuse de se déplacer.

« S'ils s'intéressent à moi, qu'ils aillent voir le *Grisbi*, ou *Razzia*, dit-il un jour à Bernheim (les cassettes n'existaient pas). J'en ai assez d'aller présenter ma gueule à ces personnages qui hochent la tête.

– Mais tout le monde le fait !

– Pas moi ! »

Un de ses copains de catch, un peu inquiet, se confie à moi :

« Il pense plus au cinéma qu'au catch, Lino ! On s'inquiète au bureau. »

Mais le cinéma hésite à penser à lui. Survient alors dans notre vie un inconnu, qui a repéré Lino : Claude Sautet, assistant de Maurice Labro. Il prépare *Action immédiate*, scénario de Frédéric Dard, futur San Antonio, d'après un roman de Paul Kenny. Les dialogues sont d'Yvan Audouard. C'est une histoire d'espionnage. Un alliage secret et indispensable à la fabrication de fusées stratégiques a disparu. Francis Coplan, l'as du 2e bureau (Henri Vidal), enquête avec son auxiliaire féminine (Barbara Laage) chez un intermédiaire peu recommandable. Lino tient le rôle d'un ignoble gangster nommé Beres, chargé des basses œuvres. Dans le film, il est toujours couvert de sang, à tel point que, lors de la projection, je n'ai pu rester jusqu'au bout. J'avais plutôt envie de rire, car la cruauté du personnage le rendait, à mes yeux, totalement invraisemblable. Quand je confiai ma réaction à Lino, il me dit :

« Mais, Mounet, c'est du cinoche ! Et c'est un rôle important. »

C'était exact : on le voyait souvent, mais toujours dans des scènes d'une extrême violence. Même Claude Sautet en riait. A cette occasion, Lino et Claude sont devenus amis. Et Lino, qui n'oubliait jamais une amitié, sera, en 1958, à l'origine de la vraie carrière de Claude Sautet.

Le monde de l'espionnage dans lequel se déroulait le film (Coplan était, en 1955, un héros romanesque assez populaire) avait plu à Lino. Il était attiré par ces héros de l'ombre. Beaucoup plus tard, en 1987, quand le journaliste Charles Villeneuve l'emmènera déjeuner à la « Piscine », boulevard Mortier, dans l'intention de monter un film inspiré de la lutte contre le terrorisme, Lino sera très frappé par les chefs du contre-espionnage français, les as du SDECE, le général Jeannou Lacaze et le général Imbot. Après le déjeuner, il dira à Charles Villeneuve :

« Ça, ce sont des hommes ! Vous, les journalistes, vous pouvez aller vous rhabiller... »

Lino m'a confié, un jour, qu'un de ses regrets était de n'avoir jamais fait partie des services secrets français :

« Ce boulot, c'est comme la lutte. L'erreur ne pardonne pas. Et on travaille pour un idéal, pas pour la galerie ! »

« Je serai donc toujours un tueur ! se lamente Lino.

– Mais non, lui répond Gilles Grangier. Mais non ! Un jour, tu verras, on te proposera un rôle d'efféminé. Mais attends un peu... »

Dans *Le rouge est mis*, de Gilles Grangier, avec Jacques Deray et Jacques Rouffio comme assistants, Lino va retrouver Jean Gabin. Trois ans ont passé depuis le *Grisbi*. C'est aussi, pour Lino, une rencontre capitale pour la suite de sa carrière : celle de Michel Audiard, scénariste et dialoguiste. Le début d'une longue amitié et d'une collaboration étroite – qui durera vingt-quatre ans et ne sera interrompue, après *Garde à vue*, que par la mort de Michel.

Le rouge est mis est, encore une fois, tiré d'un roman de Le Breton. Un nouveau rôle de gangster pour Lino, qui devient Pepito le Gitan, un sbire de Gabin. Annie Girardot joue le rôle d'une manucure amoureuse de Jean. Lino la retrouvera comme partenaire dans *Le Bateau d'Émile*, de Denys de La Patellière, qui aura la malchance de sortir pendant les événements de Mai 68.

Gilles Grangier, réalisateur du *Rouge est mis*, était un vieil ami de Gabin. Ancien régisseur, il le connaissait depuis 1936. En 1953, il a tourné avec lui *La Vierge du Rhin*. Puis *Gas-oil* en 1955, occasion de la première rencontre Grangier-Gabin-Audiard. Le trio d'amis allait devenir un quatuor !

Demandé – peut-être imposé – par Gabin au producteur Alain Poiré et à Gilles Grangier, Lino réussit très vite à faire leur conquête. Il était heureux d'avoir été adopté par cette équipe ; un seul détail l'inquiétait : il devait tuer Gabin à la fin du film avant d'être tué lui-même. Alain Poiré voulait une fin heureuse, mais Gilles Grangier avait maintenu sa version. Lino s'en serait bien passé :

« Même au ciné, me dit-il, ça m'ennuie de buter Jean ! »

Presque aussitôt, Gilles Grangier et Michel Audiard font engager Lino pour *Trois jours à vivre*, avec Daniel Gélin et Jeanne Moreau. Le tournage a lieu pendant l'été 57, à Saint-Maurice (il sortira en 58). Une expérience nouvelle pour Lino : la productrice passait son temps à chercher de l'argent (pour payer techniciens et acteurs) ! C'est d'ailleurs l'histoire d'une médiocre tournée théâtrale en province qui, si j'ose écrire, tourne mal. Lino, une fois de plus, est un assassin : évadé de prison, il décide de se venger et de tuer l'acteur qui l'a dénoncé. Le rôle de Lino – qui s'appelle Lino Ferrari – n'est plus un second rôle. Mais, surtout, il a rapproché Lino de Michel Audiard.

Lino en est à son sixième film. « Il a, écrivent des journalistes, " crevé l'écran " » et, désormais, scénaristes et réalisateurs s'adressent directement à lui. On lui envoie des livres, des manuscrits. Il les trouve d'ailleurs rarement à son goût. Un conseil de Gabin lui trotte dans la tête : « N'oublie pas que, pour faire un bon film, il y a trois conditions : une bonne histoire, une bonne histoire, une histoire. » Nous sommes en 1957. En janvier, Humphrey Bogart est mort et Eric von Stroheim mourra en mai. Le 1er avril, au Palais des Sports, nous assistons à la victoire du boxeur Alphonse Halimi, qui devient champion du monde des poids coq. Lino, lui, a le choix entre plusieurs rôles. Il ne va pas tarder à abandonner sa fonction d'organisateur. Et moi, je ne vais pas tarder à me trouver enceinte de mon troisième enfant.

Au début de l'année, Lino tourne *L'Étrange Monsieur Steve*, avec Jeanne Moreau. Lino – vous l'avez deviné – est, comme d'habitude, une sorte de brute qui a pour mission de terroriser un infortuné employé de banque et sa fiancée.

Le film ne plaît pas à la critique. Mais, une fois de plus, Lino ne ramasse que des louanges. Dans *Le Monde*, Jean de Baroncelli écrit : « Lino Ventura, qui incarne une fois de plus un dur à gros biceps et petit cerveau, est le mieux servi de la distribution. Il est très bon. »

Gros biceps et petit cerveau ? Je sais que Lino, maintenant totalement pris par son nouveau métier, rêve de sortir de cet emploi. Mais, fidèle aux conseils de Gabin, il n'en sortira pas de n'importe quelle façon. Il attend. Et c'est, de nouveau, Jacques Becker, l'homme qui l'a fait débuter il y a cinq ans dans le *Grisbi*, qui va donner avec un rôle de composition, le deuxième vrai départ de sa carrière.

8

Vedette sans y croire

Pour moi, l'année 1958 est, avant toute chose, celle de la naissance de notre troisième enfant, Linda, au mois de mars. Milène, notre fille aînée, et Laurent sont de beaux enfants, qui grandissent sans problème et que nous adorons. En cinq ans, Lino est devenu un acteur très demandé. Chaque dimanche, on se promène en famille au bois de Boulogne. Quand il assiste avec ses amis – Marcel Baldinger, Fausto Ferri, etc. – à un match de foot au Parc des Princes, nous les retrouvons à la sortie. Les propositions viennent vers lui, et il envisage maintenant, sérieusement, d'abandonner son activité de « matchmaker ». Ses amis du cinéma – Michel Audiard, Gilles Grangier, Claude Sautet et même, maintenant, Jean Gabin – le poussent à faire le grand plongeon. Ils lui répètent que son avenir est dans le cinéma avec eux, auprès d'eux. Mais il en faut plus pour endormir la méfiance de Lino. Nous parlons souvent de l'avenir. « Tout seul, me dit-il, ou à deux, je n'hésiterais pas. Mais il y a les enfants. Trois enfants, bientôt. On ne peut s'engager à la légère. » Mais je sens bien qu'au fond de lui-même sa décision est prise.

C'est une époque de tourmente politique. Alger se soulève, de Gaulle revient au pouvoir.

Bernheim lui apporte une série de contrats :

L'Étrange Monsieur Steve, Trois jours à vivre, avec l'ami Gilles Grangier, puis, avec Bernard Borderie, *Ces dames préfèrent le mambo* qui est pour moi l'occasion de le rejoindre et de passer d'agréables vacances à Juan-les-Pins. Ce n'est pas un film inoubliable et Lino n'est qu'un gangster de second ordre. Un critique écrira même que le film aurait pu aussi bien s'intituler *Les quinquagénaires n'aiment pas le chewing-gum*. Il a au moins le mérite de faire débuter Eddie Constantine dans le rôle de Lemmy Caution, personnage qui deviendra très populaire. Tout le monde peut se tromper.

En ce début d'année 1957, il est clair que la notoriété de Lino comme ses cachets sont en pleine ascension. Bientôt, il va retrouver Jean Gabin dans *Maigret tend un piège*, de Jean Delannoy; Lino est l'inspecteur Torrence, fidèle assistant de Maigret-Gabin. Puis il tourne avec Georges Lampin *Crime et Châtiment*, inspiré de Dostoïevski et transposé dans le Paris des années 50 par Robert Hossein. Lino est une fois de plus – coïncidence! – un flic adjoint au commissaire Gallet-Jean Gabin. La distribution regroupe Robert Hossein, Marina Vlady, Bernard Blier, Carette. Le film obtient un grand succès (on écrivit que Hossein avait retrouvé l'écriture de Carl Dreyer, ce qui n'était pas un petit compliment). Le couple Gabin-Ventura est gratifié de bonnes critiques. Lino me dit : « J'espère que je ne suis pas le flic numéro deux pour la vie! »

En janvier, deux films de Lino sortent en même temps sur les Champs-Élysées : au Colisée, *Maigret tend un piège*, et au Paris, *Ascenseur pour l'échafaud*, de Louis Malle, écrit et dialogué par Roger Nimier, avec Jeanne Moreau. On y voit Maurice Ronet bloqué dans un ascenseur après avoir commis un meurtre. On y entend le célèbre solo de trompette improvisé par Miles Davis (j'assiste pour la première fois aux studios de Boulogne à l'enregistrement d'une musique de film – expérience passionnante). Lino est le commissaire Cherrier : son troisième rôle de flic d'affilée. Le film obtiendra le prix Louis-Delluc, et Lino de bonnes critiques.

Ces succès entourent de promesses heureuses la naissance prochaine de notre troisième enfant. Lino est content de lui et de nous, affairé, impatient. Préoccupation majeure : changer d'appartement. Nos deux pièces ne peuvent accueillir un nouvel enfant. Lino se met en chasse. Entreprise difficile, mais Lino y met patience et obstination : on emménagera finalement dans le XVIe arrondissement, rue Alfred-Bruneau, dans un beau cinq pièces ensoleillé au quatrième étage.

Fille ou garçon – à l'époque, on n'avait pas les moyens de le savoir avant la naissance –, cela ne le préoccupait pas. Il avait déjà Milène et Laurent, l'une et l'autre, et il lui semblait tout naturel d'agrandir le cercle de famille : peut-être à cause de ses origines italiennes, ou sans doute simplement parce qu'il était Lino, il ne pouvait concevoir une famille sans de nombreux enfants. Pour lui, cela tombait sous le sens.

Linda vint au monde en mars, en avance sur l'horaire.

Quand les douleurs me prennent, Lino n'est pas à Paris. Il tourne, à Naples, avec Vittorio De Sica.

C'est ma sœur Yvonne et son mari qui, une fois de plus, m'emmènent en taxi à la clinique de la rue Blomet. Et c'est encore le docteur Musset qui m'accouche. Au matin, on parle de jaunisse. Lino, inquiet, arrive d'Italie sans même passer à la maison, et le médecin le rassure : « Tout va bien, dit-il, il n'y a aucune raison de s'inquiéter. » Lino propose de rester auprès de moi, mais les médecins lui affirment qu'il peut repartir sans nulle arrière-pensée. Jean Gabin, peu après, acceptera d'être le parrain de notre seconde fille.

Pourtant, la joie que j'éprouve à contempler ce joli bébé est tempérée par des bruits que je capte, presque par hasard : il est question de groupe sanguin, de facteur rhésus, d'incompatibilité et même d'exanguino-transfusion. Les analyses font ressortir chez le bébé un taux très élevé de bilirubine, conséquence de sa jaunisse. On se donne vingt-quatre heures pour prendre la décision d'une exanguino-transfusion. Elle n'aura pas lieu, car le lendemain les analyses sont meilleures.

Je rentre avec le bébé dans le nouvel appartement, à la grande joie de Milène et Laurent, heureux d'accueillir leur petite sœur.

Dans les premières semaines, aucun nuage sur notre bonheur. La vie s'organise, pleine de projets. Lino nous a rejoints, son tournage en Italie s'était terminé à la date prévue.

Mais la doctoresse qui suit notre bébé demande des examens rapprochés. Les numérations globulaires ne sont pas bonnes. Elle demande une transfusion, devant une anémie persistante. Elle a lieu en clinique au mois de juin. Un grand spécialiste s'en charge et nous déclare : « Venez la chercher dans deux heures. Ne vous inquiétez pas ! »

Certaines phrases, qui se veulent rassurantes, peuvent produire un effet opposé. Nous attendons avec angoisse. Et cette angoisse augmente quand on nous rend Linda : elle est encore endormie, le teint empourpré, agitée de légers sanglots, les bras crispés au-dessus de la tête. Devant notre désarroi, le médecin, ou l'infirmière, déclare : « Ne vous inquiétez pas, c'est normal après une transfusion. Elle va se réveiller dans peu de temps. »

Nous la ramenons à la maison, où elle se réveille, en effet, doucement. Lino, rassuré par les médecins, repart sur son tournage. Elle passe une nuit agitée qui augmente mon angoisse.

Le matin, j'appelle le médecin. Quelques signes me semblent bizarres. La marque de la piqûre de la transfusion m'apparaît normale. Mais pourquoi cette trace de piqûre sur le côté gauche de son crâne ? Et pourquoi ce petit vaisseau rompu dans l'œil droit ? La doctoresse me dit que c'est normal, mais je vois son regard changer. Toute ma vie, je me poserai cette question : que s'est-il passé vraiment pendant la transfusion ? Je n'aurai jamais la réponse.

Aujourd'hui, trente-quatre ans après ces événements, je n'en ai pas une vision parfaitement claire ni une conscience nette. Des doutes subsistent. Lino les ressentait aussi. Y a-t-il eu un accident pendant la transfusion ? Si c'est le cas, pourquoi ne nous en a-t-on pas parlé ? Le handicap de Linda, dont la notion ne nous effleure pas alors, peut-il lui être en partie attribué ? Tous les examens que nous avons faits après n'ont jamais apporté de réponse.

Aux beaux jours, l'état de Linda s'est amélioré – sans pourtant apaiser nos inquiétudes. Je pars avec elle à Trouville dans une maison louée pour les vacances. Lino, une fois de plus, a accepté un rôle qui le tient éloigné de nous ; mais il revient à Trouville avec Jean Gabin.

En écrivant ces lignes, en 1992, trente-cinq ans plus tard, dans notre propriété de Baracé, en Anjou, à l'ombre du grand saule pleureur, près de la piscine qu'aimait tant Lino, je regarde avec tendresse la silhouette de Linda qui, aujourd'hui, est devenue une femme. Une femme différente des autres.

A travers ses éclats de rires, la fraîcheur et l'innocence de ses attitudes, je remonte le temps et creuse ma mémoire pour comprendre.

Je revois Lino, avec sa carrure, ses gestes mesurés, apprenant à marcher à une petite fille. Un bloc d'amour, de tendresse et de patience unissait ces deux êtres. Linda, qui rit devant moi dans la chaise longue de son père, a été le centre de notre vie, et nous a demandé tant d'attention et d'efforts. Mais, en même temps, que l'on ne s'y trompe pas, notre Linda nous a beaucoup appris. Sur l'égoïsme, la cruauté des hommes, leur innocence, mais aussi sur leur formidable potentiel d'amour.

Si Linda partage ces quelques jours de vacances auprès de moi, la présence de Lino est partout. Où que mon regard se pose dans l'allée des rosiers, sur la façade de la maison recouverte de lierre, près du tennis aujourd'hui désert, autour de la piscine et du *poolhouse*, je vois Lino, et je remonte le courant du temps. Rien ne fut simple, et le parcours de mon bonhomme ne fut, dans aucun domaine, une ligne droite balisée par des succès.

Curieusement, c'est encore à Jacques Becker qu'il doit la nouvelle orientation de sa carrière. Depuis le *Grisbi*, il y a six ans, Lino a joué de son physique et sur son physique. Truand ou flic, il a toujours été porté par son aspect de bagarreur, servi par ses épaules de lutteur, son regard de dur, prêt à la bagarre. Becker va lui donner son premier rôle de composition, celui d'un marchand de tableaux intelligent, cupide, retors, sans scrupules; un rôle où les muscles ne jouent aucun rôle. Écrit par Max Ophuls qui devait le réaliser mais a disparu entretemps et Henri Jeanson, le film, qui s'appelle d'abord *Les Amants de Montparnasse*, raconte la vie du peintre Amedeo Modigliani (Gérard Philipe), et met en scène un marchand de tableaux, Morel (Lino), qui de la première à la dernière image surveille les faiblesses de l'artiste de génie sur qui il compte édifier une fortune. Lino est d'abord surpris par cette proposition :

« Ce type réfléchit tout le temps », me dit-il en parlant de Morel.

Il accepte et sortira enrichi de l'aventure ; il apportera même au personnage une dimension que celui-ci n'avait pas dans le scénario original. Je pense que son goût de la peinture que je lui ai toujours connu l'a poussé à accepter ce rôle. Il s'intéressait d'ailleurs à toute forme d'art, la curiosité toujours en éveil. Son grand ami, le sculpteur César, peut en témoigner.

Je crois aussi que la réussite du film, intitulé en définitive *Montparnasse 19*, contribuera à donner à Lino le sentiment qu'il est un vrai acteur et non plus un éternel préposé aux rôles de « dur ». Sa décision, si souvent retardée, d'abandonner définitivement à ses amis son bureau d'organisation de matches de catch a sa source dans ce deuxième film avec Becker. Il a désormais confiance en ses moyens. Il sait qu'il a l'étoffe d'un vrai comédien. C'est cette confiance qui le poussera, bientôt, à accepter le rôle (difficile) de Géo Paquet, dit le Gorille. Son premier grand rôle.

Mais une ombre, en cet été 58, plane sur ce paysage de succès. A Trouville, je m'inquiète beaucoup de l'état de la petite Linda. Avec gentillesse, Dominique Gabin me propose de prolonger nos vacances et de venir m'installer chez elle, à Deauville, dans une deuxième maison près de la plage que Jean vient d'acheter. J'accepte. Aujourd'hui, je pense que, inconsciemment, j'étais plus angoissée que je ne le pensais. Linda a presque six mois, et elle ne tient pas assise. Quand on l'assoit, elle ne parvient pas à se relever ; elle ne saisit pas ses jouets. Tant de petites choses qui m'inquiètent.

Je téléphone à Lino, qui tourne en Savoie dans une coproduction italienne, *Sursis pour un vivant*, mis en scène par Victor Meranda, d'après une nouvelle d'André Maurois. Il est avec Henri Vidal, époux de Michèle Morgan, à l'hôtel Bellevue, à Argentière, qui appartient à Jean Brissaud.

Je dis à Lino que je souhaite aller consulter un pédiatre qu'on m'a recommandé à Lisieux. Jean Gabin m'accompagnera. Ce fut, j'en ai la conviction, une démarche désastreuse. Le médecin prescrivit au bébé de la vitamine B12, destinée à relever le taux des globules rouges. Plus tard, de retour à Paris, notre médecin arrêtera ce traitement en catastrophe.

C'est une période triste. Les prises de sang pour des numérations globulaires se succèdent. L'anémie persiste. On parle de ponction de moelle osseuse ; devant cette certitude de souffrances nouvelles, et sur le conseil de la marraine de Linda, nous décidons de consulter un nouveau pédiatre. Le diagnostic tombe : « Arrêtez tous les médicaments et refaites les analyses dans un mois. »

Ces analyses sont bonnes : Linda refabrique elle-même ses cellules sanguines. Mais cela n'apaise pas nos inquiétudes. Elle ne parvient toujours pas à rester debout sur ses jambes. Nous consultons un autre professeur. Pas de réponse précise à nos questions. De vagues paroles d'apaisement. Inconscience ? Refus de prendre des responsabilités ? Légèreté ? Ignorance ? Encore aujourd'hui, je m'interroge ; je crois que ce genre de problème n'intéresse pas vraiment les médecins ou les déconcerte. Mais moi, je prenais leurs réponses évasives comme des coups ; Lino aussi. De toutes nos forces, nous voulions nous rassurer. Notre bébé avait de l'appétit, souriait. Elle fit sa première dent à quatre mois – en avance. Signes encourageants. A sept mois, l'anémie s'était considérablement améliorée, mais elle subissait toutes sortes de misères. Et, sans en entrevoir le dramatique dénouement, nous vivions ce drame intensément.

Lino tournait énormément – et aujourd'hui, il m'arrive de me demander s'il ne cherchait pas dans le travail un refuge contre notre angoisse. Il est très demandé par les Italiens à cette époque. Après le film de De Sica, il va tourner *Sursis pour un vivant*, puis *Les Mystères d'Angkor*, *L'Opéra de quat' sous*, *La Fille dans la vitrine*, de Luciano Emer. Mais, auparavant, on lui propose – et il accepte – le rôle du Gorille dans un film tiré d'une série noire d'Antoine L. Dominique (*alias* Dominique Ponchardier), *Le Gorille vous salue bien*. Bernard Borderie, le réalisateur, avait organisé un concours à l'échelon national pour dénicher son héros. Des dizaines d'athlètes avaient défilé devant la caméra. Sans succès. Borderie en parla à Gabin, qui dit :

« As-tu pensé à Lino ? »

Nul n'y avait pensé sauf le « vieux » (c'était le surnom de Gabin dans le métier. Et, une fois de plus, il avait raison : on proposa le rôle à Lino, qui accepta. C'est son premier rôle de vedette. L'agent numéro un des services secrets français doit découvrir l'auteur d'un vol de dossiers « secret-défense ». Il affronte un haut fonctionnaire de l'ONU (Pierre Dux) qui lui envoie ses sbires. Il doit aussi se battre contre la DST et la police qui ignorent sa véritable identité. Seul contre tous ! Il sera sauvé des pires sévices par la Chaboute (Bella Darvi) !

Ce rôle du Gorille a valu à Lino une critique très favorable et lui a apporté ses galons de vedette. On écrivit que Lino égalait Gabin (André S. Labarthe dans *Radio-Cinéma*), qu'il jouait avec finesse (Robert Chazal dans *Paris-Presse*), qu'il donnait du relief à son rôle et devait désormais être considéré comme une star (*Le Monde*). Mais, moi, je n'ai pas pu assister à la projection jusqu'à la fin. Il y a dans le film une scène de torture, où Lino apparaît le torse nu, ensanglanté, gémissant, que je n'ai pas supportée. J'ai quitté la salle ! Le film plut beaucoup au public ; un journaliste écrivit : « Lino Ventura, hercule au cœur tendre, est si parfaitement le héros d'A.-L. Dominique qu'on ne saurait, à l'avenir, imaginer celui-ci sous d'autres traits. »

Dominique avait publié, dans la célèbre « Série noire », une vingtaine de volumes centrés autour de son héros. Devant le succès remporté par l'adaptation du premier, les propositions affluèrent : Lino aurait pu en signer cinq, ou plus, et avec des cachets très importants. Il les refusa toutes.

« Tu comprends, me dit-il, c'est la facilité. Je vais devenir le Gorille à vie! Si j'accepte, les mères diront à leur enfant : Si tu n'es pas sage, je vais appeler le Gorille. On oubliera même mon nom. Je me ferai faire des cartes de visite : ancien Gorille! A trente-neuf ans, ce serait une erreur. Peut-être un suicide! »

Ses copains comprirent plus tard. Lino savait d'instinct qu'un comédien peut être étouffé par la popularité d'un personnage! Il jugeait que, contrairement à des acteurs plus jeunes, il ne lui restait pas assez de temps pour prendre ce risque. Et il avait raison. A la grande colère des producteurs, qui redoutaient de voir disparaître un véritable filon, il repassa le rôle à son ami Roger Hanin, qui tourna avec talent et succès *La Valse du Gorille* et *Le Gorille a mordu l'archevêque*. Lino, lui, renonçait à une carrière toute faite, à un flot d'argent. (Aujourd'hui, je rencontre encore souvent des gens persuadés que Lino a tourné de nombreux « Gorille ».) Il a eu du mérite à rester sur ses positions, sourd aux offres, aux conseils, aux menaces même : Si tu refuses, tu te coules! Je l'ai vu soucieux, crispé, malheureux. Et l'état de Linda n'arrangeait rien.

Lino avait ses idées, sa hiérarchie des valeurs, et il ne faisait pas de concessions. Jamais il n'est revenu sur ce qu'il considérait comme une certitude; il n'a jamais trahi une conviction. Tous ses amis sont d'accord sur ce point : quand il avait fait un choix, il était impossible de le faire changer d'avis. Dans la même optique, il avait le culte de l'amitié, il croyait à la loyauté et pensait que sans une confiance réciproque rien n'est possible. Il n'accordait pas sa confiance à la légère. Et il ne pardonnait aucun manquement à ce code. José Giovanni, que nous retrouverons plus tard, bâtira pour Lino plusieurs scénarios sur ce thème : « Tous les deux, me dira un jour José, nous pensions que de vrais amis doivent épouser leurs querelles mutuelles. Si l'un se brouille avec quelqu'un, l'autre cesse de le voir. Quand Lino décidait pour des raisons personnelles d'expulser un personnage de sa vie, il sortait aussitôt de la mienne. Et réciproquement ! »

A la place d'un *Gorille* bis, Lino signa pour un « suspense », *Le fauve est lâché*, sur un scénario de Claude Sautet et Jean Redon. Pendant le tournage, Lino se disputa avec le metteur en scène Maurice Labro, qui partit en claquant la porte. Qui avait tort ? Je n'en sais rien. Mais je sais que Lino, quand quelque chose ou quelqu'un lui déplaisait, pouvait devenir insupportable. C'est Claude Sautet qui termina le film – et devint l'ami de Lino. Plus tard, c'est à Lino que Sautet devra ses vrais débuts de metteur en scène.

Dans *Le Monde*, Jean de Baroncelli écrit : « Le film repose en partie sur les solides épaules de Lino Ventura. Hier " Gorille ", " Fauve " aujourd'hui, Ventura est devenu en quelques mois le poids lourd n° 1 du cinéma français. Cette popularité, il la doit non seulement à un physique exceptionnel mais à de très évidentes qualités de comédien. Ce " poids lourd ", en effet, se montre aussi à l'aise dans des scènes d'ironie et de tendresse que dans celles de violence. » Un autre article, d'une veine différente, contenait ce jugement : « A mi-chemin du *Grisbi*, dont il veut exploiter commercialement la veine sans même avoir sa bonne humeur, *Le fauve est lâché* a toutes les caractéristiques du vulgaire petit film policier comme seuls les Prisunic de la production française savent encore en faire. » L'article était signé Jean-Luc Godard, l'apôtre d'une nouvelle vague qui s'annonçait.

Lino ne laissait apparaître aucune réaction en lisant les critiques consacrées à ses films ou à lui-même. Souvent, il ne les lisait pas. Il ne m'en parlait jamais. Mais il n'a jamais tourné avec Godard, dont le laisser-aller lui semblait redoutable (il faut ajouter que les représentants de la nouvelle vague ne se sont jamais intéressés à lui !). Un jour, il m'a confié qu'une scène de *Week-end*, de Godard (un comédien débite une longue tirade politisée le long d'une autoroute), l'avait rendu furieux. « Si je le rencontre, dit-il, je lui réclamerai le prix de mon billet. C'est une escroquerie. » Lino, face à la petite révolution culturelle de cette époque, n'a jamais renié ses goûts pour l'histoire construite, la rigueur du scénario – et ce qu'il appelait le respect du spectateur. Au-delà de ces considérations, Lino pensait d'abord à l'homme de la rue, celui qui paie son ticket d'entrée ; à travers Lino, il découvrait un homme lui ressemblant, parlant sur le même ton, s'exprimant avec les mêmes mots. Quelqu'un auquel il pouvait s'identifier – pour s'évader un moment de la réalité. Lino pensait que tels étaient les termes du contrat implicite qui le reliait au spectateur payant. Et il s'exécutait, avec un naturel que des années de Conservatoire n'auraient pas permis d'atteindre. C'était ça, le grand talent vrai de Lino.

Nous sommes en 1959, Linda a un an et nous préoccupe de plus en plus, et de nouveau j'ai le sentiment que Lino cherche dans l'activité professionnelle, comme dans le sport, qu'il pratique intensément, une sorte de dérivatif. Après le *Gorille*, il a décidé de s'occuper lui-même de sa carrière avec l'aide d'un ami avocat, Me Rouget. Il n'aura plus jamais d'agent ni d'impresario. Il a constaté qu'un intermédiaire lui coûtait beaucoup d'argent et que, ancien matchmaker, il était capable de le remplacer. Il accepte beaucoup de rôles, il tourne à l'étranger. Tous ces films, à vrai dire, ne méritent pas la postérité ; je ferais une exception pour *La Fille dans la vitrine*, de

Luciano Emer, produit par Emmanuel Cassuto, qui avait été, à l'époque du *Grisbi*, à l'origine de la carrière de Lino. Fidèle et reconnaissant, Lino n'avait pas songé à refuser. Le scénario était cosigné par Pier Paolo Pasolini, et les dialogues étaient de José Giovanni, qui écrira dix films et en réalisera deux avec lui. C'est pour moi l'occasion, cette fois, de découvrir Amsterdam ; et pour Lino et moi, une façon d'oublier les soucis que nous cause Linda. Heureusement, nos deux autres enfants grandissent bien. Milène devient une belle adolescente, une vraie petite maman pour Linda, qu'elle adore. Et Laurent est un bon écolier, malgré ses préférences qui le poussent invariablement vers les derniers de la classe : il est abonné au « pourrait mieux faire ».

Le personnage incarné par Lino dans le film de Luciano Emer est complexe, et démontre à ceux qui pouvaient encore en douter que sous le Gorille, qui n'est pas oublié, apparaît maintenant un acteur nuancé, maître de son métier, et dont on peut attendre de grandes choses.

9

L'acteur n'est pas un menteur

« Je serais incapable, disait Lino, de jouer un assassin sanguinaire, un détraqué mental, un sadique ou un bourreau d'enfants. » C'est pendant le tournage d'*Un témoin dans la ville*, d'Édouard Molinaro, que Lino m'a confié cette réflexion pour la première fois. Dans ce film, tiré d'un roman de Boileau-Narcejac, Molinaro lui avait donné le choix entre deux rôles : celui du chauffeur de taxi, la victime, ou celui de l'assassin. Après réflexion, Lino avait choisi le second, plus intéressant : le tueur est finalement arrêté grâce à la collaboration de quatre cents chauffeurs de radio-taxis. « Ce tueur, me dit-il, est un pauvre type ! Mais je dois faire attention, sinon je suis condamné à assassiner la moitié du cinéma français ! »

Lino ne pouvait imaginer entrer dans la peau d'un individu dont les motivations lui échappaient, ou qui lui semblait à l'écart de sa sensibilité. Ce qu'il jouait, il voulait pouvoir le « recadrer » dans la réalité. Souvent, il disait aux producteurs, pour justifier un refus : « Odette et moi ne comprenons pas ! » Ainsi, il a un jour refusé le rôle de Néron dans un péplum à gros budget alors que, dans le même film, Jean Gabin n'hésita pas à personnifier Ponce Pilate ! Lino se heurtait très vite au sentiment de l'invraisemblance. « Jean Gabin, me dit-il un jour, peut descendre l'escalier des Folies-Bergère ! Le public applaudira. Moi, dans la même situation, je déchaînerais l'hilarité. » Gérard Oury, un grand ami de Lino, avec qui, curieusement, il n'a jamais fait de film, lui avait proposé un rôle de rabbin comique, bien avant que de Funès n'incarnât le célèbre rabbi Jacob.

« Tu me vois en rabbin ? » m'avait-il demandé.

Et il avait refusé. En revanche, il avait accepté pour Gérard Oury d'être un chef d'orchestre célèbre dans un film intitulé *L'Entourloupe*. Le repérage avait commencé à New York. C'est là-bas que Lino apprit la mort de Jean Gabin. Puis les producteurs disparurent, cela arrive souvent, et *L'Entourloupe* en devint vraiment une ! Gérard Oury persiste à penser que Lino aurait pu être un grand comique (il l'a d'ailleurs prouvé ensuite).

« Je sais bien, disait Lino, qu'un véritable acteur doit être capable de jouer n'importe quel rôle, même le plus éloigné de sa nature, et de le rendre crédible. Mais moi, je ne peux pas m'asseoir à côté de moi-même, encore moins devenir le contraire de ce que je suis. Si j'essaie, je suis faux et mauvais. C'est peut-être une limite professionnelle, mais je suis comme ça. »

« Ton homme est trop sincère, m'a dit un jour José Giovanni. Ça lui fait du tort ! »

Et, en effet, cette conception particulière de son métier l'a poussé à refuser des histoires et des rôles qu'il aurait peut-être dû accepter. Je pense, par exemple, à *La Chèvre*, le film célèbre écrit par Francis Veber – et qui fit la gloire du charmant Pierre Richard. C'est Gérard Depardieu qui remplaça Lino. Ou encore *Le Vieux Fusil*, de Pascal Jardin, qu'interpréta Philippe Noiret. (Lino avait, depuis longtemps, une grande admiration pour Philippe Noiret. Quand je l'ai vu dans *Cinema Paradiso*, je n'ai pu m'empêcher de penser que Lino aurait certainement aimé interpréter ce rôle.) Ou encore le rôle d'officier français que Francis Ford Coppola lui avait proposé dans *Apocalypse now*, aux côtés de Marlon Brando. Et enfin, un rôle de savant dans *Rencontres du troisième type*, de Spielberg (rôle que tiendra François Truffaut). Plus d'autres que j'oublie; la liste des refus est considérable. Lino acceptait volontiers de reconnaître qu'il s'était trompé – sans pour autant le regretter.

Cette façon de voir les choses explique aussi son comportement particulier, à l'écran, avec les femmes. On l'a beaucoup dit et écrit : Lino refusait non seulement les scènes érotiques, mais aussi les scènes d'intimité. « Moi, je suis incapable de batifoler dans un lit avec une femme, disait-il. Je laisse ça à d'autres. On peut exprimer – beaucoup mieux – amour ou désir par un seul geste. Et un regard peut être très érotique. » Bien évidemment, j'appréciais cette attitude. A ma connaissance, il n'a jamais embrassé que deux actrices devant les caméras : Angie Dickinson, dans *L'Homme en colère*, de Claude Pinoteau, et Marie Dubois dans *Les Grandes Gueules*. Pour le filmer dans un lit avec Françoise Fabian (*La Bonne Année*), Claude Lelouch a dû déployer des trésors de persuasion. Lelouch, pour convaincre Lino, a attendu que le film soit terminé et « prémonté ». Après le visionnage, Lino admit que la scène du lit était indispensable et accepta finalement de la tourner. J'ai noté d'ailleurs qu'aux côtés de la belle Françoise Fabian, après une nuit d'amour théorique, mon mari a toujours, au poignet, sa montre-bracelet! Françoise Fabian me raconta plus tard qu'elle aurait été ravie que Lino lui fît la cour alors qu'ils tournaient leur premier film ensemble, *Le Feu aux poudres*. Lino lui avait dit : « Tu sais, je suis amoureux d'une grande blonde. » Cette fin de non-recevoir avait été décevante pour Françoise. « Les brunes, me dit-elle, n'aiment pas beaucoup qu'on leur parle des blondes. » Devenus amis du couple Françoise Fabian-Jacques Becker (elle avait épousé le metteur en scène favori de Lino), nous avions souvent ensemble évoqué en riant ce dialogue insolite.

Lino détestait faire la cour devant les caméras. Pudeur que, bien sûr, j'appréciais. Tout le monde reconnaissait que Lino avait beaucoup de charme. Et ce charme augmentait avec l'âge. Pour moi, c'était une évidence. Je ne m'étonnais pas que d'autres femmes y fussent sensibles. Georges Brassens nous racontait bien qu'il trouvait, fréquemment, des admiratrices allongées devant sa porte! Cela ne nous était jamais arrivé, mais je sentais parfois comme des ombres autour de Lino.

J'avais un jour refusé, pour cause de manque de diplômes, une jeune femme qui s'était portée candidate à un poste de direction de Perce-Neige. Son apparence peu classique, en plus, ne correspondait pas à la fonction. Je n'entendis plus parler d'elle. Deux ans plus tard, je trouvai par hasard, au bureau de l'association, une lettre signée d'elle... proposant à Lino un rendez-vous près du Sacré-Cœur, à Montmartre, avec la promesse d'une formidable nuit d'amour. Comme je m'étonnais – on me comprend –, une collaboratrice me répondit simplement : « Ah! oui! C'est la folle! Elle écrit plusieurs lettres par semaine à M. Ventura. On ne sait pas comment s'en débarrasser. » Plus tard, elle devint menaçante, et son délire amoureux et graphomaniaque ne cessa que sous la menace de faire appel à la police...

Je n'ai jamais surveillé mon mari. Je ne suis pas de celles qui se tourmentent, fouillent les poches, explorent les portefeuilles en quête d'indices ou de preuves. J'ai toujours trop respecté Lino pour chercher à percer ses secrets personnels – s'il en a eu.

Je crois qu'un homme marié depuis sa jeunesse à la même femme – ce qui était son cas – a non seulement le droit, mais, je dirai, le devoir de faire des comparaisons. Si Lino en a fait, ce que je souhaite, j'observe simplement qu'il est toujours resté auprès de moi, et des enfants.

Sur un plateau, comme dans la vie, Lino avait besoin de croire à ce qu'il faisait. « Jouer la comédie, me dit-il, c'est accumuler les mensonges. Mais pas n'importe quel mensonge, ni n'importe comment. »

Cette disposition d'esprit apparaissait quand il lisait les scénarios qui s'accumulaient sur son bureau. Sans agent ni impresario, Lino ne bénéficiait d'aucun filtrage, et il lui fallait tout lire. Il éliminait très vite les personnages douteux, veules, équivoques, pervers. On lui proposait surtout des films noirs ; son physique, bien sûr, le prédisposait aux rôles de durs, de méchants, de brutaux – ou de flics. Dans la noirceur, il recherchait la vérité ! Il réagissait très vite : combien de fois l'ai-je vu remonter de son bureau en proie à la déception la plus vive : « C'est rien ! » disait-il ou, au contraire : « C'est pas mal, Mounet. Tiens, lis-le et dis-moi ce que tu en penses. » Dans ce cas, je savais qu'il avait déjà fait son choix. Il n'attendait de moi qu'une confirmation.

Je revois les rôles de cette période où il était connu du public, mais pas encore une vedette : un organisateur de matches de catch (facile !) dans *Marie Octobre*, de Julien Duvivier, avec Danielle Darrieux, Paul Meurisse, Serge Reggiani, Robert Dalban, Daniel Ivernel. Lino avait aimé cette histoire de résistant qui a trahi son réseau et que ses anciens copains punissent. Un assassin paumé, dans *Un témoin dans la ville*, de Molinaro, film tourné en extérieurs, la nuit, par une température polaire ! (avec ce film était programmé un court métrage, *Tous les gar-*

çons s'appellent Patrick, réalisé par un inconnu... Jean-Luc Godard). Il a aussi été un porteur de journaux parisien dans *125, rue Montmartre*, son troisième film avec l'ami Gilles Grangier, d'après un roman d'André Gillois. A cette occasion, Lino a inauguré une nouvelle forme de contrat avec le metteur en scène : il se réservait le droit de modifier un dialogue qui ne lui plaisait pas, ou même l'esprit d'un personnage. Pour Gilles Grangier, cela n'a pas été facile :

« Lino, m'a-t-il confié, est l'acteur le plus difficile qu'il m'ait été donné de diriger – sans doute plus difficile que Gabin, avec qui j'ai tourné quatorze films. Je ne vois que Pierre Brasseur pour être si tatillon. Lino se méfiait du moindre truc, d'un détail, d'un faux pas. Il devait être d'accord sur tout de A à Z. Au début du tournage de *125, rue Montmartre*, je suis tombé malade. J'étais au lit avec 40 degrés de fièvre. Lino, soudain, fait irruption dans ma chambre et, sans s'enquérir de ma santé, me lance :

« “ Gilles, il y a une scène au début qui n'est pas bonne ! Il faut l'améliorer !

« – D'accord, Lino, quand j'irai mieux ! ”

« Il continue à exiger qu'on reprenne la scène sur-le-champ.

« “ Allez, lui dis-je, laisse-moi tranquille. Tire-toi !

« – Ce n'est pas gai de faire équipe avec un malade ”, conclut-il en partant... »

Gilles et Lino, bien sûr, sont restés les meilleurs amis du monde. Lino était ainsi : entier, exigeant, rude, mais jamais dissimulé ni injuste. Ainsi traitait-il avec les producteurs. Encore une fois, il s'inspirait de Jean Gabin, qui lui avait dit : « Ne te laisse pas faire ; les producteurs vont essayer de te coller des metteurs en scène ringards ; n'accepte de tourner qu'avec les meilleurs ! » Michel Audiard avait confirmé : « Quand tu vas voir tes “ augustes ” (nom qu'il donnait aux producteurs), arrange-toi pour qu'ils te laissent en paix ! »

Les choix de Lino, à cette période, avec le recul du temps, me paraissent aujourd'hui inspirés avant tout par ce désir de vérité, d'authenticité. Après *125, rue Montmartre*, il tourne *Le Chemin des écoliers*, premier film de Michel Boisrond, d'après un roman de Marcel Aymé, avec Bourvil. Situé dans le Paris de l'occupation, dont nous avions bien connu, ensemble, les pièges et les angoisses, ce film rappelle *La Traversée de Paris*, d'Autant-Lara, où Bourvil était couplé avec Gabin. Cette fois, c'est face à Lino que se retrouve Bourvil ! Cette coïncidence frappa beaucoup Lino. Il n'avait en aucun cas le sentiment d'avoir atteint le niveau professionnel de Gabin. Mais, de toute évidence, il n'était plus non plus un élève attentif, un peu complexé. Du point de vue professionnel, il avait atteint la maturité.

C'est une période d'une grande intensité, heureuse et douloureuse à la fois ; Linda est devenue, pour nous deux, une préoccupation constante. Loin d'être apaisée, notre inquiétude augmente. L'ampleur du drame ne nous apparaît pas encore, mais, à certains détails, nous avons comme un pressentiment. Nous ne savons pas encore que notre petite Linda ne serait pas une enfant comme les autres.

Ce fut aussi l'époque d'une rencontre importante pour la carrière de Lino, celle de José Giovanni, l'auteur de romans policiers. Elle eut lieu, par hasard, dans un cocktail où se décernaient les prix Orange et Citron ; José Giovanni avait écrit le scénario du *Trou* (film célèbre de Jacques Becker). Il venait de publier une série noire intitulée *Classe tous risques*, l'histoire vraie du gangster Abel Danos que José avait connu. Lino l'avait lue. Il s'approcha de José et le lui dit :

« J'aimerais bien être Abel au cinéma. »

Plusieurs détails de leur vie rapprochaient Lino de José. Une enfance difficile (il apparut qu'ils avaient fréquenté, sans toutefois se rencontrer, la même école communale de la rue Milton, dans le XVIIIe arrondissement). Leur admiration pour Becker était un autre terrain commun. C'est parce qu'il avait admiré *Le Trou* que Lino avait accepté de tourner le *Grisbi* avec Becker. Giovanni avait vu le *Gorille* et apprécié le jeu de Lino. Sa proposition l'intéressa ; ils parlèrent du choix du metteur en scène :

« Je connais un garçon, précisa Lino, qui a du talent et qui serait excellent pour votre histoire. J'ai travaillé avec lui dans un film de Labro. Il s'appelle Claude Sautet. Puis-je lui donner votre livre ?

– Pourquoi pas ? »

C'est ainsi que commencèrent en même temps un film, *Classe tous risques*, qui fut un succès, et une collaboration qui allait durer plus de dix ans.

Le personnage central du film, Abel Davos, était inspiré par un célèbre gangster, Abel Danos. De délits en crimes, il avait fini aux assises et avait été condamné aux travaux forcés à perpétuité. Évadé, il s'était mis au service de la Gestapo et avait dû s'exiler en Italie. Là il avait travaillé, c'est-à-dire attaqué des encaisseurs ; le milieu lui avait envoyé un jeune truand pour l'aider. Rentré en France par voie de mer dans des circonstances dramatiques – sa femme avait été tuée dans une fusillade sur la plage –, Danos avait été dénoncé par d'anciens complices. Sûr d'être reconnu, il faisait marcher ses enfants à distance quand il se promenait avec eux. Lino avait été séduit par le personnage de ce grand truand « fini », en cavale, auquel l'amour paternel posait un problème supplémentaire : du jamais vu dans un film de gangster.

Cette « terreur » avait été arrêtée, sans résistance, dans un autobus après un médiocre cambriolage de chambre de bonne. Jugé de nouveau, Danos avait été guillotiné, après que son père se fut pendu.

Sautet, passionné des films policiers américains, grand lecteur des « séries noires », accepte le projet : il rencontre Lino et José, et tous trois tombent d'accord. Premier problème : à qui confier le rôle d'Éric, le jeune gangster que le milieu délègue vers Danos pour le rapatrier à Paris et qui deviendra son ami ? Les vedettes de l'époque refusaient le rôle, ou demandaient qu'on le développe. Lino avait rencontré et apprécié un certain Jean-Paul Belmondo. Les producteurs, m'a raconté Lino, ne voulaient pas en entendre parler car ils le tenaient pour un acteur de théâtre. Ses deux tentatives au cinéma (un petit rôle dans *Les Tricheurs*, de Carné, et dans *A double tour*, de Chabrol) n'avaient pas été convaincants. Mais ils se sont inclinés devant la fermeté de Lino et de Claude Sautet. Bebel l'a confirmé lui-même : sa carrière a hésité à cette époque, et l'appui de ses amis a été décisif.

Le film s'est tourné à Nice et en Italie. Lino m'a parlé des premières séquences : l'attaque de deux encaisseurs. Elle fut réalisée à Milan, en pleine rue, à 9 heures du matin. Les caméras avaient été installées la nuit dans le plus grand secret et camouflées. (L'influence de la nouvelle vague, peut-être ?) La panique s'empara de tout le quartier : les autobus et les tramways s'arrêtèrent, un curé fut victime d'une crise cardiaque. Lino, son attaque réussie, rentra d'un bond dans un café et on ferma rapidement la porte derrière lui par crainte d'un lynchage. Lino m'a souvent raconté la peur terrible qu'il a ressentie en se frayant un chemin dans une foule hostile qui ne pouvait pas savoir qu'il s'agissait de cinéma. « Curieusement, me dit-il, seul un homme essaya faiblement de me barrer le passage ! » Sautet avait éprouvé les mêmes craintes : que se serait-il passé si un policier en civil était intervenu ? En revanche, un figurant, qui jouait un rôle de carabinier, que Lino était censé avoir blessé au passage, restait immobile alors que la séquence était terminée. On le crut vraiment blessé. Mais, quand on voulut le transporter à l'hôpital, il se retrouva en parfaite santé. Cet épisode très « commedia dell'arte » avait beaucoup amusé Lino.

Lino avait demandé que, sur l'affiche de *Classe tous risques*, le visage et le nom de Belmondo, l'inconnu, fussent à égalité avec les siens. D'un bout à l'autre, leur face-à-face s'avère efficace. D'un côté, le jeu réprimé, un peu austère, de Lino ; de l'autre, la pétulance du cadet, sa fantaisie en liberté. Des critiques écrivirent que le couple rappelait le duo Gabin-Ventura des années précédentes ! Le film reçut d'abord un accueil mitigé, mais reprogrammé au Mac-Mahon, il fit en définitive une brillante carrière. Le film policier retrouva son public en France, Sautet s'imposa comme un de ses nouveaux maîtres, et Giovanni comme un des plus solides scénaristes. Quant à Lino, il trouva, auprès des jeunes, un nouveau public.

C'est à cette époque que nous avons quitté l'appartement de la rue Alfred-Bruneau, un peu exigu pour les cinq Ventura, pour le parc de Montretout à Saint-Cloud ; une amie russe qui s'occupait d'immobilier nous y avait emmenés un soir, et nous avions, avec Lino, éprouvé un véritable coup de foudre. La situation, au milieu des arbres, le cadre, la vue magnifique sur

Paris, tout correspondait à notre rêve. Nous avons loué Montretout et, d'emblée, nous nous sommes sentis chez nous. Peut-être aussi pensions-nous, quelque part, que ce nouvel environnement, plus sain, plus aéré, évoquant la campagne, serait profitable aux enfants et – pourquoi pas ? – favoriserait le développement de la petite Linda ?

« Attendez qu'elle ait trois ans, nous avait-on dit, de différentes sources. Attendez. »

Lino refusait d'attendre. Par tous les moyens, il essayait d'éveiller les réflexes de notre fille. Inconsciemment, nous faisions des comparaisons avec nos premiers enfants. La différence nous apparaissait. Mais jamais nous n'avons cédé au désespoir.

Seuls ceux qui ont vécu ce genre d'expérience comprendront l'étendue de notre désarroi et notre impuissance. Nous les vivions, minute après minute. Inlassablement, Lino promenait Linda dans le parc, s'efforçant de prévoir ses réactions, faisant en sorte qu'elle ne tombe pas, essayant d'améliorer son équilibre; il croyait aux vertus du sport. Combien d'heures a-t-il passées par la suite, aux beaux jours, pour améliorer sa démarche hésitante ?

Inquiet, ému par cette fragilité physique qui le désempare, Lino se jette de toutes ses forces dans le travail. Il enchaîne film sur film. *Classe tous risques* a fait apparaître un nouveau Lino, acteur à cent pour cent, confirmant le succès du *Gorille*. Il est prêt pour de nouveaux grands rôles.

10

Ma petite tête de Parmesan

Ce n'était un secret pour personne : Lino n'aimait pas qu'on vînt le voir tourner au studio comme en extérieurs. Cette interdiction s'étendait à moi-même, à nos enfants et à ses amis. Il disait que la présence de proches sur le lieu de travail le troublait, l'empêchait de se concentrer. D'une façon plus générale, il tenait à prendre seul décisions et responsabilités. Il s'étonnait de certains comédiens qui, comme Louis de Funès, avaient constamment besoin de la présence de leur conjoint – et s'en remettaient à lui, ou elle, pour conduire leur carrière. En revanche, Lino me demandait souvent d'être là après le travail. A condition que je ne me montre pas sur le plateau, il était heureux de me retrouver par la suite. C'est pour cette raison que, quand mes enfants m'en laissaient le loisir, je m'arrangeais pour le rejoindre, même à l'étranger. C'était pour moi l'occasion de surprises, de découvertes. Que de moments merveilleux j'ai vécus avec lui – et ses amis – pendant des tournages. Ainsi, je n'oublierai jamais les journées passées dans le « désert » d'Almería en Andalousie, dans le sud de l'Espagne. Cette région qui évoque l'Afrique – et qui servira par la suite de décor à de nombreux films – a été découverte par Denys de La Patellière ; il voulait tourner son film en Libye, sur les lieux mêmes de la célèbre bataille de Tobrouk, en 1942, mais, en raison d'une situation politique difficile, les compagnies d'assurances avaient refusé. Denys se mit en quête d'un « désert » plus accueillant – il lui fallait un grand espace vide, des dunes et la mer – et, finalement, après avoir parcouru plus de six cents kilomètres en Espagne avec son assistant Pierre Granier-Deferre, il avait découvert les étendues et les plages d'Almería. Le scénario de *Taxi pour Tobrouk* raconte l'épopée d'un commando français de la division Leclerc chargé d'effectuer une mission de sabotage à Tobrouk, tenu par l'Afrikakorps de Rommel. Elle est indispensable pour la poursuite de la campagne. Elle réussit, au prix de grosses pertes, et Tobrouk – dans une série de séquences grandioses – s'enflamme. Seuls quatre hommes réussissent à échapper à l'ennemi : l'un d'eux est Lino. Après avoir erré dans le désert, ils parviennent à s'emparer d'une automitrailleuse allemande, faisant prisonnier le capitaine von Stegel (Hardy Kruger). Leur but est de regagner les lignes alliées, mais les rapports entre eux se tendent : Théo Dumas (Lino), Samuel Goldman (Charles Aznavour), Francis Jonsac (Maurice Biraud) et Paolo Ramirez (Cobos) ont des regards différents sur la vie et la mort – donc sur des décisions à prendre. A l'approche des lignes alliées, les Français n'ont pas le cœur de livrer leur prisonnier. Ils n'auront pas à le faire : un char anglais détruit leur véhicule et tue tous ses occupants. Théo, c'est-à-dire Lino, assistera seul au défilé de la victoire. « A mon avis, dans la guerre, il y a une chose attractive : c'est le défilé de la victoire. L'emmerdant, c'est tout ce qui se passe avant. Il faudrait toucher sa prime d'engagement et défiler tout de suite ! » avait écrit Audiard.

Lino avait aimé le scénario et les dialogues de Michel Audiard. Avec Denys de La Patellière, qui connaissait bien la guerre pour l'avoir faite très courageusement, cela avait tout de suite « accroché ». Et Lino était parti heureux.

Très vite, il avait changé d'humeur. Le début du tournage avait été semé de difficultés. La production dut construire onze kilomètres de route pour accéder aux lieux de tournage. Les douaniers espagnols avaient bloqué les armes à la frontière, bien qu'il se fût agi d'armes de théâtre (c'est-à-dire tirant à blanc) ! On avait dû, pour se soumettre aux lois nationales, engager une seconde équipe espagnole. Comme l'habilleuse, totalement inefficace, le cuisinier en faisait partie. Dès le début, Lino m'annonça au téléphone que la nourriture était immangeable. Connaissant l'importance qu'il attachait à la table et son intransigeance sur ce sujet, je compris que les choses allaient vite se gâter. D'autant plus que, dans l'attente des voitures et des armes bloquées à la frontière, Lino était, comme tous les acteurs et techniciens, voué à une totale inaction. Ils disputaient des parties de pétanque – ils avaient initié Hardy Kruger qui y prenait un grand plaisir ; ils jouaient aux cartes – Aznavour avait une veine qui irritait Lino –, mais le temps leur paraissait long. Denys de La Patellière avait longtemps hésité sur les uniformes. Sachant qu'en temps de guerre, surtout dans les commandos, les soldats portent rarement la tenue réglementaire, il avait essayé sur Lino différents couvre-chefs. Finalement, Lino avait opté pour le béret à pompon rouge des fusiliers marins : « On dirait que vous l'avez toujours porté ! » avait-il dit à Lino. C'est dans cette tenue que Lino avait fait son marché dans la ville voisine, et le bruit s'était aussitôt répandu qu'un navire de guerre français avait jeté l'ancre quelque part ! Il devait d'ailleurs garder le même uniforme pendant les deux mois et demi de tournage, car Denys de La Patellière, par souci d'authenticité, tenait à ce qu'il devînt de plus en plus crasseux ; il avait demandé à ses acteurs de ne jamais se laver !

On n'en était pas encore là, et Lino, malgré la pétanque et les cartes, commençait à s'ennuyer ferme. Refusant de toucher à la cuisine des Espagnols, il avait monté sa propre cantine. Mais les résultats étaient très variables, et j'avais reçu une sorte d'appel au secours :

« C'est épouvantable, me dit-il un matin au téléphone, ce faux désert est pire qu'un vrai ! Viens vite, Mounet, et amène un pot-au-feu. Sinon, je ne tiendrai pas ! »

Et c'est ainsi que je débarquai à Almería à l'hôtel Fatima, à trente kilomètres du lieu de tournage, où Lino était logé dans une chambre modeste. Annie Fratellini, qui était du voyage, m'aidait à porter les cinq cabas pleins de fromages, de viande, de légumes, de bouteilles de vin et de conserves. Le soir même, l'équipe française eut droit à un gigantesque pot-au-feu, arrosé de bordeaux qui détendit l'atmosphère. L'ambiance était joyeuse. Les armes étaient arrivées, mais d'autres difficultés s'accumulèrent. D'autant plus difficiles à surmonter que la Gaumont et le producteur Deutschmeister faisaient réaliser dans le même temps plusieurs autres films à l'étranger et ne croyaient pas vraiment au succès du *Taxi* ! Pour la scène de l'incendie, qui avait nécessité une importante mise en place, tout faillit échouer car la mise à feu tardait à se déclencher. Par chance, Granier-Deferre, l'assistant de Denys de La Patellière, qui avait de l'expérience, décida d'attendre. S'il avait rentré ses caméras quand l'incendie enfin se déclencha, alors il eût été impossible de reproduire la scène !

Finalement, en dépit des retards accumulés, l'atmosphère fut joyeuse. Nous passions des soirées pleines de gaieté. Lino devint très ami avec Charles Aznavour et Maurice Biraud.

« J'ai compris, me dira Charles Aznavour, que Lino était un acteur-né, quand un matin, alors que nous étions censés nous réveiller après une nuit dans le désert, et que nous nous frottions les yeux, Lino, lui, d'instinct, se massa les jambes. Ce genre de détail spontané ne trompe pas. »

Nous avons fait ensemble de grandes balades dans la région. Mais Lino rentra assez mécontent. Il pensait que le film ne plairait pas au public, que le côté « cocorico » était trop appuyé, qu'on le trouverait, lui, avec son « bachi », le béret à pompon, ridicule. Il refusa d'aller le voir, et c'est seulement cinq ans plus tard, sur l'insistance de Charles Aznavour, qu'il assista à une projection, après plusieurs centaines de milliers de spectateurs.

« Tu as raison, dit-il à Charles. Ce n'est pas si mauvais que ça ! »

Le film de Denys de La Patellière devint un classique, et la photo de Lino et de son « bachi » fit le tour du monde.

Lino était ainsi, dur avec lui-même, sévère avec les autres, refusant indulgence et faiblesse, détestant toute forme de mensonge. Nous sommes en 1962. Nous savons maintenant – elle a plus de trois ans – que Linda aura besoin de beaucoup plus d'attention, de soins et d'amour que nos deux autres enfants. C'est à cette époque que l'idée de Perce-Neige pointe dans notre esprit.

Lino, porté par le succès du *Taxi pour Tobrouk*, s'est hissé au premier plan du cinéma français. A Montretout, et même pendant les vacances à Baracé, le téléphone ne cesse de sonner : on dirait que tout le monde veut tourner avec lui. Mais Lino garde la tête froide :

« Tu vois, Mounet, me dit-il, c'est quand le succès arrive que c'est le plus difficile de prendre des décisions. »

Parfois, quand on lui proposait une histoire ou quand on lui exposait un projet, il répondait :

« Laissez-moi réfléchir dans ma petite tête de Parmesan... »

Et aussi, presque toujours :

« Je vais en parler à Odette. »

Et, en effet, Lino s'arrangeait toujours, au fil des conversations, pour me faire donner mon avis. Il ne me posait pas les questions directement. Jamais il ne m'a dit : « Odette, lis ce script, ou ce résumé, et dis-moi ce que tu en penses. » Mais, le matin ou au déjeuner, il me faisait part des propositions qu'il avait examinées, des livres, des scénarios qu'il avait lus, ou même de conversations téléphoniques, et il guettait mes réactions. Il les écoutait sans faire de commentaire. Nombreux sont ses amis qui m'ont dit, par la suite, qu'il faisait souvent référence à mes avis. « Je vais voir ça avec Odette », disait-il. Mais il ne m'a jamais dit, à moi, qu'il tenait compte de mon avis ! J'étais toujours très impressionnée par ses analyses. Même s'il lui est arrivé de se tromper (je l'ai déjà écrit, il ne regrettait jamais ses erreurs), il ne l'a jamais fait sans une longue réflexion. S'il était, à certains égards, instinctif (il sentait les choses, en particulier les pièges qu'il devait éviter), il n'était jamais impulsif. Et je puis affirmer qu'aucune de ses décisions n'a jamais été prise « à la légère ».

Pas plus à cette époque de sa vie qu'à une autre. Après *Un taxi pour Tobrouk*, il a fait un autre film avec Denys de La Patellière, *Le Bateau d'Émile*, tiré d'un roman de Simenon, avec Annie Girardot, Pierre Brasseur et Michel Simon, dialogues d'Audiard. La critique accueillit favorablement le film et pour la première fois Lino – qui jouait le rôle du fils naturel de Michel Simon – eut droit, dans la presse, au titre de « monstre sacré ». Mais le film sortit au milieu des événements de Mai 68 – et le public avait trop de spectacles dans la rue avec les barrages de pavés, le face-à-face étudiants-CRS et le happening de la Sorbonne : il déserta les salles de cinéma. Peu après, Lino retrouva Jean-Paul Belmondo, dans un film d'Henri Verneuil, *Cent Mille Dollars au soleil.* Du même coup, il retrouva le désert. C'était de nouveau, pour la Gaumont. Le film fut tourné au Maroc ; il raconte la rivalité de deux camionneurs. Bernard Blier faisait partie de la distribution. Pendant le tournage, Lino regretta, comme toute l'équipe, que le film, pour des raisons de budget, ne fût pas réalisé en couleurs. Une grande amitié naquit entre le metteur en scène et Lino. J'ai en mémoire un dîner chez Henri Verneuil, très peu de temps avant la mort de Lino, qui nous réunit avec Robert Laffont, Charles Aznavour et l'adorable Mireille Mathieu, tout juste revenue de Chine.

L'année suivante, en 1964, le film fut choisi pour représenter la France au festival de Cannes. Lino refusa de s'y rendre. (Dans toute sa vie d'acteur, Lino n'est allé que deux fois au festival. La première fois, nous habitions chez nos amis Roux, à la Colombe d'Or ; une voiture était venue nous chercher pour nous emmener sur la Croisette ; mais Lino n'avait pas été satisfait de l'accueil qu'on lui avait fait.)

Les faits lui donnèrent raison car, cette année-là, si le grand prix alla à la France, ce fut aux *Parapluies de Cherbourg* de Jacques Demy !

Je me souviens qu'en l'apprenant Lino eut une sorte de ricanement. Il ne croyait ni aux décorations, ni aux distinctions, ni aux prix, ni aux jurys. Un jour, il me dit :

« Mais qui sont-ils, ces gens qui se croient autorisés à dire ce qui est bon et ce qui ne l'est pas ? »

Plus tard, il étonnera nos amis en refusant de se rendre au Fouquet's où un jury l'attendait pour lui remettre le prix Louis-Delluc attribué à *La Gifle*, de Claude Pinoteau et Jean-Loup Dabadie, dont il était la vedette. Lino soupçonnait, sous la plupart des opérations de ce genre, ce qu'il détestait particulièrement : des combines, des « copinages », des équilibres artificiels, des pressions, des renvois d'ascenseur. Il ne voulait en rien cautionner ce genre de chose, ou y être associé. Il était resté à la maison.

Juste avant et tout de suite après *Cent Mille Dollars au soleil*, Lino tourna avec Georges Lautner deux comédies, *Les Tontons flingueurs*, et *Les Barbouzes*. Il avait accepté le premier après quelques hésitations. Lui, le dur, le Gorille, le musclé, serait-il crédible dans cette parodie démystificatrice de l'univers qui l'avait rendu célèbre ? Lautner le poussait vivement à accepter le rôle des *Tontons flingueurs*.

« Je ne ferai rire personne », disait Lino.

C'était une période un peu troublée familialement : Milène, notre fille aînée, dix-sept ans et demi, venait de nous annoncer son désir de se marier. Lino n'avait pas prévu que la séparation arriverait aussi vite. Un père n'est jamais prêt à donner sa fille ; l'avenir montrera que Milène avait fait un bon choix ! Dans *Les Tontons flingueurs*, Lino n'eut aucun mal à jouer son rôle de père adoptif perturbé par les projets conjugaux de sa fille ! Le même frac lui servit pour le film et pour la cérémonie de mariage de sa fille.

Lautner avait réussi à le convaincre :

« Vous avez le talent. Pour le reste, faites-nous confiance. »

Michel Audiard était en pleine forme. Dans la bouche de Lino, ses formules étonnaient : « Les cons, ça ose tout. C'est même à ça qu'on les reconnaît », écrivit-il.

L'histoire assez folle se moquait, sur un rythme endiablé, des films policiers, de gangsters, d'espions, d'agents secrets, bref des « séries noires » qui, à l'époque, triomphaient sur les écrans. Lino est un ancien truand à qui son ami d'enfance, le Mexicain, confie, avant de mourir, sa fille et ses affaires : un tripot, une distillerie clandestine et une maison close. Mais cet empire fait l'objet de la convoitise d'une bande rivale, dirigée par Raoul (Bernard Blier). Avec l'aide d'un étrange notaire (Francis Blanche), Lino remet de l'ordre dans cette entreprise ; les truands achèvent de régler leurs comptes pendant le mariage de Patricia avec un jeune homme très snob de la bonne société, Claude Rich : cette scène est devenue classique.

Lino était très inquiet de cette sorte d'autoparodie, et redoutait de « rater » son entrée dans le monde de la comédie. Ses amis avaient beau le rassurer, il attendait avec anxiété l'accueil du public. Il fut très favorable, comme les critiques, et Lino fut soulagé.

« Jusqu'au dernier moment, me dit-il, j'ai eu peur de me ramasser ! »

Je pense que le succès des *Tontons flingueurs* acheva de lui donner confiance, et de lui prouver qu'il avait les moyens de tout faire – même de faire rire. Jusque-là, il se considérait comme un sportif égaré dans le cinéma et servi par la chance. Du monde du spectacle, il connaissait maintenant tous les aspects, toutes les ficelles, mais au fond de lui-même il se sentait un peu un intrus. Comme s'il avait décroché le succès par une sorte d'effraction, ou à la suite d'un « bluff ». Désormais, Lino se sentira vraiment et complètement un acteur. Et c'est avec beaucoup plus de dégagement qu'il accepte le rôle principal d'une deuxième comédie que Georges Lautner décide de réaliser, avec les mêmes auteurs – Simonin et Audiard – et les mêmes interprètes – Bernard Blier et Francis Blanche –, *Les*

Barbouzes. A Montretout, dans le bureau de Lino, au sous-sol, Lautner a expliqué son projet à Lino, convaincu d'avance :

« Je vais introduire dans *Les Barbouzes* tous les poncifs du genre. Il y aura des micros partout, des couloirs secrets, des personnages qui changent de visage, des attentats, des explosions, des guets-apens, des bagarres, des cadavres. »

Comme *Les Tontons flingueurs* était une parodie de série noire, *Les Barbouzes* sera une satire de film d'espionnage, Lino joue le rôle d'un agent secret français, Francis Lagneau, qui doit convaincre la veuve d'un trafiquant d'armes, Mireille Darc, de faire don à la France des secrets de fabrication de son mari disparu. Audiard prêta à Lino des propos qui firent mouche : « La vérité n'est jamais amusante. Sans cela, tout le monde la dirait. » Ou : « La fréquentation des salons m'a appris une chose : à ne plus chercher au coin des rues ce que l'on trouve gratuitement auprès des femmes du monde. »

Cette délirante parodie, réalisée par Lautner sur un rythme qui évoque Mack Sennett, remporta un grand succès. Un journaliste écrivit : « La mise en scène ne laisse pas un point de suspension, pas un temps mort – si on peut s'exprimer ainsi après une telle hécatombe ! » Lino était enchanté de son rôle. Assez curieusement, un des projets auxquels il s'intéressait avant sa disparition était un rôle – sérieux cette fois – d'agent secret, engagé dans la lutte contre le terrorisme. Son ami Norbert Saada envisageait de produire ce film, d'après un scénario de Charles Villeneuve, journaliste à TF1 ; ayant rencontré avec Villeneuve et Saada les grands « as » du contre-espionnage français, Lino s'était véritablement emballé pour ce projet. Comme s'il avait toujours été attiré ou même fasciné par ces combattants de l'ombre – et du silence.

« Ces types, me dit-il, travaillent et risquent leur vie en sachant parfaitement que leur réussite ou leur échec resteront inconnus. Le " bidon " chez eux n'existe pas. Ils sont face à eux-mêmes. Ce sont de vrais combattants. »

En sortant de la « piscine » (c'est ainsi qu'on appelait le quartier général du contre-espionnage militaire), Lino avait même agressé amicalement Charles Villeneuve, lui reprochant l'attitude des journalistes qui, à son avis, mettaient en lumière de fausses gloires qui ne le méritaient pas, et se montraient anormalement discrets sur les vrais héros. Charles Villeneuve était médusé ! Sans doute cet excellent journaliste ignorait-il que Lino disait toujours ce qu'il pensait, et était incapable de refréner une indignation !

Le destin n'a pas voulu que Lino incarnât un de ces agents de l'ombre dans une histoire moderne. Mais je peux témoigner de l'admiration profonde et du respect que lui inspiraient ces hommes prêts au sacrifice.

Recherche de vérité : c'était bien la ligne de conduite que s'imposait Lino – et qu'il s'imposa tout au long de sa vie. Ainsi, Claude Sautet, son copain, eut-il besoin de tout son enthousiasme, et de sa persuasion, pour obtenir son accord pour *L'Arme à gauche*, qu'il tourna en 1965.

C'était l'histoire d'un navigateur français échoué aux Caraïbes ; une sorte d'épave accablée par un secret trop lourd ; une riche Américaine lui demande de l'aide car on lui a volé son bateau. Jamais encore Lino n'avait incarné un personnage aussi douteux. Il y avait une scène très violente, où il devait rouer de coups Sylvia Koscina. La scène l'embarrassait (Lino, comme tous les anciens catcheurs, détestait se battre et encore plus battre une femme). Et une sorte de fatalité l'obligea à « frapper » beaucoup d'acteurs, Jean-Paul Belmondo, par exemple (dans *Cent Mille Dollars au soleil*), Bourvil (dans *Les Grandes Gueules*), Laurent Malet ou même Isabelle Adjani (dans *La Gifle*)... Chaque fois, c'était pour lui une sorte de cas de conscience.

« Tu sais, me dit-il, frapper fort, c'est montrer sa faiblesse ! »

Pour moi, Lino a toujours été la véritable incarnation de la force tranquille !

Il avait lu le scénario de *L'Arme à gauche*, et était sorti hésitant de cette lecture. « Ce type vient de nulle part, me dit-il. Et on ne comprend pas pourquoi il agit de la sorte ; il aurait aussi bien pu faire le contraire... Je ne le sens pas. »

Claude Sautet le convainquit en lui expliquant qu'il aurait à déplacer une ancre par dix mètres de fond, et qu'il était, lui, Lino, le seul comédien capable de réaliser cet exploit. Piqué au vif, et confiant dans le talent de Claude Sautet, Lino signa. Le goût de l'exploit sportif, de la performance, n'a jamais abandonné Lino. Il a joué au football, jusqu'à cinquante ans passés, n'a jamais abandonné le tennis, et ne pouvait envisager de commencer une journée sans faire de la gymnastique. A la maison, il soulevait chaque matin ses haltères. Peu avant sa mort, il se mit à souffrir d'un rhumatisme au genou. Il pestait contre ce mal qui augmentait sa claudication consécutive à sa fracture sur le ring. Mais même avec un genou douloureux, il continua à disputer, à Baracé, des parties de tennis. Et son intérêt pour le sport-spectacle ne faiblit jamais : il était toujours prêt à partir pour Londres, avec des copains, pour assister à un match de rugby. Il adorait suivre des étapes du Tour de France cycliste avec Jacques Chancel : ç'avait été, pour lui, l'occasion de se faire des amis fidèles – comme les Salet à qui nous rendions souvent visite, dans les Pyrénées. Avec celui du cinéma, c'est dans le monde des sportifs qu'il se sentait le plus à son aise. Il ne me cachait pas que quelque chose lui aurait manqué s'il n'avait pu fréquenter les vestiaires des clubs, avec leur atmosphère particulière de camaraderie brusque et leurs odeurs d'embrocation. En quinze ans, sauf tournage, il n'a jamais manqué un dimanche de football ou de tennis au Stade français, avec ses amis Maurice Costil, Gabriel Amar, Michel Loeb, Henri Zerapha et Daniel Maes. Souvent il rentrait de voyage le samedi pour se trouver le dimanche matin à la Faisanderie. Tous ces amis sont toujours à mes côtés; et encore aujourd'hui l'évocation des fiévreuses disputes de sportifs – Lino avait la réputation de refuser de perdre – nous remplit de joie. J'ajouterai à cette liste les forces armées, car Lino, déserteur par nécessité de l'armée italienne, avait la nostalgie de l'aventure militaire. Il avait – finalement – aimé son rôle de commando de la marine du *Taxi pour Tobrouk*, et il aimera plus tard celui du résistant de *L'Armée des ombres*, de Jean-Pierre Melville; et ensuite celui de général dalla Chiesa qui affronte la mafia sicilienne. Une de ses dernières grandes joies, dans ce domaine, fut la longue plongée avec l'équipage du sous-marin nucléaire le *Terrible* qu'il fit en compagnie de Christian Brincourt, et sur laquelle je reviendrai. Ces élans juvéniles, que j'observais comme n'importe quelle femme avec un certain attendrissement, étaient garants de sa sincérité, de son enthousiasme, de sa générosité.

L'Arme à gauche, de Claude Sautet, fut un succès; Lino ne recueillit que des éloges. Dans *Télérama*, Claude-Jean Philippe, que le « Cinéma de minuit » n'avait pas encore rendu célèbre, écrivit : « Ce film prouve que l'on peut concilier l'efficacité américaine et la concision française. Claude Sautet apparaît comme le digne héritier de Jacques Becker, l'auteur de *Casque d'or*, du *Trou*, de *Touchez pas au grisbi*. Quant à Lino Ventura, Becker en avait fait un comédien, Sautet l'emploie et le reconnaît comme tel. » Pour plusieurs critiques, comme Éric Leguèbe ou Jean-Louis Bory, Lino s'est même hissé, dans ce film, au niveau de Humphrey Bogart. Bory, dans *Arts* : « Audiardisé, Lino Gabinisait. Ici, il évoque Humphrey Bogart, mais il est avant tout Lino Ventura, et le personnage que Sautet lui a demandé d'être (...), carré, secret, pas épais mais doué d'épaisseur (...) si j'ai tant admiré Ventura, c'est que son personnage “ rentré ” est à l'image du film tout entier. » Henri Chapier, dans *Combat* : « Le scénario évoque ceux de Walsh ou de Wellman; on est prêts des grands films de Howard Hawks. »

Lino resta impassible (comme Sautet d'ailleurs) sous cette pluie de compliments. Je pense pourtant qu'ils eurent une certaine influence sur sa carrière : Lino se sentit désormais capable de relever des défis de plus en plus complexes, difficiles. Après les comédies de Lautner, le film de Sautet lui apportait la preuve qu'il avait les épaules assez larges et le talent suffisant pour entrer dans n'importe quel rôle. A partir de 63, 64, Lino se sentit vraiment un acteur à cent pour cent. Il était prêt pour les grandes compositions du *Deuxième Souffle*, du *Clan des Siciliens*, du *Rapace*, du *Silencieux*, des *Aventuriers*, des *Misérables*. Il avait atteint, en dix ans, une sorte de sommet professionnel; il avait le sentiment que tout était possible. Nous avons passé des vacances ensoleillées à Saint-Paul-de-Vence, à la Colombe d'Or, chez nos amis les Roux, notre refuge. Nous étions heureux. Ou presque.

Car notre pensée ne pouvait se détacher de la petite Linda. Elle avait dépassé quatre ans et les plus sombres prévisions se confirmaient. Après une période d'inconscience totale, et des moments d'angoisse, nous savions, maintenant, qu'elle ne serait jamais une enfant – ni une adulte – comme les autres. Cette injustice révoltait Lino. Il refusait de baisser les bras et s'épuisait dans un combat de tous les instants, perdu d'avance.

J'avais pris contact avec une association d'enfants handicapés de Saint-Cloud, Les Papillons blancs, un externat animé par des gens dévoués où Linda avait été accueillie, dans une annexe de la cantine de l'école de Saint-Cloud. J'avais été effarée de constater le manque de moyens, la misère de ces gens dévoués mais désarmés. Et je découvrais, avec Lino, que la situation était la même dans presque tous les centres. Il n'y avait pas d'école spécialisée, pas d'établissement vraiment adapté aux besoins des handicapés ; la plupart d'entre eux, naturellement, étaient surprotégés dans leur famille. Mais qu'adviendrait-il d'eux après la disparition des parents ? Leurs progrès étaient faibles. Il semblait que leur destin, sur le long terme, n'intéressât personne. Je connaissais la détresse de Lino devant le cas de sa fille, mais je ne pensais pas que sa pensée suivait à ce point la mienne, et même la précédait. Un jour où il m'avait accompagnée aux Papillons blancs pour chercher Linda, pauvre petit amour de cinq ans, un peu perdue, qui y avait passé l'après-midi et qui, comme ses camarades, regagnait pour la nuit la demeure de ses parents, il me dit :

« Que lui adviendra-t-il plus tard, Odette ? Il faut faire quelque chose »

L'idée de Perce-Neige est née ce jour-là.

11

L'aventure de Perce-Neige

« J'ai une enfant pas comme les autres... »

Je sais ce qu'a ressenti Lino en cette soirée de décembre 1965, quand il a prononcé cette phrase, assis à son bureau dans notre maison de Saint-Cloud, devant les caméras de l'ORTF, pour donner le départ de la première opération Perce-Neige.

Lino était un être de pudeur, de discrétion, qui détestait se livrer en public. Cet aveu a été pour lui une grande souffrance. Mais il avait décidé de le faire, et il l'a fait.

Il n'avait pas voulu que je sois présente quand il a enregistré cet appel. Je ne l'ai vu, et entendu, que près de vingt-cinq ans plus tard. C'était à Strasbourg, à l'occasion d'une grande opération Perce-Neige. Raymond Devos, un de nos parrains, était à mes côtés. Et j'ai été aussi émue, aussi troublée, que si Lino avait enregistré ce texte la veille ; je ressentais la douleur de Lino.

Pour Perce-Neige, il a accepté et affronté des épreuves qu'il n'aurait acceptées ou affrontées pour rien d'autre, et pour personne. Au cours de son enfance difficile, pendant la guerre et la clandestinité, lors de sa carrière sportive, il a vécu bien des tourments, et peut-être a-t-il frôlé parfois le désespoir. Mais je pense que rien ne l'a atteint aussi profondément que la maladie de notre Linda. (« Ma fille, disait-il, est aussi fragile qu'une fleur. ») Elle ne nous est pas apparue immédiatement. C'est lentement, par étapes successives, qu'il nous a fallu admettre que notre petite Linda aurait besoin, toute sa vie, de l'aide de son entourage et de plus d'amour que les autres enfants. Lino, suivant son habitude, refusant de subir, avait pris cette certitude comme un défi. Et cet appel donnait le coup d'envoi d'une opération destinée à atténuer notre malheur – et à aider tous ceux qui vivaient le même calvaire, frappés comme nous par le malheur, et confrontés au mépris.

Lino se méfiait de ce qu'on appelle, aujourd'hui, les médias. Bien avant qu'il enregistre cet appel, au Cap-Ferret où nous passions des vacances en famille, un journaliste avait tenté de photographier Linda. Lino l'avait bousculé et, sans l'intervention de notre ami Jo Sainz, il l'aurait peut-être mis K.-O. A peine rentrés de vacances, un article concernant Linda avait paru dans *France-Soir*. Redoutant un nouvel assaut des journalistes, je m'étais enfuie avec ma fille dans notre maison de Baracé. Pour rien, car l'article, qui reprenait les idées que Lino et moi-même avions déjà exprimées, était mesuré. Je me rappelle que Pierre Tchernia, un ami proche qui s'intéressait au problème, me rassura :

« Ne t'inquiète pas, me dit-il, tout va bien ! »

« Tout », c'était notre idée de lancer une association pour venir en aide aux handicapés et à leur famille. Lino a dit souvent, et je ne le dirai jamais assez, que, sans Pierre Tchernia, Perce-Neige n'aurait sans doute jamais vu le jour. A l'époque, Linda, âgée de sept ans, passait ses après-midi aux Papillons blancs, école spécialisée de Saint-Cloud ; mais l'équipe, dirigée avec beaucoup de cœur et de générosité par Mme Barriac, manquait terriblement d'éducateurs, d'espace, de moyens financiers. Très vite, je m'étais employée à aider les Papillons blancs, en organisant des kermesses. Mais il fallait faire plus – et mieux.

C'est Pierre Tchernia qui a trouvé le nom de Perce-Neige d'après la fleur qui « réussit à pousser et à vivre malgré le froid qui l'entoure ». Les premiers articles dans la presse avaient suscité un flot de lettres. Sa première idée fut d'organiser, avec l'aide de la télévision, des stations de radio et le concours de vedettes du spectacle qu'il se chargeait de convaincre, un grand gala. Les places seraient vendues à des prix élevés. L'administration abandonnerait le prélèvement d'usage. Et le montant de la recette servirait à construire une école-pilote.

Le projet n'avait pas séduit Lino. Il n'aimait pas ce genre de manifestation où, le plus souvent, le snobisme l'emporte sur la générosité. La notion de charité, quand elle s'affiche publiquement, le dérangeait. Pierre Tchernia comprit ses raisons (je pense qu'il les partageait car il y avait une grande communauté de pensée entre eux). Le projet de gala fut abandonné et remplacé, en décembre 1965, par l'appel de Lino à l'ORTF.

Lino rassembla donc tout son courage. Lui qui protégeait jalousement sa famille contre toute forme d'indiscrétion allait livrer son secret au public. Lui qui ne voulait jamais rien demander à personne allait demander de l'argent à des inconnus. Ce fut, je le répète, un effort presque surhumain. Mais, autrement, comment donner à notre projet l'impulsion indispensable auprès du public ? Et il le fit. « Je suis devenu le fermier général d'une grande cause », dit-il.

Quand l'équipe arriva à la maison à Saint-Cloud, je m'éclipsai, la vidéo n'existait pas encore, les caméras étaient énormes, et lourdes. Il y avait des câbles partout. En blanc et noir, le visage de Lino était apparu quelques jours plus tard aux téléspectateurs, après les informations. Sa voix était un peu étranglée ; mais, très vite, il avait trouvé le ton et le rythme qui convenaient à ces dix minutes de monologue. Voici le texte de cet appel, qui allait donner naissance à la merveilleuse aventure de Perce-Neige :

« Tout d'abord, je voudrais remercier l'ORTF qui m'a permis de venir exposer ce problème sur ses antennes. Problème qui me tient particulièrement à cœur. D'ailleurs, durant toute cette semaine, pendant cette campagne qui va être faite, vous verrez sur ces antennes d'autres personnalités qui viendront vous exposer leur point de vue sur ce problème.

« Il s'agit des enfants... des enfants pas comme les autres.

« Des enfants que Simone Sinclair a appelés des anges incompris et que la médecine appelle des enfants inadaptés.

« Si j'ai pris le parti de soulever le voile sur ce problème, c'est parce que je sais que la société ne peut plus l'ignorer, ne doit plus l'ignorer. Car c'est un problème qui éclatera même tout seul, comme il a éclaté dans d'autres pays.

« J'ai pris également le parti de le dire publiquement parce que j'espère de tout mon cœur que cela fera pencher la balance en notre faveur. Je suis père d'une enfant pas comme les autres...

« Il y a plusieurs problèmes. Bien sûr, il y a d'abord le fait qu'il faut sauver ces enfants – parce qu'une grande partie peut être sauvée. Il y a aussi le problème de la détresse des parents. Car je crois que, lorsqu'une maman met au monde un enfant comme ça, je crois que, là, elle atteint vraiment la profondeur de la détresse humaine. Il y a aussi un troisième problème, qui est le suivant : c'est qu'avant ces enfants s'éliminaient d'eux-mêmes. Maintenant, avec les progrès de la médecine, on les soigne et ils vivent. Alors, si on les fait vivre, il faut avoir la dignité et le courage de les emmener jusqu'au bout de leur vie. Et c'est ce qui n'est pas le cas.

« En effet, à vingt ans, même la Sécurité sociale les renie. Ils n'ont plus droit à *rien*.

« Ils sont en France, actuellement, six cent mille environ. Très peu ont la chance de pouvoir bénéficier d'une hospitalité dans des instituts subventionnés par le ministère de la Santé publique. Je crois qu'ils sont quatre-vingt mille environ. Le professeur Lafont m'a dit qu'il en naissait un toutes les vingt minutes !

« Il y a aussi, donc, ce problème majeur qui habite les nuits sans sommeil de tous les parents qui est le suivant : quand nous ne serons plus là, que deviendront-ils ?

« Ces parents, vous pouvez les aider. De plusieurs façons. Tout d'abord, je crois que vous pouvez les aider avec beaucoup de chaleur humaine, c'est-à-dire que, lorsque vous rencontrez un enfant pas comme les autres dans la rue, il ne faut pas le regarder avec de la pitié. Ce n'est pas de la pitié que ces gens-là veulent, au contraire, c'est de la justice, de la chaleur humaine.

« Vous pouvez les aider, également, en nous apportant de l'argent. Bien sûr, si je suis là, c'est pour ça. Parce que je sais que c'est avec quelque chose de concret, de palpable, qu'on pourra arriver à nos fins. Avec cet argent, je voudrais construire un centre-pilote, un centre où l'on puisse prendre les enfants, les rééduquer, essayer à un âge avancé de leur faire faire quelque chose de leurs mains dans des ateliers, afin qu'ils puissent se réintégrer dans la société quand nous ne serons plus là.

« J'ai reçu un courrier extraordinaire. D'ailleurs, je voudrais tout de suite m'excuser, parce que j'ai tenté de commencer à répondre ; mais ce n'est pas possible, parce que maintenant ce sont des centaines et des centaines de lettres qui arrivent – et qui m'ont encouragé à continuer dans cette tâche. J'ai reçu, bien sûr, beaucoup de lettres de parents d'enfants pas comme les autres. Mais aussi un tas de lettres de gens qui ont, eux, la chance d'avoir tous leurs enfants en bonne santé. J'ai reçu des lettres extraordinaires de gens qui n'ont pas un sou, qui nous disent : “ Je ne peux rien vous envoyer, mais je suis là, appelez-moi pour n'importe quoi et je viens ! ” Je trouve ça extraordinaire.

« Nous nous sommes attelés à cette tâche, et quand je dis nous, je dis Pierre Tchernia et moi, je sais que sans lui je ne serais pas arrivé à grand-chose. Maintenant, je crois qu'on va réussir. Il faut qu'on réussisse.

« Vous savez, l'année dernière, à la fin de l'année scolaire – enfin, scolaire... – de ces petits enfants, les monitrices avaient organisé un déjeuner sur l'herbe dans la forêt de Saint-Germain, où tous les parents assistaient, et nous avions fait un semblant de remise de prix. Lors de cette réunion, le président de l'association, M. Vernon, a annoncé à ces parents que j'envisageais de faire quelque chose. On ne savait pas trop quoi, à l'époque.

« Tous les parents m'ont regardé, et moi, j'ai encore dans mes yeux leur regard ; et il faut que je réussisse. Voilà. Merci. »

Le retentissement de ce message fut énorme. D'autant plus que des personnalités, amies de Lino, intervinrent dans les jours qui suivirent, à la télé et à la radio, comme il l'avait annoncé :

Jean Gabin, Joseph Kessel, Jeanne Moreau. Le 13 décembre, Georges Brassens, présenté par Pierre Tchernia, chanta pour nous au théâtre des Champs-Elysées. Très vite, des dons affluèrent de toutes parts chez l'agent comptable de l'ORTF. Des dons allant de plusieurs dizaines de milliers de nouveaux francs à quelques francs ! C'était plus, beaucoup plus, que nous n'avions escompté, et j'ai vu Lino, très ému, devant certaines lettres, comme celle d'une vieille dame de quatre-vingt-dix ans, retraitée des PTT, qui vivait seule dans une chambre de bonne du IIIe arrondissement à Paris, nous envoyant vingt francs en nous souhaitant bonne chance.

Ce succès auprès du public entraîna rapidement, le 20 mai 1966, la création de l'association Perce-Neige, selon la loi de 1901. Le professeur Minkowski, Mme Roger Frey, épouse du ministre de l'Intérieur de l'époque, Pierre Tchernia, M. Maurice Point, M. Acher, des Papillons blancs, M. Lageat, un ancien lutteur, ami de Lino, faisaient partie du premier comité ; un autre ami, Me Rouget, qui resta jusqu'à sa mort l'avocat de Lino, rédigea les statuts. Notre ami Jackie Billault nous trouva notre premier bureau, à La Celle-Saint-Cloud, non loin du terrain sur lequel Lino s'entraînait au foot, avec l'équipe des « Scotchmen ».

Nous avions reçu environ 2 millions de francs, somme considérable pour l'époque. Une de nos premières initiatives fut naturellement d'aider au développement des Papillons blancs, par la création d'écoles.

La première assemblée générale de Perce-Neige, le 6 novembre 1967, permit de faire le point. Notre philosophie consistait à soutenir et à déculpabiliser les parents, à combattre les idées reçues, à aider les différentes associations à créer des écoles spécialisées, IMP (instituts médico-pédagogiques), IEM (instituts médico-éducatifs). Et, dans une perspective plus large, s'intéresser à l'avenir des handicapés adultes, pour lesquels rien n'existait. « Je ne vous cache pas, déclara Lino, que nous devrons déplacer le Mont-Blanc avec une petite cuillère. »

Pendant plusieurs années, nous avons organisé des kermesses à Saint-Cloud, avec l'aide de tous nos amis. Et aussi des manifestations artistiques pour recueillir des fonds. Je me souviens d'un gala Aznavour, à Bobino, d'un autre avec Brassens au palais de Chaillot ; Lino, qui tournait *Boulevard du Rhum* au Mexique, avait demandé à son ami Lageat de l'organiser ; d'une vente de sapins de Noël, organisée par Pierre Bellemare, d'une croisade des cœurs de Pierre Tchernia, en 1971. Georges Brassens, Enrico Macias, Guy Béart, le dessinateur Peynet, Jean-Claude Brialy, et bien d'autres que j'oublie, nous offrirent généreusement leur concours et leur appui. Plus tard, nous obtiendrons, sous le chapiteau des Tréteaux de France à Saint-Cloud, la participation de Raymond Devos, Maxime Le Forestier, Pierre Perret, Marie-Paule Belle, Gérard Lenorman et, en 1991, Nicole Croisille. Tous ont accepté avec enthousiasme ! L'argent réuni nous permit d'ouvrir, en 1972, à Saint-Cloud, dans le cadre des Papillons blancs, une école-pilote, l'institut Léon-Malecot. Il s'agissait d'un centre internat-externat conçu sur des bases nouvelles. Nous avons aussi, toujours avec les Papillons blancs, ouvert à Trappes un CAT (centre d'adaptation par le travail) pour les plus de vingt ans, et un internat de semaine pour jeunes à Saint-Germain-en-Laye.

Nous nous sentions, Lino et moi, au centre d'un mouvement nécessaire et indispensable ; nous savions aussi que nous avions l'appui, moral et pécuniaire, de très nombreux inconnus. Nous avons décidé d'amplifier notre action, et de créer désormais, après avoir soutenu et développé ceux qui en avaient besoin (vingt-deux au total), nos propres établissements. Ce fut à cette époque que Radio-Monte-Carlo organisa autour de Georges Brassens, à notre profit, un jeu télévisé « Quitte ou Double », grâce à Michel Bassi et Stéphane Bannecy. De nombreuses vedettes (Alain Delon, etc.) y participèrent. Et l'opération, prévue pour un mois, fut prolongée trois mois. Cet argent nous permit d'aider une association du sud de la Loire et d'ouvrir un foyer supplémentaire.

Lino consacrait à Perce-Neige à peu près tout son temps libre, entre les tournages. Perce-Neige était pour lui une aventure qui le projetait plus loin que sa propre vie.

« On nous oubliera, me dit-il, on oubliera mes films, on oubliera nos noms. Mais Perce-Neige, telle que nous l'avons faite, nous survivra longtemps. Et c'est une bonne pensée. »

Lino avait raison. Il s'est donné tant de mal, nous a déployé tant d'efforts, il a mis tant de foi, d'enthousiasme et de persuasion dans Perce-Neige, que, par-delà sa mort, il continue à vivre à travers elle. Pour Linda, par exemple, notre fille, qui vit dans notre foyer de Sèvres, il est toujours là. La notion de mort n'existe pas pour ces personnes pas comme les autres. Linda n'a pas été spécialement triste quand, en octobre 1987, les autres pensionnaires l'ont entourée à l'annonce de la triste nouvelle. Elle déclara plus tard :

« Papa est mort, je sais même où il dort, je suis allée le voir avec maman. Et, un jour, je dormirai avec eux. »

Merveilleuse simplicité de ces êtres éloignés de la sophistication des gens « normaux ». Pour Linda, son père est auprès d'elle et elle en parle au présent. Je me demande, parfois, si ces enfants ou ces adultes pas tout à fait comme les autres, mais à l'écoute de bruits qui nous échappent, ne sont pas dans le vrai. J'ai parfois le sentiment que Lino, depuis son départ, inspire certains de mes actes, les oriente, qu'il pèse sur les choses qui me concernent. Et je remercie Linda d'en être si persuadée.

C'est en novembre 1976 que notre association fut reconnue d'utilité publique. Nous avions déjà distribué des sommes considérables aux centres dont la situation nous semblait intéressante. Nous avions aussi, tout le monde nous le confirmait, fait disparaître en partie – en grande partie ? – la honte et la culpabilité des parents. On nous avait raconté que certains cachaient encore chez eux leur petit handicapé, refusant de le montrer aux autres ! Nous disions aux parents : « Il n'y a pas de honte à avoir un enfant différent. » C'est la société qui doit être honteuse de la ségrégation qu'elle leur impose.

Notre combat, pourtant, était loin d'être gagné.

Un de ces aspects qui nous inquiétait le plus était l'absence totale de foyers pour handicapés adultes. Dépendant de leurs parents pendant leur enfance, leur adolescence et – s'ils ont de la chance – la première partie de leur vie, quelles étaient leurs perspectives après la disparition des parents ? L'asile. Tout simplement. Quand Lino et moi avons créé Perce-Neige, il n'existait que très peu de foyers d'accueil permanent pour handicapés adultes. En créer un – qui pourrait plus tard accueillir Linda – fut une décision qui s'imposa à nous presque sans que nous ayons besoin, Lino et moi, d'en discuter.

Cette première maison Perce-Neige – qui ne serait plus ni un foyer d'accueil temporaire ni une école, mais une maison aménagée pour les handicapés, où ils pourraient résider toute leur vie –, nous l'avons construite dans notre tête bien avant de la voir prendre forme sur le terrain.

Le terrain, justement. Pendant près de deux ans, Lino et moi avons battu les environs de Paris, examinant des dizaines de maisons à vendre. Aucune ne nous convenait. Il y avait toujours quelque chose qui rendait notre projet irréalisable : le prix trop élevé, par exemple. Nous avons fait le tour de toutes les agences immobilières. Et soudain, alors que nous commencions à désespérer, un vendredi soir, comme Lino tournait à Barcelone *Un papillon sur l'épaule*, on m'emmena à Sèvres, dans la banlieue ouest ; on me montra une maison en très mauvais état, au centre d'un grand jardin, bien placée – l'endroit idéal. Elle me plut d'emblée. De retour à Montretout, je téléphonai à Lino :

« Peux-tu rentrer pour le week-end ? Je crois que j'ai trouvé ce que nous cherchions ! »

L'accès jusqu'à ma découverte était assez compliqué : je n'avais fait la route qu'une fois ; pourtant ce parcours que, par la suite, j'aurais beaucoup de difficulté à apprendre – je me tromperai pendant des mois –, je le retrouvai sans hésitation, comme si le destin me tenait la main. Les murs étaient lézardés, les fenêtres murées, mais le jardin était vaste, sympathique, ensoleillé ! Lino eut la même réaction que moi :

« Il faut l'acheter ! »

Et le 9 mai 1979, Lino et moi l'avons acquise devant notaire ; l'avenir de notre petite Linda se dessinait.

Plus tard, les architectes décrétèrent que la maison était irrécupérable et que nous devions la raser. C'est ce que nous fîmes, pour reconstruire, avec notre architecte Henri Jeantet, un joli bâtiment, la première maison Perce-Neige ! Nous n'avons jamais regretté notre « coup de cœur ». Même si cet achat devait déboucher sur une série de problèmes, de déceptions, de crève-cœur, d'indignations, avant de tenir ses promesses.

La maison de Sèvres fut inaugurée trois ans après l'achat du terrain ! Ce délai s'explique par les formalités d'achat, l'importance des travaux, bien sûr, mais aussi par l'opposition que notre projet suscita à Sèvres, sur les lieux mêmes où nous avions décidé d'ouvrir notre premier refuge.

Quand j'ai commencé les démarches administratives, j'ai eu le sentiment de me trouver devant un mur. La notion même n'existait pas dans la législation. Des fonctionnaires, de bonne volonté, proposaient de nous assimiler à des maisons de repos – ou à des centres d'accueil pour immigrés ! Avant de construire Perce-Neige, nous avons dû, dans les bureaux, imposer l'idée de centre permanent pour handicapés. Cela n'entrait dans aucune catégorie répertoriée. Et, bien évidemment, cela ne donnait droit à aucune subvention (aujourd'hui, les choses ont changé et Perce-Neige reçoit des subventions des départements sous la forme de prix de journée).

Sur le terrain, le combat ne fut pas moins difficile. Dès qu'elle fut connue, l'idée fut repoussée par certains habitants de ce quartier de Sèvres. Des gens ni plus gentils ni plus méchants que les autres, mais qui éprouvèrent, à de rares exceptions près, le réflexe égoïste de refus. Des pétitions circulèrent, qui aboutirent sur le bureau du maire. Des centaines de signatures s'accumulèrent. Je me souviens d'une dame du quartier qui tirait les sonnettes et plaidait sa (mauvaise) cause avec véhémence. Je ne l'ai jamais vue. Lino non plus. Je veux oublier tout cela. Finalement, le maire appuya notre projet et les démarches auprès des administrations commencèrent.

Je me rappelle qu'un jour de l'été 1979, alors que nous étions tous en vacances à Saint-Malo, Lino reçut la copie d'une lettre-pétition circulant à Sèvres. Un certain « comité de défense » organisait une manifestation publique, face à la mairie. Furieux, Lino décida d'interrompre ses vacances et de regagner Paris. Lui qui n'aimait pas les journalistes, à qui il ne faisait plus vraiment confiance, n'hésita pas à les appeler au téléphone pour leur demander leur aide. Il expliqua, à la télé, à la radio et dans plusieurs journaux qui lui ouvrirent leurs colonnes, que son projet de créer à Sèvres une maison pour des handicapés paisibles se heurtait à l'hostilité du voisinage, à la méfiance, et qu'il jugeait cela inacceptable ! Puis Lino partit tourner *L'Homme en colère*, au Canada. Jacques Weber a écrit qu'il avait assisté à « la révolte inouïe d'un homme criant à l'injustice ».

Il y eut, en effet, à la suite de cette campagne et de ce deuxième appel, une réunion houleuse de riverains à la mairie. Le maire, qui nous avait accueillis avec réticence, défendit notre projet. Il n'ignorait pas les opinions politiques – plutôt à droite – de Lino. Une de ses premières questions avait été :

« A qui destinez-vous ces installations ? »

Je devinais la réponse qu'il attendait : « A des enfants de riches. »

J'avais répondu que, lorsque Lino et moi aidions un handicapé, nous ne nous préoccupions pas de sa situation sociale. Parmi tous ceux et celles auxquels Perce-Neige s'était intéressée ces dernières années, dans de nombreux centres ou écoles, il y avait des enfants venant de familles de tous milieux ; cela n'avait jamais pesé sur nos décisions.

Le maire avait été compréhensif et, en définitive, nous accorda le permis de construire. Il faut lui reconnaître du mérite, car il dut affronter encore des protestations – voire des menaces – de la part de certains administrés. Dans les mois qui suivirent, les travaux commencèrent.

Notre rêve avait pris forme. Je tins à ce que les parents et les futurs pensionnaires – les vingt et un amis de Linda depuis l'âge de cinq ans – fussent associés à la naissance de leur maison. J'organisai plusieurs visites (du terrain, des fondations, etc.), pour qu'ils aient le sentiment de la voir monter devant eux. Je faisais cela aussi pour que les parents s'habituent progressivement à l'idée d'une séparation.

Après deux ans de travaux, en 1982, nous inaugurions la première maison Perce-Neige. Il fallait répartir les chambres, qui étaient différentes. J'eus l'idée d'un jeu à l'occasion d'un goûter. Sept garçons et quatorze filles participèrent à un tirage au sort. Ils allaient, eux-mêmes, reconnaître la chambre qui leur était destinée. Ils se sentaient responsables.

Le foyer de Sèvres étant une vraie maison de famille, chacun a pu amener ses objets personnels et disposer les meubles selon son goût. Didier, Sophie, Patricia, Patrick, etc. – les amis de Linda – y vivent avec elle des jours heureux.

Il naît, en France, un enfant anormal toutes les vingt minutes ! C'est dire que notre activité, nos efforts sont loin de répondre à la demande. Et c'est aussi ce qui explique notre acharnement.

Je l'ai dit : dès l'appel de Lino, en 1965, la générosité des Français nous a permis de vivre, d'atteindre nos premiers objectifs et de nous développer. Si Perce-Neige a été une association vivante, efficace, tendue vers l'avenir, c'est d'abord à ces donateurs, connus ou inconnus, qu'elle le doit. Ils ont été le moteur de notre œuvre.

Comment les remercier ? Dans beaucoup de cas, c'est simplement impossible, une partie des dons étant anonyme. Si Perce-Neige recueille de nombreux héritages, nous voyons aussi venir vers nous des sommes parfois importantes sans mention de donateur. Ainsi, je me rappelle un coup de téléphone au siège de Perce-Neige : une voix d'homme âgé ; il désirait nous faire un don. On lui proposa de se rendre chez nous.

« Non, répondit-il. Je ne veux pas être vu. Je vous donne rendez-vous au métro Madeleine ! »

Notre vice-président de l'époque, M. Maurice Point, insista, mais le correspondant maintint sa position :

« Vous me reconnaîtrez : je porte un béret et j'aurai un cabas. »

M. Point se rendit au rendez-vous. Le vieux monsieur y était bien, avec son béret et son cabas. Dans celui-ci, il y avait 50 millions, de l'époque, en bons du Trésor anonymes. Une fortune.

« Je vais vous faire un reçu, dit M. Point, stupéfait. Donnez-moi votre nom.

– Inutile », répondit le vieux monsieur.

Et il ajouta :

« Ce soir, avec ma femme, on aura quelque chose à se dire ! »

Comment rester insensible devant des gestes de ce genre ?

Je me rappelle aussi celui que fit une des premières gagnantes du Loto, Arlette Estinger. Elle avait quatre enfants, avait été abandonnée par son mari et faisait le ménage dans un hôpital à Cassis, dans le Midi. Elle gagna près de 20 millions. Sa réaction fut d'envoyer un chèque de 300 000 francs à Perce-Neige...

Ou encore cette dame très âgée qui convoqua l'un de nous dans sa maison de retraite. Elle sortit son carnet de chèques et inscrivit : 500 000 francs (50 millions de centimes). On crut que, comme beaucoup de gens âgés, elle n'était pas familiarisée avec les nouveaux francs et qu'elle avait mis un zéro de trop.

« Mais pas du tout, je sais encore compter », nous dit-elle, en colère.

Je n'oublierai jamais cette délicieuse vieille dame.

A la mort de Lino, j'ai suggéré à ceux qui désiraient envoyer des fleurs de verser l'équivalent à Perce-Neige. L'association recueillit ainsi 5 millions de francs qui seront versés à la première maison de Lino Ventura, à Baracé !

Perce-Neige nous a permis de connaître le trésor de générosité que renferme notre pays, contrairement à certaines apparences d'égoïsme. Je pourrais citer mille gestes. Je ne sais pourquoi me revient à l'esprit un don qui avait beaucoup ému Lino, venant de tout jeunes parents. Quatre-vingt mille anciens francs, je crois, qu'ils déposèrent timidement.

« Nous les avions mis de côté pour notre petite Isabelle. Elle est morte. Prenez-les ! »

Ces parents, nous ne les avons jamais revus.

Nous avons compris, Lino et moi, que notre but était atteint, quelques années plus tard, lors de la première communion de Linda à l'église de Saint-Cloud. Elle était entourée de ses camarades de Sèvres, recueillis, que rien ne différenciait des autres enfants. A la sortie, je fus bouleversée par l'émotion qui se lisait dans le regard des parents : ce fut pour nous une récompense et un encouragement.

Pour moi, Perce-Neige c'était Lino. Et c'est encore Lino. C'est pourquoi, lors de sa disparition, j'ai été prise d'un doute : allais-je pouvoir continuer à m'occuper d'une œuvre dont nous partagions le poids, les exigences, et qui maintenant, sans Lino, retombait sur mes épaules ? Coïncidence, le dernier lundi avant sa mort, Lino avait assisté à une réunion à Saint-Cloud. Des problèmes compliqués avaient été évoqués. Il s'était mis en colère.

« Désormais, avait-il dit, je vais prendre les choses en main... »

Le destin ne l'a pas voulu. Heureusement, devant le vide que laissait sa mort, je savais que je pouvais faire confiance aux amis qui m'entouraient – certains depuis le début. Et personne n'a refusé d'intensifier son aide. Pierre Tchernia d'abord, qui a tant aidé Lino quand notre idée est née ; Michel Drucker, qui, lui aussi, aux heures les plus difficiles avait payé de sa personne, organisé des galas à notre profit, dont un gala de cirque demeuré célèbre ; Jacques Chancel, l'ami sûr, qui, avec Jean Salet, est président de Perce-Neige Pyrénées ; et Jean-Claude Brialy, qui, lui aussi, a abandonné à l'association le profit de différents galas. Ou encore les peintres Michel Loeb, Jean-Michel Folon, qui a dessiné notre sigle, et bien d'autres.

« Il a fallu nous mettre à quatre, dira Jean-Claude Brialy, pour remplacer Lino » – ils me permirent de trouver la force pour continuer le combat.

Linda a aujourd'hui trente-trois ans. Comme ses vingt et un camarades qui vivent au foyer, elle est heureuse et autonome. Plusieurs d'entre eux n'ont plus besoin de cars pour se rendre au CITL (centre d'initiation au travail et aux loisirs), structure qui leur apporte des activités artisanales propres à développer leur personnalité.

Je ne crois pas à la thèse officielle de l'insertion des handicapés en milieu professionnel normal, dans l'entreprise par exemple. Cela ne peut qu'accroître, chez eux, le sentiment de leur différence. Et que dire de ces malheureux mongoliens que j'ai vus un jour, dans une usine, à l'étranger, transporter des cageots trop lourds pour eux ?

Les handicapés ont besoin d'un milieu protégé, à leur mesure. Dans ce domaine, d'ailleurs, de gros progrès ont été réalisés grâce à la compétence et au dévouement de nos équipes d'éducateurs. Les handicapés sont capables d'efforts surprenants – non pas pour eux, mais pour les gens qu'ils aiment.

Dans nos foyers, on s'efforce et on réussit à recréer une véritable ambiance de famille autour des pensionnaires. Mais Lino et moi n'avons jamais oublié que le problème n'est pas pour autant résolu. Dans de nombreux domaines – ceux de la biologie, de la médecine, de la chirurgie, de la mécanique –, on peut aussi améliorer la vie de ces enfants et de ces adultes pas comme les autres.

D'où les efforts déployés à l'intérieur de laboratoires de recherche. En 1990, avec l'ARRIMC, nous avons rendu possible l'ouverture du laboratoire d'Augerville-la-Rivière, près de Fontainebleau. Le docteur Lespargot y conclut toute une série de travaux, en collaboration avec l'INSERM, qui y maintient six chercheurs.

Le monde médical ne s'intéresse que depuis peu de temps au cas des enfants polyhandicapés et infirmes moteurs cérébraux.

La plupart des traitements sont encore conduits de manière empirique ; leurs résultats sont partiels et au prix souvent de contraintes physiques et psychologiques difficilement supportables.

Il fallait donc compléter cette approche empirique par une recherche méthodique visant à identifier les différents facteurs responsables de chaque handicap.

Les études conduites depuis 1975 en collaboration avec l'Institut national de la santé et de la recherche médicale (INSERM) ont cherché à répondre à cet objectif. Les traitements simples sur lesquels ont débouché les travaux récents permettent aujourd'hui d'éviter l'hospitalisation dans la majorité des cas.

Ces résultats permettent d'alléger la durée quotidienne d'appareillage orthopédique des enfants. L'importance de cette recherche n'a pas échappé à la communauté médicale. A peine ces résultats viennent-ils d'être publiés que se manifestent de nombreuses marques d'intérêt de la part de spécialistes de France, Grande-Bretagne, Allemagne, Pays-Bas, Hongrie, Roumanie, Pologne, Suède, États-Unis, Canada, Chili, Mexique, etc.

Les ateliers et ce laboratoire, dotés d'un matériel extrêmement performant, vont permettre de poursuivre les travaux dans des conditions exceptionnelles.

Augerville est aussi un foyer qui répond aux besoins spécifiques des infirmes moteurs cérébraux. Nous avons facilité la réalisation de salles de classe et de jeu, de matériels sophistiqués et la mise en service d'un ordinateur pour la recherche thérapeutique. A Augerville, pas de blouses blanches ; en permanence, une équipe de prothésistes : des appareils orthopédiques sont fabriqués sur place, dans des matériaux légers et plus confortables.

Au début, on y recevait trente enfants par an. Actuellement, cinq cents enfants y sont suivis, en permanence. C'est le seul centre de ce type où, le jour du premier examen de leur enfant, les parents rencontrent tous les intervenants, au lieu de courir, comme nous l'avions fait pour Linda, d'hôpital en centre de soins : radiologue, O.R.L., dentiste, ergothérapeute, orthophoniste – et tous ceux qui peuvent être utiles pour compenser les déficits. Il ne s'écoule pas quinze minutes entre la prescription de l'appareil et le début de sa mise en œuvre. L'ergothérapeute recherche, avec les parents, les adaptations qui faciliteront la vie à la maison ou à l'école.

Je n'ignore pas qu'il y a encore beaucoup à faire et que, dans le domaine médical, l'information soit meilleure. Il faudrait généraliser l'amniocentèse de dépistage ; je connais – c'est à peine croyable – des familles qui ont eu deux handicapés. Il faut vraiment accepter parmi nous ces enfants pas comme les autres et leur donner l'amour, le temps et les soins qu'ils requièrent. Nous avons conçu de petites unités (20 à 30 lits) dans une ambiance intime, un environnement adapté, confortable et esthétique. Nous avons auprès d'eux des éducateurs chaleureux et compétents avec qui nous recréons une atmosphère familiale. J'ai en mémoire la phrase d'une maman gravement malade, dont la fille était à Sèvres, qui nous dit : « Grâce à vous, je peux mourir tranquille. »

Du haut en bas de la pyramide, de nos parrains des médias aux jeunes gens qui travaillent sur le terrain, en passant par nos donateurs, nos partenaires financiers, les bénévoles, les pouvoirs publics qui nous subventionnent, les conseils généraux, la COTOREP, les DDASS (directions départementales de l'action sanitaire et sociale), nous avons formé une vraie chaîne de générosité et de solidarité. Grâce à elle, nous rendons moins angoissée, plus confortable, plus gaie, la vie des pensionnaires. Lino disait : « Il faut y arriver. » Nous y arrivons. Il a dit aussi : « Leur bonheur sera notre récompense. »

Aujourd'hui – en 1997 – je n'ai rien perdu de l'enthousiasme qui nous animait, Lino et moi, il y a plus de trente ans, lorsque nous avons jeté les bases de Perce-Neige.

Le même enthousiasme, la même passion – c'en est une –, mais pour moi désormais sans Perce-Neige.

L'association dans laquelle Lino et moi avions mis tant d'énergie, tant d'amour, pour laquelle avec nos amis nous avions déployé tant d'efforts, est victime de son propre succès. Le mot peut surprendre, même choquer. C'est pourtant bien ce qui s'est passé : Perce-Neige est devenue gigantesque, structurée, administrée, mais a perdu son âme.

J'ai assisté à cette transformation avec tristesse. Nous avions créé un refuge, une chaîne d'amour pour ces enfants pas comme les autres. Je me suis retrouvée devant une entreprise commerciale de la charité avec ses soucis de rentabilité, ses statistiques, où la politique de la gestion l'emporte sur l'émotion, où la technique l'emporte sur les élans du cœur. L'enfant handicapé ne peut qu'être victime de cette nouvelle approche du problème : sur l'écran des ordinateurs, son sourire, son bonheur ne se matérialisent pas.

Or, pour moi, comme le pensait (et le disait) Lino, rendre heureux nos pensionnaires par l'épanouissement de leur personnalité, par le dialogue avec les parents, devait être l'unique finalité de notre action. Je l'ai vue s'éloigner. Je n'ai pu l'accepter, je ne peux l'admettre, je ne l'accepterai jamais.

J'ai donc quitté la présidence de Perce-Neige. Je n'ai pourtant pas renoncé à ma passion.

C'est pourquoi j'ai créé l'Association Lino Ventura « Aidons-les à vivre leur différence ». Tous mes amis m'ont suivie. Je peux compter sur eux.

L'objectif unique de ma nouvelle association est mon objectif de toujours : le bonheur de nos enfants différents sans contrainte de rendement, d'horaire ou de statistiques.

L'Association Lino Ventura pose comme principe fondamental que la relation avec les enfants doit rester personnelle, directe, sentimentale et attentive. Ils ne seront jamais des numéros : il faut savoir les écouter avec leur individualité diverse pour développer leur personnalité. C'était la vision de Lino, et cela restera toujours la mienne.

L'argent que recueillera l'Association Lino Ventura servira à maintenir notre action dans cette direction par l'organisation de loisirs, de sorties, de voyages, d'activités diverses, en accord avec les éducateurs, ainsi que par l'amélioration de leur cadre de vie.

Il y a beaucoup de travail à accomplir. Dans cet esprit, celui de nos débuts, l'Association Lino Ventura se propose d'apporter son aide et son expérience aux nombreuses associations de parents.

L'Association Lino Ventura apportera aides et appuis aux familles en désarroi. Un de nos premiers projets concerne la création d'un foyer près de Parme, en Italie (ville natale de Lino). Projet que je tiens tout particulièrement à mener à bien.

L'Association Lino Ventura organisera des opérations ponctuelles comme celle que nous avons déjà réalisée récemment à Mont-Geoffroy (Maine-et-Loire) dans le château de la famille de Contade (opération Jonquilles) au profit des handicapés.

Des aides spontanées se manifestent également, ainsi la République de Montmartre nous a versé le bénéfice de sa soirée annuelle. D'autres aides se profilent.

D'autres projets à l'étude, tous inspirés par les idées qui étaient et restent les nôtres : priorité à l'amour, à la solidarité, au désintéressement, à la générosité de chacun, sans avoir recours à des moyens commerciaux comme les promotions publicitaires de produits quels qu'ils soient (le don c'est le don, et non un acte commercial).

C'est l'esprit de notre action, et le préserver m'est un devoir absolu.

Une fois de plus, je sens et je sais que Lino, dix ans après sa disparition, est toujours à mes côtés.

12

Une réussite sans concession

J'avais souvent du mal à y croire moi-même : dix ans après le « gag » de *Touchez pas au grisbi*, mon mari avait tourné près de quarante films – et il était devenu une star ! En 1965, il faisait déjà partie des acteurs français les plus connus, les plus populaires et les mieux payés. Nous habitions une merveilleuse maison dans le parc de Montretout à Saint-Cloud, nous avions quatre enfants, dont une petite Clélia qui venait de naître ; si l'avenir de Linda était constamment présent à notre esprit et jetait comme un voile sur notre bonheur, nous avions de nombreux projets – dont Perce-Neige précisément – et la vie nous semblait pleine de promesses.

Lino débordait d'enthousiasme. Il jouait au foot, au tennis. Dès qu'il le pouvait, il allait s'entraîner avec Marcel Hansenne, ancien recordman du monde et rédacteur en chef de *L'Équipe*. Il terminait ses séances au sauna car, à quarante-six ans, il craignait de s'épaissir : il avait pris le goût des grands repas avec les copains, à la maison ou dans les « petits restaurants » qui leur étaient familiers. Les vacances en famille étaient sacrées pour lui. Pendant huit ans, nous avons loué en juillet une maison au Cap-Ferret, au bord du bassin d'Arcachon. Lino adorait pêcher en mer avec son ami Paul Uni. Il retrouvait ses amis de l'Herbe, comme Jo Sainz, avec qui il disputait des parties de pétanque. En août, nous allions à Baracé avec les enfants. La maison s'améliorait. J'y passais beaucoup de temps, souvent en semaine, pour surveiller les travaux. Lino, lui, ne se préoccupait que du jardin : c'est lui qui a planté les rosiers. Sur le plan de l'aménagement intérieur, il était plutôt du genre inspecteur des travaux finis. J'étais très fière d'avoir terminé l'installation : alors que je m'attendais à un compliment (mérité), la seule observation qu'il me fit fut :

« Je trouve les radiateurs trop hauts ! »

Quelle déception ! Je me réfugiai chez une voisine.

Mais nos brouilles ne duraient jamais longtemps. Lino pouvait être sec, parfois brutal. Il disait ce qu'il pensait, même si ce n'était pas ce que ses interlocuteurs souhaitaient entendre. Cela jetait parfois un froid. Avec les auteurs, les producteurs, les scénaristes – même ses amis – qui lui présentaient un projet, il ne mâchait pas ses mots.

« C'est mauvais, disait-il. Ça n'a aucun intérêt. C'est nul ! »

Ou pis. Un jour, Pascal Jardin, venu lui proposer une histoire, ne supporta pas la critique – peu nuancée – de Lino. Il se leva, quitta son bureau et disparut en claquant la porte. Une heure après, Lino l'appelait au téléphone :

« Alors, tu n'es pas capable d'entendre la vérité ? »

Et ils se réconcilièrent.

Jean-Loup Dabadie, qui, lui aussi, a essuyé la mauvaise humeur de Lino et ses critiques, disait :

« C'étaient des brouilles définitives qui duraient deux heures. »

José Giovanni, lui, prit un peu moins bien les choses et déclara, un jour, à Lino qu'il en avait assez de la « chambre des tortures » – c'est ainsi que certains appelaient le bureau de Lino où avaient lieu les séances de lecture. Lino s'asseyait le dos à la fenêtre, en contre-jour, derrière son bureau, et plaçait ses visiteurs sur des canapés confortables mais assez bas.

Lino, en général, devant les réactions de dignité offensée, se contentait de hausser les épaules. « Un homme qui n'a plus d'ami pour lui dire la vérité est un homme perdu », se plaisait-il à répéter.

« A quoi ça sert, me dit-il un jour, de répondre à un type qui vous demande votre accord : “ Je verrai ”, alors que vous avez déjà pris la décision de refuser ? Ça fait perdre du temps à tout le monde. »

Je peux dire que Lino a construit sa réussite au cinéma sur une franchise totale, sans aucune trahison, et sans se prêter au jeu classique des petites combines. C'est aussi pour cette raison qu'il avait décidé de se passer d'agent. Nous n'allions pratiquement jamais dans les cocktails et autres réunions dites parisiennes. Rarement dîner en ville, sauf chez de vrais amis. Lino se méfiait des flatteries, comme des conseils des gens du métier. En cas de doute – cela lui arrivait –, il s'en ouvrait à quelques amis triés sur le volet et qui n'avaient rien à voir avec le cinéma. En réalité, il ne se laissait jamais influencer : quand il a décidé, contre l'avis quasi unanime, de ne pas tourner un second *Gorille*, malgré ou à cause du succès du premier, on lui a prédit la catastrophe.

« Je me trompe peut-être, me dit-il à l'époque. Mais, au moins, je me serai trompé tout seul ! »

Il disait qu'au cinéma il est beaucoup plus difficile de conduire sa carrière qu'au théâtre. Un acteur de théâtre a un répertoire, un emploi. « Au cinéma, disait-il, l'occasion fait le larron... Il faut refuser de se laisser coller une étiquette. »

« Beaucoup de gens, disait-il, pensent que je ne joue que les gangsters. Or, si j'ai accepté de tourner *Classe tous risques*, et *Le Deuxième Souffle*, c'est parce que ces films démystifiaient le personnage classique du gangster. De même *L'Emmerdeur*, de Molinaro, avec Brel. »

Lino dut lutter pour s'affranchir de son physique, de sa musculature de catcheur, qui lui avaient valu ses premiers rôles.

« J'ai l'impression, m'avait-il dit un soir, au début de sa carrière, qu'on me confond avec mes rôles. Les gens ont l'air déçu de constater que je n'ai pas une mitraillette dans le coffre de ma voiture, de la came dans les poches, et que je n'ai pas trois filles sur le trottoir à Pigalle ! »

Je ne m'étonnais donc pas quand, en 1962, il m'annonça que son prochain rôle serait celui d'une victime. Une demi-victime en réalité, car il s'agit d'un escroc assoiffé de vengeance qui se fait avoir par ses copains. *La Métamorphose des cloportes*, de Granier-Deferre, ex-assistant de Denys de La Patellière dans le *Taxi*, était la première adaptation au cinéma d'un roman d'Alphonse Boudard. Lino y retrouva ses copains du *Taxi*, Charles Aznavour et Maurice Biraud, avec Pierre Brasseur. Cela ne commença pas très bien. Granier-Deferre a fait, plus tard, le récit des premiers jours de tournage :

« Lino chercha tout de suite l'épreuve de force avec moi. Il le faisait d'ailleurs de façon un peu systématique ! Pour m'impressionner, pour se rassurer ? C'était son côté coriace. Il devait dire : “ Merci, madame ”, à Irina Demick qui jouait un rôle de fleuriste. Il me dit : “ Je dirai seulement : merci. – Pourquoi ? – C'est comme ça ! ” Je tins bon. Furieux, Lino se retira sous sa tente. Puis il est revenu. Et on a bien rigolé ! »

Ce comportement n'était pas rare chez Lino. Notre ami, Jacques Deray, avec qui il a tourné trois films, l'a confirmé :

« Lino prenait plaisir à agresser les metteurs en scène. Mais il y avait là-dedans une part de jeu. »

Je n'ai jamais pensé que Lino était un homme facile ou conciliant. Mais je savais que cette dureté apparente, cette rigueur cachaient un cœur généreux. Granier-Deferre le découvrit aussi après la petite scène du début des *Cloportes* :

« Je venais de divorcer, une fois de plus. Pendant tout le film, Lino me fit la leçon... me vantant les plaisirs de la stabilité, de la vie de famille, le bonheur d'avoir des enfants. Il voulait mon bien – qui ressemblait au sien. »

De 1965 à 1968, Lino tourna quelques-uns de ses grands succès. Après avoir vu *La Rivière du hibou*, de Robert Enrico, qui lui plut beaucoup, il accepta de tourner, avec ce metteur en scène, *Les Grandes Gueules*. Le film tiré d'un roman de José Giovanni, *Le Haut-fer*, se déroule dans une scierie des Vosges. Je crois qu'il y a, aujourd'hui, une sorte de musée Ventura sur les lieux du tournage. Lino avait accepté, contrairement à ses habitudes, d'embrasser une partenaire, Marie Dubois. Cette perspective le mettait mal à l'aise une fois de plus. Voici comment Marie Dubois, elle-même, m'a raconté la scène :

« Je jouais une fille de campagne. J'avais vingt-quatre ans, lui quarante-trois... et c'est lui qui devant les caméras avait l'air timide. Finalement, c'est moi qui fis le premier pas, je me jetai sur lui et l'embrassai... Il eut l'air stupéfié... et réclama une deuxième prise. Enrico garda la première qui était bien meilleure. »

J'étais allée rejoindre Lino dans les Vosges pour un court séjour. L'ambiance était heureuse. A l'occasion d'une bagarre avec le colosse américain Jesse Hahn, Lino s'était blessé à la jambe ; son agilité d'ancien catcheur lui avait, une fois de plus, épargné une blessure plus grave. Tout le monde avait le sentiment de tourner un grand film. C'en fut un, en effet, qui obtint un grand succès (Jean-Louis Bory l'appela : « le premier grand western français »), à tel point que Lino, assez vite, signa pour un autre film avec Enrico, *Les Aventuriers*.

Entre-temps, il tourne, avec Jean-Pierre Melville, le rôle de Gu, ennemi public numéro un, dans *Le Deuxième Souffle*, d'après un roman de Giovanni. Comme dans *Classe tous risques*, de Sautet, il incarne un gangster redoutable, qui a existé. Il me raconta que, lorsque le film sortit, le vrai Gu, Gustave Menda, qui purgeait une peine à perpétuité dans la centrale de Nîmes et dont les détenus connaissaient mal l'histoire, devint une sorte de héros !

Les Aventuriers, second film avec Enrico, est pour Lino l'occasion de retrouver Alain Delon : c'est l'adaptation, encore une fois, d'un roman de José Giovanni. Enrico met l'accent sur le tempérament italien de Lino : il parle beaucoup et en faisant des gestes ! Il avait accepté, après des hésitations – car il avait, par contrat, comme presque toujours, un droit de regard sur le scénario. Lino, bavard ! Lui qui m'avait dit un jour, pendant le tournage du *Taxi*, à Almería :

« Denys de La Patellière est un type bien, Mounet. Il y a quelques jours, on a passé près d'une demi-heure ensemble dans un silence total, sans se dire un mot ! »

Pendant le tournage, je rejoignis Lino à La Rochelle : il tournait à Fort Boyard – que le cinéma avait découvert bien avant Nicolas Hulot et « Ushuaia ». Un jour, nous nous sommes échappés avec Alain Delon, jusqu'à Baracé. Alain, séduit par le calme de la région, s'était intéressé à un petit château que nous lui avions fait connaître. Il s'en est fallu de peu qu'il ne devienne notre voisin !

Les Aventuriers furent un grand succès et scella l'amitié entre Alain et Lino. Récemment, Alain disait : « Je n'ai jamais rencontré un acteur aussi naturel. Avec lui, la première prise est toujours bonne. Il n'avait aucune formation traditionnelle, mais il entrait dans un rôle comme dans un costume. C'est lui qui m'a fait découvrir le métier, à Saigon, rue Catinat, quand, par hasard, je l'ai vu dans *Touchez pas au grisbi.* »

Un soir d'été, nous sommes arrivés en voiture à Saint-Germain-des-Prés, avec Cri-Cri et Michel Audiard ; nous avions l'intention de dîner tranquillement chez un petit italien. Deux automobilistes se disputaient violemment une place de parking ; ils allaient en venir aux mains ; Lino tenta de les calmer. Comme cela se passe d'habitude dans une telle circonstance, les adversaires se tournèrent contre lui. Il y eut une bousculade. La pipe de Lino tomba par terre. Comme il se baissait pour la ramasser, un des automobilistes l'insulta, et m'insulta, par la même occasion.

Alors tout changea. On eût dit que Lino avait soudain lâché ses freins. Il décocha au goujat une formidable paire de gifles – suivie d'un coup de pied aux fesses.

« Je n'ai jamais vu, me dit Michel Audiard, un individu faire à cette vitesse le tour de l'église de Saint-Germain-des-Prés ! »

Cette scène vécue donna à Michel Audiard l'idée d'écrire pour Georges Lautner le scénario de *Ne nous fâchons pas* ; ce film comporte quelques cascades exceptionnelles, réglées par Gilles Delamare : une 2 CV reste en équilibre sur une pile de pont, entre Digne et Nice; ce fut aussi pour Lino l'occasion de retrouver Mireille Darc, qui devint notre amie. Elle jouait le rôle d'Églantine. Entre Georges Lautner et Lino, les choses n'allaient pas très bien. Mireille m'en donna, plus tard, l'explication. Un soir, au cours d'une réunion avec Audiard, destinée à mettre au point le tournage du lendemain et à apporter, éventuellement, quelques modifications au scénario, Georges Lautner s'était endormi, à la grande indignation de Lino. Par la suite, m'a raconté Mireille, Lino n'a plus adressé la parole au metteur en scène.

Ce fut le dernier film de Lino avec Lautner. Ce que je regrette.

Lino était un homme pointilleux, poli, attentif, à cheval sur les principes; il ne tolérait pas ce qu'il considérait comme une offense. Il n'a pas plus pardonné à Lautner de s'être endormi pendant une discussion qu'aux organisateurs du festival de Cannes de l'avoir accueilli avec désinvolture. Et le fait que ces mêmes organisateurs avaient cru bon de m'envoyer des fleurs, plus tard, pour réparer leur bévue n'a pas modifié son sentiment à leur égard. Certains penseront qu'il se vexait facilement. C'est exact. Mais comment le lui reprocher alors que lui mettait tant de soin à ne pas vexer les autres. Professionnellement, il disait toujours ce qu'il pensait au risque de leur déplaire. Pour lui, la vérité pouvait être difficile à entendre, mais jamais blessante. Et, à son avis – contrairement à l'avis de beaucoup d'autres –, la politesse consistait à ne pas mentir. « On reconnaît un ami, me dit-il une fois, à ce qu'il vous dit ce qu'on n'a pas envie d'entendre! »

Lino avait son code personnel de bonne conduite. Il aimait gagner de l'argent, bien vivre, il avait le goût du luxe – et même une certaine incapacité physique à se confronter à la misère ; il était attiré par les belles choses. Il prenait plaisir à ramener de ses voyages – en Italie, en Espagne, en Allemagne, etc. – des meubles, des objets, des dessins qui lui avaient plu. Il avait un sens inné du beau. Mais il détestait la notion de privilège. Quand nous allions au cinéma, Lino, quand le directeur de la salle le reconnaissait, ce qui arrivait presque toujours, insistait pour payer sa place. Il ne supportait pas que quelqu'un autour de lui traitât un subordonné avec mépris ou, pis, avec brutalité ! A un réalisateur célèbre – dont je tairai le nom – qui avait insulté devant lui un jeune assistant, peut-être fautif, et l'avait humilité publiquement, il dit :

« Ne recommence jamais ça, ou ça te coûtera cher ! »

Et il n'avait plus jamais travaillé avec ce metteur en scène.

Dans la même perspective, il avait peu d'estime pour les politiciens :

« Je suis sûr, me dit-il, que la politique inocule à l'homme un virus que nous ne connaissons pas et qui le fait changer au fur et à mesure de sa carrière. Je ne suis pas un grand admirateur des politiciens. Il leur manque, entre autres choses, la sincérité et l'honnêteté... » Il citait Soljenitsyne : « La politique avilit l'homme. » Il faisait une exception pour Jacques Chirac, dont il admirait le dynamisme sportif et la détermination. « C'est un battant », disait-il.

Sur les films politiques, Lino était encore plus catégorique :

« Je les fuis, disait-il. Ils sont lourds, démonstratifs et presque toujours faux et partiaux... »

Les événements de 68 le laissèrent pensif.

« Il est normal, me dit-il, que les enfants se révoltent contre l'autorité. Mais est-il normal que des adultes les encouragent dans cette voie ? Qui veut tirer les marrons du feu ? »

Pendant les épreuves de force de la Sorbonne et d'ailleurs, nous étions revenus en catastrophe de Saint-Paul-de-Vence, à l'idée que nos enfants aient pu être pris dans la bourrasque de la contestation. Heureusement, ce n'était pas le cas.

Lino, en ce temps, jugeait avec sévérité les manœuvres de certains leaders. Il sentait la démagogie de leur attitude, et cela lui déplaisait fortement.

C'est dans cette disposition d'esprit qu'il accepta de tourner *Le Rapace*, mis en scène par José Giovanni. Le Rital (Lino) est un mercenaire chargé d'abattre le président d'une République d'Amérique du Sud au profit du fils du président précédent. Le meurtre accompli, le Rital s'aperçoit que ses commanditaires n'ont pas les nobles intentions qu'il leur prêtait. Il se venge, et affronte seul l'ultime épreuve. Comme si le courage, la loyauté d'un seul homme rachetaient la faute initiale. Lino aimait beaucoup ce rôle. Le film fut tourné au Mexique – dans les environs de Veracruz. Ce fut pour moi l'occasion de revoir le Mexique et de retrouver avec Lino les endroits qui nous avaient séduits pendant *Le Boulevard du Rhum*. *Le Rapace* reçut un accueil élogieux de la critique :

« Il faut remonter à Jean Gabin et à Spencer Tracy pour trouver une présence aussi intense », écrivit de Lino Georges Charensol dans *Les Nouvelles littéraires*. Et Henry Chapier : « Un film français de classe internationale. »

Nous avions retrouvé le Mexique et ses beautés. Lino avait tenu sa promesse.

Chaque film qu'il tournait au loin, chaque pays qu'il découvrait était l'occasion d'accroître ses connaissances artistiques; c'était un aspect de mon mari qui m'a toujours passionné : sa curiosité était constamment en éveil. En voyage, notre premier réflexe était de nous rendre dans le musée de la ville. Lino se documentait avant de partir. Il savait quels étaient les chefs-d'œuvre incontournables, les monuments à voir et même, éventuellement, les artistes vivants à qui rendre visite. Tout l'intéressait, mais il avait un faible pour les primitifs et les peintres italiens de la Renaissance. A chaque séjour à Parme, nous retrouvions avec le même plaisir le magnifique musée national de la Pilotta car Lino voulait régulièrement revoir les toiles du Parmigiano – le Parmesan – et celles du Corrège. Lino avait une dilection particulière pour la Coupole de San Bartolomeo, peinte par le Corrège; c'est là où il avait été baptisé. Il en était fier. Il avait tenu à me faire lire le registre où était inscrit le nom du petit Angiolino Pasquale Ventura!

A Busseto, non loin de Parme, où il avait passé une partie de son enfance, nous allions régulièrement visiter l'église Sainte-Marie-des-Anges où se trouve, au fond d'une chapelle, une magnifique terre cuite du XVe siècle, représentant la mise au tombeau; Lino aimait aussi à Busseto le théâtre Verdi.

Son goût ne se limitait pas aux artistes nés, comme lui, en Émilie : nous connaissions tous les grands musées d'Italie. Sa mémoire était étonnante. Notre dernière visite en Italie eut pour décor Assise. C'était au début septembre, un mois et demi avant sa mort. Nous avons passé des moments merveilleux devant les fresques sublimes de Giotto, à la basilique inférieure; et à l'ermitage de San Francisco : dans ce lieu plein de poésie, j'avais été frappée par l'intensité de l'émotion que Lino avait ressentie. En octobre, lors de ses obsèques, le prêtre a récité, sans que je lui aie parlé de ce voyage, la prière de saint François d'Assise :

« Là où se trouve la discorde,
que nous bâtissions la paix.
Là où se trouve l'erreur,
que nous proclamions la vérité. »

Ce goût pour la peinture et toutes les formes de l'expression artistique, qui était apparu un peu tard dans la vie de Lino, s'était emparé de lui de façon impérieuse. Cela explique aussi ses amitiés pour de nombreux artistes classiques, ou d'avant-garde comme César. Nous allions le plus souvent possible avec Michel Loeb voir des expositions ; son choix était toujours dicté par le plaisir.

« Comme pour les rôles qu'on me propose, me dit-il, je sais tout de suite si j'aime ça. »

Et, comme pour ses rôles, l'expérience a démontré que son goût était sûr, qu'il se trompait rarement.

Le Clan des Siciliens, d'Henri Verneuil, réunissait les trois plus grandes vedettes françaises de cette année 69 Gabin, Delon et Lino. Il avait déjà tourné avec Verneuil dans *Les lions sont lâchés* et *Cent Mille Dollars au Soleil*. Dans ce nouveau film, il était un inspecteur qui essaie d'épingler les auteurs du hold-up du siècle. Après une évasion spectaculaire d'un fourgon cellulaire et l'atterrissage d'un long-courrier piraté, une petite entorse à la morale familiale oppose deux générations de Siciliens. Dans la dernière séance, Lino arrête Gabin – non sans un étrange respect. Des critiques ont écrit que Lino dans cette scène semble ému. Se doute-t-il qu'il joue pour la dernière fois avec Jean ?

Le Clan des Siciliens fut un très gros succès commercial (800 000 entrées à Paris, 5 millions de recette en France) ; on le revoit assez régulièrement à la télévision. Entre les trois stars, l'amitié se renforça. Alain Delon l'a encore déclaré récemment : pour lui, le « jeunot », ce fut une expérience inoubliable. « Lino avait insisté, raconte Delon, pour que Gabin figurât en tête d'affiche. Grâce à Lino, il n'y eut aucun problème de générique. Avant d'être un grand acteur, c'était un grand bonhomme. » La même année, Lino tourna *L'Armée des ombres*, tiré d'un roman de Joseph Kessel paru en 1943, sous la direction de Jean-Pierre Melville.

Entre Lino et Melville, il y avait eu quelques petits accrochages lors du *Deuxième Souffle*, quatre ans plus tôt, mais Lino avait passé l'éponge : le film avait été un succès ; le rôle du résistant de *L'Armée des ombres* lui plaisait énormément. Lino avait vécu intensément la fin de l'occupation allemande, clandestin, puisqu'il était déserteur de l'armée italienne, sous la menace permanente d'une arrestation. S'il a été associé à un réseau actif de la Résistance ou à une filière d'évasion vers l'Espagne, ce dont certains de ses amis sont sûrs, il ne m'a jamais mise dans le secret. Ni à Paris ni à Baracé, je n'ai été témoin d'actes de la lutte clandestine.

Le résistant de *L'Armée des ombres* appartient à cette catégorie de héros discrets qui plaisait à Lino. Ce fut, encore une fois, un grand succès public – et le tournage de ce film apporta beaucoup de satisfaction à Lino. Est-ce parce qu'il racontait une aventure qu'il eût aimé avoir vécue dans la réalité ? Ou pour une autre raison ? Je ne sais. Ce fut aussi la rupture définitive avec Jean-Pierre Melville. A Nice, à la fin du film, Lino ne lui parlait plus ! Il ne supportait plus les manies du metteur en scène, ses lunettes noires, son feutre Stetson qui lui servait à cacher sa calvitie et sa façon de vivre dans l'obscurité, rideaux tirés, même en plein jour. Disons que cette « théâtralité » irritait terriblement Lino. Tous ceux qui cherchèrent à les raccommoder échouèrent. Aujourd'hui encore, je ne suis pas sûre que Lino ait vu *L'Armée des ombres*! Je sais qu'il racheta, assez cher, le contrat qui le liait à Melville pour un troisième film. Le producteur, Norbert Saada, peut en témoigner. Quand Melville mourut, pourtant, je vis Lino attristé, et la femme du metteur en scène me dit qu'elle avait trouvé parmi les fleurs un bouquet au nom de Lino.

Quand Lino se braquait contre quelqu'un, c'était pour la vie. Mais c'était un homme sans rancune. Dans le domaine de la brouille, comme dans celui de l'amitié, les metteurs en scène occupaient une place privilégiée. J'en parlais tout récemment avec notre ami Claude Pinoteau que Lino avait connu assistant sur *Action immédiate* de Maurice Labro, à leurs débuts communs, puis aux côtés de Lelouch.

« Je suis le seul, me disait Claude, qui ait réussi à tourner quatre films comme metteur en scène avec Lino. Et nous avions des projets ensemble ! »

Difficile, Lino ? Je dirai : exigeant. Et peu enclin à l'indulgence. Nombreux sont ses partenaires qui, comme les metteurs en scène, ont fait l'expérience de ce caractère entier.

Je me rappelle le « cas » de Marlène Jobert. Quand elle tourna avec Lino *Dernier domicile connu* – ils étaient tous deux policiers –, elle arriva tout auréolée de son récent triomphe aux côtés de Charles Bronson dans *Le Passager de la pluie*, de René Clément. Trop sûre d'elle, sans doute. D'emblée, elle déplut à Lino – et Lino déplut à Marlène. Il y eut « blocage », absence de communication, pendant tout le tournage. Pas une seule fois Lino ne déjeuna avec Marlène. Et Marlène ne fit rien pour arranger les choses. Plusieurs années après, ils se croisèrent sur les Champs-Elysées. Il y eut un petit moment d'hésitation, puis Marlène se précipita vers Lino :

« J'ai été idiote, lui dit-elle.

– J'aurais pu faire un petit effort », répondit Lino.

Et ils se sont séparés amis.

Cela se passe comme ça chez les gens qui ne trichent pas, et qui ont des doutes sur eux-mêmes.

13

La Gifle

Je n'en menais pas large quand Lino, un beau matin, m'a appris qu'il allait faire un film, au Mexique, avec Brigitte Bardot. Brigitte était alors le « sex-symbol » de la génération, l'incarnation quasi irrésistible du charme et de la facilité ; sur elle couraient des bruits innombrables. Elle avait en particulier la réputation de séduire, parmi d'autres, tous ses partenaires de cinéma.

Mais que faire ? *Les Aventuriers*, de Robert Enrico, avaient été un grand succès. Cette fois, Enrico avait choisi une histoire de contrebande des années 20 : le lieutenant Cornelius van Zeelinga (Lino), flibustier du rhum en pleine époque de prohibition, entreprend de retrouver Linda Larue (Brigitte), grande vedette du muet dont il est épris. A sa recherche, il sillonne les Caraïbes sur son voilier *La-Dame-de-Cœur*. Le début du tournage, fin 1970, eut lieu dans le sud de l'Espagne et se passa sans difficulté. Lino revint à la maison pour Noël et me raconta que pour l'instant Brigitte et lui tournaient dans des bateaux séparés ! Il aimait beaucoup le scénario et croyait au succès du film. Il avait même pris une participation financière.

Le tournage reprit au Mexique, où les choses se gâtèrent. Entre Brigitte et Lino, le courant ne passait pas. « Ils s'observaient avec méfiance, raconta Enrico. Et les efforts que nous faisions pour les rapprocher échouaient lamentablement. »

La « guerre des étoiles » atteignit son paroxysme à l'occasion d'une conférence de presse donnée à Mexico, avec l'appui de l'ambassade de France. Brigitte et Lino étaient assis côte à côte derrière une table, faisant face à une meute de journalistes et de photographes. Les questions commençèrent à fuser. Comme on pouvait s'y attendre, elles s'adressaient surtout à Brigitte. Et elles concernaient sa vie privée :

« Brigitte, combien avez-vous eu d'amants ? Avec qui vivez-vous actuellement ? Que pensez-vous de l'amour libre, etc. »

Assez rapidement, Lino manifesta son impatience. Ces questions lui semblaient particulièrement inintéressantes, déplacées et, m'a-t-il dit ensuite, dégradantes pour la vedette. Tout d'un coup, il se leva.

« Messieurs et mesdames, veuillez m'excuser, je ne suis pas venu pour écouter parler de la vie privée de Mme Bardot. Moi, je fais du cinéma. Donc, je m'en vais. »

Il tourna le dos aux journalistes, surpris, et disparut vers le fond. Il y eut un silence. Brigitte Bardot hésita un instant. On l'entendit dire :

« Mais qu'est-ce que je lui ai fait, à celui-là ? »

Et elle enchaîna, pour les journalistes :

« Continuons ! »

Plus tard, après la conférence, ayant difficilement échappé aux photographes qui la harcelaient, elle laissa sa colère éclater. En vérité, elle fit une véritable crise de nerfs.

« Quel grossier personnage ! Oh, je lui en veux, je lui en veux ! »

Elle n'avait pas compris que l'attitude de Lino était dictée par le désir de la protéger, de l'empêcher de se livrer au jeu – à son avis humiliant – des questions trop personnelles. Mais sans doute Brigitte, habituée à ce style d'interview, ne voyait-elle pas les choses de la même façon.

Ce malentendu n'arrangea pas les choses entre Brigitte et Lino. Je suis venue passer quelques jours à Veracruz, où se tournait le film. J'ai trouvé Lino assez maussade, peu satisfait de l'ambiance du tournage. La musique incessante et nocturne des « mariachis » (orchestres ambulants) qui me dépaysait l'irritait : « Tu verras après trois semaines, quand tu cherches le sommeil », me dit-il. Pourtant, le Mexique le fascinait. Nous sommes allés ensemble au musée de Mexico, qui contient des trésors, et, profitant de quelques jours de repos, nous sommes allés dans le Yucatán, jusqu'à Palenque et son merveilleux site archéologique. Nos amis, Bernard Lignon, le peintre, et sa femme Jacqueline, étaient venus nous rejoindre. Lino prenait des photos ; ces vestiges de civilisation engloutis par la forêt le fascinaient.

De retour à Mexico, nous avons dîné avec Brigitte. Il était quasi impossible de se déplacer avec elle, car les gens la repéraient dans la rue et nous suivaient ; certains essayaient de la toucher ! Lino grondait ; j'essayai d'arranger les choses :

« Tu vois comme sa vie est difficile, Lino. Être Brigitte Bardot, ce n'est pas simple. »

Il ne me répondit pas. Il pensait peut-être que son entourage était en partie responsable de cette situation. Quand je repartis pour Paris, ils se regardaient toujours en chiens de faïence.

Robert Enrico s'arrachait les cheveux. Il dira un jour que ce manque de communication (c'est le moins qu'on puisse dire) entre ses deux vedettes avait nui au succès du film. Plus tard, Enrico commettra l'erreur de proposer à Lino un rôle dans un film dont le sujet tournait autour d'un enfant handicapé mental. Ce fut la rupture définitive. Lino ne tourna plus avec Enrico ni avec Brigitte.

Lino détestait l'aspect technique du cinéma. Les problèmes d'objectifs, d'emplacement de caméra, etc., le laissaient indifférent. Il disait : « A partir du moment où on me dit : moteur ! le metteur en scène peut me faire prendre dix-sept places différentes pour la même scène, je les prends. J'oublie la caméra. On peut me filmer de dos, ça m'est égal ! Je me demande pourquoi certains acteurs tiennent tellement à être en gros plan. Si on me coupe, c'est qu'il y a des raisons. Je ne suis pas juge. J'obéis. »

Lino respectait les metteurs en scène – encore qu'il aimait bien, on l'a vu, s'imposer dès le début d'un tournage, mais il n'avait pas en eux une confiance absolue. C'est ce qui l'a poussé, assez vite, à exiger par contrat une sorte de droit de regard ou, mieux, un droit de refus, s'il jugeait inacceptables certaines scènes ou certains dialogues. Il tenait à participer à la construction du film et était très attentif, même avec son grand ami Michel Audiard, aux propos qu'on lui faisait tenir :

« Souvent, disait-il, ce ne sont pas les acteurs qui jouent faux. C'est le texte qu'on leur donne qui est à côté. »

Il n'hésitait pas à « refaire » des textes, même au moment du tournage. Avec certains metteurs en scène ou dialoguistes, c'était une source de friction. On le comprend.

Claude Lelouch a tout de suite pris en compte cet aspect de Lino. Avant de mettre au point le script de *L'aventure, c'est l'aventure*, ils ont passé des semaines ensemble : ils ont déjeuné, dîné, joué au tennis. Lelouch aimait offrir aux acteurs des rôles sur mesure, il gardait souvent leur vrai nom et, souvent aussi, les laissait improviser. Lino appréciait cette façon de travailler.

Lelouch et Lino vont faire coup sur coup deux films basés sur l'amitié virile et la fantaisie. Le premier, *L'aventure, c'est l'aventure*, raconte l'histoire d'un groupe de truands et proxénètes dégoûtés par le syndicalisme et les réglementations qui gâtent le métier, et qui décident de se recycler dans la politique et le kidnapping de haut vol. Lelouch, pour cette farce, a choisi un chanteur, Jacques Brel, et des comédiens peu habitués – sauf Aldo Maccione – à l'enchaînement de gags : Charles Denner, Charles Gérard, Lino. Ce fut la première rencontre de Lino avec Brel, qui allait devenir un ami très proche.

Les « copains » prirent beaucoup de plaisir à tourner à Antigua, dans les Antilles. Je ne les ai pas rejoints car j'avais décidé de m'isoler pour une première remise en forme en clinique. Je l'ai regretté car le tournage fut, d'après les coups de téléphone quotidiens de Lino, très agréable. Lelouch ne fut pas avare de compliments sur Lino

« Il fait partie de la grande tradition de notre cinéma populaire, déclara-t-il, au sens le plus fort de cet adjectif. On trouve dans cette catégorie Harry Baur, Raimu, Gabin, Belmondo. Des stars auprès desquelles le public a constamment envie d'aller prendre des forces. »

L'année suivante, Lino fit un autre film avec Lelouch et Claude Pinoteau comme assistant, *La Bonne Année*, qui raconte un hold-up scientifique contre une grande bijouterie. On a projeté ce film à Cannes, en 1991, lors de l'hommage rendu à Lino dans le cadre des journées cinématographiques. Pratiquement sur les lieux mêmes où le film a été tourné. Dans *La Bonne Année*, Lino se déguise en vieillard : chaque maquillage durait trois heures et demie et l'empêchait de manger – sinon avec une paille. Il avait été précédé par un plâtrage du visage réalisé par un spécialiste du musée Grévin. C'est dans ce film que Lino, après une longue négociation avec Lelouch, se retrouve dans un lit avec la belle Françoise Fabian! Le tournage, sur la Côte, donna lieu à de grandes parties de rigolade. Claude Lelouch et Charles Gérard en parlent encore! Le film obtint un grand succès. Il sortit un vendredi 13 – jour et chiffre fétiches de Lelouch. Jean-Loup Dabadie écrivit à Lino : « Tu es merveilleux de tendresse, d'humour et de simplicité. Tu es comme nous te connaissons, nous tes amis qui attendions le jour où tu viendrais enfin poser ton sac dans une histoire d'amour. »

Entre les deux films de Claude Lelouch, Lino avait tourné *Cosa Nostra*, aux États-Unis – et cela avait été pour moi l'occasion de découvrir Chicago. Je connaissais le Brésil, l'Argentine, mais je n'avais fait qu'effleurer les États-Unis. Lino tenait le rôle d'un célèbre gangster, Vito Genovese, aux côtés de Charles Bronson, qui était Valachi – l'homme qui avait trahi la mafia (le film était tiré par Terence Young d'un livre intitulé : *Les Papiers de Valachi*). C'était son premier grand rôle dans un film américain. Deux ans plus tard, nous nous retrouverons à Chicago pour *Les Durs* avec Duccio Tessari ; cette fois, j'y passerai trois semaines, avec une équipe purement italienne.

Après la période Lelouch, il y eut la période Claude Pinoteau : deux films en deux ans, *Le Silencieux* et *La Gifle*. Lino avait repéré Claude dix-sept ans plus tôt, dans *La Loi des rues*, il avait travaillé avec lui dans *Cent Mille Dollars au soleil*, de Verneuil, ils s'étaient promenés ensemble aux Caraïbes pour

L'aventure, c'est l'aventure (Claude était assistant de Lelouch). Ils avaient eu le temps de constater que leurs idées sur le cinéma coïncidaient. Mais ce fut Lino qui insista pour que Claude devienne réalisateur. Claude le dit lui-même : « Sans Lino, je n'aurai sans doute jamais fait mon premier film. » Lino commença par lui tendre un piège. Un piège amical, mais un piège quand même. Il lui confia un roman policier de Francis Ryck, *Drôle de pistolet*.

« Lis-le, lui dit-il. Tu m'en parles après. »

Claude Pinoteau lut le livre qui, hormis les premières pages, lui parut sans intérêt. Il le dit à Lino.

« Tu m'aurais dit : j'ai adoré ce livre, lui répondit Lino, j'aurais perdu confiance en toi ! Je pense comme toi, le début est bon. Pour le reste, il y a beaucoup à faire. »

C'est ainsi que Lino présenta Claude à Jean-Loup Dabadie, qui venait d'adapter *Les Choses de la vie* avec Claude Sautet (Lino avait hésité sur le rôle, qui avait échu à Michel Piccoli). Jean-Loup avait le même avis sur le livre. Lino emmena chez le producteur Alain Poiré, Pinoteau qui se vit offrir le contrat type du jeune réalisateur ; Pinoteau refusa. La signature tardait ; Lino se mit en colère. Il fit irruption dans le bureau des producteurs Susfeld et Alain Poiré, tapa sur la table et obtint ce que Pinoteau demandait (au demeurant 40 000 mètres de pellicule au lieu de 26 000).

« J'avais une vedette de gros calibre, un coscénariste de talent, un grand producteur, une grosse boîte – la Gaumont –, un budget raisonnable. Grâce à Lino, tout allait bien ! » raconte Claude Pinoteau.

Le Silencieux, histoire d'un homme traqué, fut tourné à Paris, Londres, Gap et Genève. Dès le début, Lino adora son rôle, l'équipe, l'ambiance. Il aimait beaucoup Lea Massari, sa partenaire, avec qui il parlait italien.

« J'ai connu Lino pendant une trentaine d'années, m'a dit Claude Pinoteau, je ne l'ai jamais vu aussi détendu et heureux que pendant ce tournage ! »

Le Silencieux bénéficia d'excellentes critiques, et Claude Pinoteau, pour son premier essai, fut accueilli parmi ses pairs. Je ne m'étonnai pas d'apprendre que, peu de temps après, le trio Lino-Pinoteau-Dabadie s'était reconstitué pour un autre film, une comédie : *La Gifle*.

L'histoire originale de Dabadie avait plu à Lino. En exergue, Jean-Loup Dabadie avait placé cette citation de Socrate : « Nos jeunes aiment le luxe – ont de mauvaises manières – se moquent de l'autorité – et n'ont aucun respect pour l'âge. A notre époque, les enfants sont des tyrans », 470 avant Jésus-Christ.

On n'était pas très loin de 1968. Lino incarnait un prof de géographie, Jean Douelan. Sa fille Isabelle (Isabelle Adjani) est étudiante en médecine; Francis Perrin en est amoureux. Annie Girardot, que Lino retrouva avec plaisir après *Le Bateau d'Émile*, était la mère d'Isabelle. Jean-Loup Dabadie avait dédié le scénario à « Mylène, Linda et Clélia, en leur rappelant que toute ressemblance avec un personnage qui peut exister serait purement, mais alors purement, fortuite ».

Lino se retrouvait assez dans ce père libéral et compréhensif. « Encore que, me dit-il, dans l'existence quotidienne, j'exige un peu plus de respect dans le fond. »

Isabelle Adjani, elle, a déclaré : « Lino était plein de gentillesse et de chaleur. A tel point qu'il finissait par se prendre pour mon père, et qu'il n'était pas d'accord sur la scène d'amour un peu déshabillée au moment où je cède à Jacques Spiesser... » Je retrouvai, dans le film, des réactions de Lino qui m'étaient familières – le mécontentement d'un père possessif qui voit sa fille lui échapper, ou qui subit les assauts d'un soupirant empressé (Francis Perrin), contraint, par exemple, de manger des pâtes sans avoir faim, pour plaire à son futur beau-père. La scène qui précède la célèbre gifle, Lino aurait pu la vivre à la maison. Isabelle vient de rater son examen.

ISABELLE : Toute façon, ça tombe bien. Médecine, j'en ai marre. Je déteste ça.

JEAN : Tu m'avais parlé de... d'une vocation, de risquer ta santé en soignant les hommes, de...

ISABELLE : Eh bien, c'est fini. Je suis plus généreuse. Ils ont qu'à tomber malades sans moi.

JEAN : Et tu veux quoi ?

ISABELLE : La liberté.

JEAN : C'est pas un métier, ça.

ISABELLE (*mauvaise, insolente*) : Aah !!

JEAN : Tu as raison, tu vois. Ce que je viens de dire, c'est vraiment n'importe quoi. C'est parce que je vais pas bien. Parce que depuis tout à l'heure, de la façon dont tu parles, tu es vraiment n'importe qui.

ISABELLE : Je suis pas un lapin qui fait bravo ! Toi tu crois qu'on met la clé, on tourne, et ça marche ! Eh bien, je suis cassée ! Voilà !

JEAN (*dur*) : Va dans ta chambre. Allez, hop, lapin qui fait bravo.

ISABELLE (*hors d'elle*) : Tu me fais pas peur, tu sais. Et même si j'y vais demain, tu me feras pas écrire avec un fouet !

JEAN : Tu iras demain. Et après demain aussi. Parce que tu crois que tu me fais peur ? Tu parles *mal*, tu travailles *mal*, tu danses *mal*, tu grandis *mal*. Mais tu me fais pas peur.

ISABELLE : Je vis mal aussi, mais ça tu le dis pas.

JEAN (*montant d'un ton*) : Ah, pardon, oui, j'oubliais, ça doit être pour ça que tu as failli coucher dehors la veille de l'examen. C'est parce que tu veux vivre autrement !

ISABELLE (*criant*) : Pas autrement, autre chose !

JEAN (*criant*) : Et avec quoi ? Avec lui, là ?? Qui peut pas mettre un mot devant l'autre, et qui tombe de son vélo dès qu'on lui parle ?? C'est ça, pour toi, un homme ??

ISABELLE (*criant, pleurant*) : Je demande pas un homme, j'ai jamais dit ça ! Je m'en fous d'un homme, je veux un garçon ! Et puis lui, j'espère qu'à cinquante ans il sera pas sur le carreau ! Parce que, toi aussi, tu es tombé de vélo, avec tous tes diplômes !

JEAN (*blanc*) : Qui est-ce qui t'a dit ça ?

ISABELLE (*à bout de nerfs*) : Tout le monde le sait. Tout le monde en parle. Alors, arrête de me faire rire ! Parce que j'en ai marre de toi !

Il n'y aura plus d'échange de dialogue avant la gifle ; notre fille, Milène, assista avec moi à la première projection du film. Elle me dit :

« Moi, à la place d'Isabelle Adjani, j'en aurais reçu deux ! »

Ce fut son seul commentaire.

Le film fut un grand succès, lança Isabelle Adjani et obtint le prix Louis-Delluc ; comme je l'ai écrit, Lino, fidèle à lui-même, « bouda » la remise du prix.

Lino avait d'emblée aimé le scénario de *La Gifle* ; il n'avait pratiquement – et contrairement à son habitude – demandé aucune modification à Jean-Loup Dabadie.

En revanche, il hésita longtemps avant d'accepter de tourner *L'Emmerdeur*, en compagnie de son copain Jacques Brel, avec le metteur en scène Édouard Molinaro.

Alexandre Mnouchkine, le producteur, que Lino aimait beaucoup – il allait presque chaque jour le voir dans ses bureaux quand il ne tournait pas – avait remarqué les liens d'amitié qui s'étaient noués pendant le tournage de *L'aventure, c'est l'aventure*, aux Antilles, entre Lino et Brel. Il avait décidé de faire un film avec eux deux et eux seuls. Il s'en était d'abord ouvert à Brel, qui lui avait répondu :

« Avec Lino, je tourne ce que vous voulez. Vous me raconterez l'histoire ensuite. »

Sania Mnouchkine pensa à une pièce de Francis Veber, créée à Paris en 1970, *Le Contrat*, qui opposait deux personnages. Francis Veber en avait eu l'idée plusieurs années auparavant, au cours d'un déjeuner avec Christian Brincourt, non loin des studios de RTL. Il accepta de l'adapter pour le cinéma.

Le rôle dévolu à Lino était celui d'un tueur (encore un !), méticuleux et glacial, qui se trouve à Montpellier avec mission d'éliminer un gêneur. Il a fait ses plans, calculé ses angles de tir à partir de sa chambre d'hôtel. Mais son voisin de chambre, Jacques Brel, représentant en bonneterie, a des problèmes avec sa femme infidèle et tente de se suicider ; il s'accroche au tueur à gages, le paralyse et l'empêche d'accomplir sa mission. Le film est plein de scènes cocasses. Pourtant, Lino n'était pas convaincu. Le nouveau titre choisi – *L'Emmerdeur* – l'inquiétait :

« Cela ne fera rire personne », me dit-il.

Jacques Brel, au contraire, était sûr du succès. Finalement, Lino accepta, à cause de Brel. Mais sans enthousiasme. Lorsque le film sortit à Paris, Lino partit avec nous en vacances. Le film reçut un très bon accueil ; un critique écrivit que Brel et Lino constituaient « un duo inoubliable ».

Pour Lino, un film c'était avant tout une équipe d'amis – et une ambiance de travail. Une harmonie. Il suffisait d'une seule présence négative, une « fausse note », disait-il, pour que ce qu'il ressentait comme une aventure enrichissante, et si possible joyeuse – une équipée –, se transformât en catastrophe. Alors, Lino se refermait. S'il avait signé, il allait au bout de son contrat, en vrai professionnel. Mais il n'allait pas plus loin. Et celui – ou celle – qu'il tenait pour responsable de la tension ou, pis, de l'affrontement rejoignait sa liste noire. J'ai cité quelques noms car tout le monde les connaît. Je ne citerai que ceux-là.

C'est dire que chaque film qu'il a tourné était un pari sur la bonne entente, la communauté de vues, l'amitié, et aussi sur une certaine conception de la morale. Je pense que, très vite, le public l'a senti. Lino n'est jamais rentré dans un rôle qui ne lui plaisait pas, ou dans lequel il se sentait mal.

« Si tous les personnages que j'ai incarnés, disait-il, défilaient devant moi, je crois que je pourrais sans honte leur serrer la main. Même dans la noirceur, il y a des films justes et probes... Je n'ai jamais joué avec la notion de bien et de mal... »

Lino avait besoin de ses amis, comme de sa famille. Un pacte d'amitié, pour lui, était sacré. S'il était rompu, la rupture était définitive. Il entretenait l'amitié. Il téléphonait à ses amis, même au loin, et parfois pour rien. Pour leur faire signe. Il leur écrivait. Il recevait des lettres. J'en ai retrouvé beaucoup dans ses papiers, comme celle-ci, de Pascal Jardin, le scénariste, datée de juillet 1974 : « Lino, cela m'a beaucoup touché d'entendre ta voix. C'était une voix fidèle aux autres et à elle-même. Je passe quelques jours à Saint-Tropez, petit port prostitué où dansent chaque jour jusqu'à l'aube de riches bagnards du plaisir. L'endroit est si beau, les gens sont si laids... »

Après *L'Emmerdeur*, en 1975, il retrouve Pierre Granier-Deferre, réalisateur, Alexandre Mnouchkine, producteur, et Francis Veber, dialoguiste, pour *Adieu poulet*. Entre-temps, toujours avec Granier-Deferre, il a tourné *La Cage*, sujet qu'il avait aimé et dont l'insuccès l'étonna. Dans ce film, enfermé dans une cave par son ex-femme, il reste prisonnier. Je pense que son public n'a pas compris que Lino, avec sa force physique, ne parvienne pas à s'échapper de cette cage! On ne lui pardonnait pas ce genre d'échec.

Je me rappelle que l'histoire d'*Adieu poulet* l'avait séduit d'emblée : pour la première fois de sa carrière, il avait accepté de tourner en juillet, sacrifiant une partie des vacances familiales à Cap-Ferret.

« Ne t'en fais pas, m'avait-il dit, je viendrai vous rejoindre le plus souvent possible. »

Ce qu'il fit, au grand plaisir des enfants et de nos amis Jo et Fernande Sainz, Guy Martin, etc.

Adieu poulet était tiré d'une série noire dont Mnouchkine avait acquis les droits. Lino insista pour le faire réaliser par Granier-Deferre. Celui-ci souhaitait donner le second rôle à

Depardieu, mais finalement l'attribua à Patrick Dewaere. Entre Lino et Patrick, la sympathie ne s'établit pas tout de suite : on tournait à Rouen. Le matin, la voiture de la production venait à l'hôtel chercher les acteurs. Lino était prêt, Patrick toujours en retard. Cela n'a pas duré longtemps : un matin, Lino a dit à Patrick :

« La prochaine fois, si tu es en retard, je ne t'attends pas. C'est comme ça ! »

« Patrick, m'a dit Granier-Deferre, a eu peur de Lino. Puis ils sont devenus très amis ; Patrick faisait rire Lino aux larmes. »

Le film, inspiré d'une affaire qui s'est passée en banlieue parisienne, dénonce les magouilles, les trafics d'influence dans la cité moderne. Lino est un policier classique, Patrick un inspecteur nouveau style, aux méthodes non conventionnelles. Un film dramatique, mais avec des trouvailles : le flic suspendu par les pieds, et dont les poches laissent échapper des pièces de monnaie. Ou le mort encore chaud qu'on fait gigoter sur un sommier à ressorts !

Le critique Michel Falcon écrivit : « La rencontre Ventura-Dewaere restera dans les annales. Contre le vieux briscard, le poids coq tient crânement le coup ! »

Adieu poulet fut un grand succès, et propulsa Lino, à cinquante-six ans, en tête du box-office français, à égalité avec Louis de Funès. Pour être précise, de 1964 à 1971, Lino a tourné quatorze films qui ont réalisé 4 600 000 entrées en première exclusivité à Paris, soit, en moyenne, 327 000 entrées par film. De quoi faire rêver les producteurs de 1992.

Comme cela s'était déjà passé, ce succès sera suivi d'une sorte de rupture. Lino ne jouera plus qu'un seul rôle d'inspecteur de police dans *Garde à vue*, de Claude Miller. Cet *Adieu poulet* aura été, à cette exception près, un adieu aux rôles de « poulet ». Lino entre dans une période où il sera encore plus exigeant dans le choix de ses personnages – refusant de nombreux rôles – comme si, l'âge venant, il était à la recherche d'une nouvelle sorte de carrière et aussi, sans doute, d'un art de vivre différent.

14

L'acteur français le plus populaire

Les années 70 furent très riches pour Lino. Avec Claude Lelouch, Claude Pinoteau, Granier-Deferre, Francesco Rosi et Claude Miller, il vécut une série de belles aventures de cinéma, qui se traduisirent par de grands succès. Cette séquence de sa carrière fut aussi marquée par une grande amitié, celle de Jacques Brel.

J'ai déjà dit toute l'importance que Lino attachait aux copains. Jean Gabin, Michel Audiard, Georges Brassens, Charles Aznavour, José Giovanni, Claude Pinoteau, Francesco Rosi, Jacques Deray ont tour à tour, ou simultanément, occupé le rôle d'ami indispensable. Il y a eu aussi les producteurs Sania Mnouchkine et Georges Dancigers, Norbert Saada, Alain Poiré, Christian Fechner. Et Jean-Loup Dabadie, Gérard Oury, Michel Droit, Benno Graziani, François Chalais, Pierre Perret – sans compter les nombreux amis hors métier, auprès desquels nous avions l'habitude de nous réfugier pour parler d'autre chose.

Mais l'amitié avec Jacques Brel eut d'emblée un éclairage particulier. Ce fut une sorte de coup de foudre. Lino et Jacques avaient été réunis pour la première fois par Claude Lelouch pendant la préparation de *L'aventure, c'est l'aventure*. Leurs destins se séparèrent assez vite – Jacques partit pour les îles – mais, pendant sept ans, ils ne cessèrent jamais de correspondre. Lorsque Jacques, atteint d'un cancer du poumon, revint en France, il n'accepta de rencontrer que de rares amis. Nous étions du nombre. Pour Lino, la mort de Brel fut un déchirement :

« C'était mon frère », me dit-il.

Ils s'écrivaient régulièrement. La plus ancienne lettre, parmi celles que j'ai retrouvées, datée de décembre 74, après le tournage de *L'Emmerdeur*, vient des Antilles, de l'île de l'Union, à bord de la *Karrig* :

« Cher Lino, plus de deux mois en mer, déjà, sur ce petit bateau, du vent, des orages, de la pluie qui lave, et ce soir l'envie de te parler.

« Tu sais, Lino, je suis plus jeune que toi, mais je crois tout de même être autorisé à te dire que je t'aime bien. J'ai rencontré si peu d'hommes en quarante-cinq ans qu'il me semble une faute de ne pas les serrer un peu contre moi, même si en échange j'ai bien peu à leur donner.

« Tu vois, je ne sais ni ce que sera ta vie ni ce que sera la mienne. Mais je trouverais désolant que nous nous perdions trop. C'est si rare la tendresse.

« Bientôt, j'aurai un bateau, et je veux que tu saches que tu y seras toujours le très bien venu. Je te souhaite heureux et fier d'être. Et je pense que, de deviner ta fragilité, je sais aussi ta force.

« Tu sais, Lino, nous avons quinze ans et je crains que nous n'en sortions jamais. Bien sûr, l'Atlantique c'est long, nous avons la lune par-dessus et du vent dans les voiles, cela ressemble à une chanson d'amour. Et je ne sais encore rien de mieux que cela...

« Peut-être seras-tu à Paris fin janvier. Je serai bien heureux de te voir un soir, pour ne parler de rien, juste se comprendre. »

Jacques revint, en effet, à Paris – pour se faire opérer. J'ai retrouvé ce petit mot, daté de mars 1975 :

« Tendre Lino, je suis heureux de te faire savoir qu'on survit très bien avec un poumon. Attends la suite. »

Après avoir navigué dans la mer des Antilles, Jacques mit encore plus de distance entre lui et ses amis : c'est de Polynésie qu'en juin 1977 il écrit à Lino :

« Hiva Oa, aux îles Marquises.

« Tendre Lino, cela fait bien longtemps que rien ne bouge entre nous. Comment bouge ton corps d'Italien ? Bien, je l'espère...

« Ici, la vie est douce et tranquille. J'ai un nouvel avion – une bête qui a vingt-trois ans – et je fais un peu de transport d'île en île, avec la Doudou (Madly). Ce n'est pas facile, mais c'est très excitant. Toujours la rage de vivre. »

Des Marquises, encore, il écrit à Lino, en mai 1978 :

« Je suis certain que cette lettre va te trouver dans cette forme remarquable et remarquée qui permet aux Belges (saluez !) de reconnaître de dos un Italien du Nord d'un Italien du Sud... »

La maladie gagne du terrain, et Jacques est contraint de regagner la France, où se joue sa dernière chance. Nous sommes allés le voir, dans une clinique de Neuilly. Nous avons dîné, à quatre, avec Madly, dans sa chambre. Jacques avait commandé un dîner de fête, avec caviar et champagne. Son regard avait une intensité inouïe. La conversation fut très gaie. Lino promit de rejoindre Jacques sur son bateau. Chacun savait qu'il s'agissait d'un projet qui ne se réaliserait pas, mais nous en avons parlé longuement avec conviction. Dans la rue, Lino se décomposa littéralement. Je m'y attendais : il ne supportait pas la vision de la mort. D'une voix altérée, il me dit :

« Mounet, on ne le reverra plus ! »

Le lendemain, je crois, arriva un petit mot, d'une écriture tremblée :

« Oh oui, je vous remercie tous les deux, et vous embrasse très tendrement. A tout à l'heure. Jacques le Belge. »

Et ce fut tout. Jacques mourut peu après. Lino ne s'est jamais consolé de sa mort.

Lino noua, dans cette période, une autre amitié à laquelle il attacha une grande importance : celle du metteur en scène italien Francesco Rosi. Il ne tourna qu'un seul film avec lui, mais il ne cessa jamais de le rencontrer, quand leurs itinéraires se croisaient, ou de se téléphoner. Francesco Rosi était né à Naples et, dès leur première rencontre, Lino et lui avaient fraternisé. Rosi avait signé quelques-uns des grands films des années 60 que nous avions tous deux adorés : *Main basse sur la ville, Salvatore Giuliano* et *L'Affaire Mattei* – qui avait obtenu la palme d'or du festival de Cannes en 1972. Son sujet, cette fois, tiré d'un roman de Leonardo Sciascia, était la décrépitude de la société moderne, la collusion des partis politiques, de la police et de la justice. Sans pour autant être toujours d'accord avec lui, Lino approuvait et aimait la vision du monde de Rosi, et sa façon de l'exposer. Aussi, lorsque Francesco lui annonça que pour son prochain film, *Cadavres exquis*, il l'avait préféré à son acteur habituel, Gian Maria Volonte, Lino accepta sans hésiter. Il en tira même une certaine fierté !

Dans ce film, Lino est Rogas, un policier idéaliste, même un peu ingénu, honnête, courageux, qui se bat contre le mal ; combat un peu donquichottesque qui le met face à de hauts responsables dont la conception de l'honneur et de la justice est plus hésitante. Ce qui plaisait à Lino, c'était la vision, et la description, de ce vaste filet invisible, fait de compromission, de corruption, d'amoralité, dans lequel se débattent les gens honnêtes et les pauvres gens. On tourna à Naples et à Palerme – où plus tard, dans un autre film, Lino jouera le général dalla Chiesa, adversaire de la mafia. A ce sujet « engagé », un peu « austère », Rosi ajouta une dimension baroque. Lino me raconta que, Charles Vanel devant mourir, Rosi tenait beaucoup à filmer sa dépouille. Compte tenu du grand âge de Vanel, personne n'osait lui demander de s'allonger dans un cercueil ! Même le producteur se « dégonflait ». Lino se proposa :

« Ne vous en faites pas », dit-il.

Quand Vanel arriva, il l'apostropha :

« C'est aujourd'hui que tu te couches dans le cercueil, Charles ? Alors vas-y, qu'on rigole... »

On tourna la scène sans problème. Il faut ajouter que Lino et Charles, depuis le début du tournage, n'arrêtaient pas de se faire des blagues de collégiens et qu'ils ne s'épargnaient pas.

Cadavres exquis bénéficia d'une critique enthousiaste. Dans *Le Figaro*, Michel Mohrt écrivit : « Ce film donne l'impression d'une maîtrise remarquable, d'un sens de l'action et du drame forts rares aujourd'hui. » Il fut présenté à Cannes, en 1976, mais hors compétition. De nombreux critiques pensèrent, et écrivirent, que, si le film avait concouru, Lino aurait obtenu le prix d'interprétation qu'on ne lui a jamais donné. Pour ma part, je pense que ce film exceptionnel annonce une nouvelle (et, hélas, une dernière) période de la carrière de Lino. En gros, il y a eu l'époque du dur, celle du violent, ensuite le temps de « celui qui ne se prend pas au sérieux », avec les comédies, puis l'époque du comédien tous azimuts ; on entre maintenant dans la phase des rôles à signification, à prolongement. Ceux que Lino cherchera jusqu'à la fin – et trouvera de plus en plus difficilement. Lino, désormais, dans la mesure du possible, ne tournera plus pour ne rien dire.

Le film qui suit *Cadavres exquis* est bien dans cette ligne : *Le Papillon sur l'épaule*, de Jacques Deray, un autre ami vrai, avec qui Lino avait déjà tourné *La Peau des autres*. Jacques, auteur de *La Piscine* et d'autres films célèbres, avait acheté les droits d'une « Série blême », collection rivalisant avec la « Série noire » ; il l'avait donnée à lire à Lino, qui avait trouvé l'histoire intéressante. Celle d'un homme aux prises avec l'absurdité, qui ne peut agir. Non pas un policier classique, ni même un « suspense », mais un roman difficile traitant de l'incompréhension. Deray avait demandé à Jean-Claude Carrière d'en faire l'adaptation. Lino proposa que Tonino Guerra, le scénariste de Fellini, fasse équipe avec Carrière. Les deux écrivains produisirent un scénario assez éloigné du livre de base – mais excellent. Le tournage commença à Barcelone. Quand j'allai rejoindre Lino à Barcelone pour quelques jours, je le trouvai très excité. En général, il vivait les films qu'il tournait. Et celui-là, il le vivait intensément.

Mais, visiblement, Lino parvenait mal à se dégager de son personnage. Jacques Deray me le confirma :

« Avant votre arrivée, nous avons dîné ensemble », me dit-il. Seuls, sans Claudine Auger ni Nicole Garcia. Lino n'a pas prononcé une parole. Moi non plus. Quand on s'est séparé, il m'a dit : « On a bien rigolé, non ? »

Pour moi, pendant un court week-end, il fit un effort : il m'emmena visiter le marché aux poissons et la cathédrale de Gaudi.

Dans *Le Papillon sur l'épaule*, il y a une valise mystérieuse, que Lino traîne avec lui, qui est la source de ses malheurs, et dont on ne connaîtra jamais le contenu. Quand on posait la question à Jean-Claude Carrière, il répondait :

« Dedans, il y a... le scénario ! »

Ce film, un peu difficile, emballa la critique mais – peut-être à cause de ce mystère non élucidé, ou parce que Lino, une fois de plus, comme dans *La Cage*, se soumet au destin au lieu d'en triompher – reçut un accueil mitigé du public. Lino n'a jamais compris les raisons de ce refus. *Le Papillon sur l'épaule* restera un de ses rôles favoris.

Je me souviens que sortit à cette époque un film produit par Milchan, qu'il avait tourné à Londres, aux studios de Pinewood, sous la direction de Jack Gold, avec Richard Burton et Lee Remick. Le titre anglais, *Medusa Touch*, était devenu *La Grande Menace*. Dans cette « science-fiction », Lino personnifiait un policier français chargé de mettre fin aux agissements d'un Richard Burton maléfique, capable de provoquer à distance n'importe quelle catastrophe – y compris un accident d'avion.

Richard et Lino avaient échangé – cela m'étonna – des recettes de cuisine! Lino gardait un bon souvenir du tournage, mais, quand *La Grande Menace* sortit en France, il refusa (ce qu'il faisait le plus souvent) de le voir. Je compris qu'il ne tournerait plus de films de ce genre. Peu de temps après, il refusait une proposition de Spielberg pour *Rencontres du troisième type*. Il lisait les scénarios qui arrivaient jusqu'à lui, le matin dans son bureau. Parfois, je le voyais remonter dans la salle à manger, furieux ou découragé :

« Tu ne croiras jamais ce qu'on m'a fait lire! C'est nul! »

Un jour, il m'a dit qu'il avait lu près de quatre-vingts scripts de suite, sans rien trouver d'intéressant.

En présence du scénariste, ou du metteur en scène, il adoucissait – à peine – son propos :

« C'est bien. Mais sans moi... »

Ou alors, quand la situation lui paraissait désespérée :

« Vous tenez vraiment à en faire un film ? »

C'est dans ces dispositions d'esprit qu'il a refusé de tourner *Le Vieux Fusil*, scénario que Pascal Jardin avait écrit pour lui. A-t-il eu raison ? A-t-il eu tort ? Je n'ai pas le droit de me prononcer. J'ai retrouvé, après sa mort, la lettre que Pascal Jardin lui avait adressée alors :

« Cette histoire est un grand chagrin. Comment est-il possible que nous soyons si proches dans la vie, et que nous ne parvenions pas à parler la même langue, même pour un travail qui venait du cœur, et qui n'était fait que pour toi ?

« Je ne sais pas si nous avons raison, tout ce que je sais, c'est que j'avais espéré comme un enfant que cette lecture ferait bouger quelque chose en toi, quelque chose qui aurait pu t'amener vers un univers dont je crois connaître les vertus. Et j'ai raté puisque, plus je t'écoutais, plus je comprenais que chacune des illustrations du récit te paraissait suspecte et dramaturgiquement douteuse.

« La seule chose qui me console, c'est que, au-delà de tous les mots, je sais que tu sais ce qui est bon ou non pour toi.

Pascal Jardin. »

La légende selon laquelle Lino détruisait les scénarios qu'il jugeait mauvais est fausse. Encore que je me rappelle un matin d'hiver, alors que nous venions, à Saint-Cloud, d'allumer un feu de bûches dans la cheminée, je le vis précipiter une sorte de paquet dans les flammes. C'était peut-être des scénarios. Mais Lino était de si méchante humeur, ce matin-là, que je n'osais pas lui poser la question.

L'homme en colère allait être le rôle suivant de Lino, dans un film de Claude Pinoteau. Lino l'interpréta alors qu'à Sèvres, où nous avions acquis un terrain pour notre première maison Perce-Neige, certains riverains faisaient campagne pour mettre un terme à notre projet. Lino était doublement en colère : à Sèvres, et au Québec, où il tournait le scénario de Jean-Claude Carrière, histoire qu'il avait beaucoup aimée. Dans ce film, Lino est très souvent seul sur l'écran. Le tournage commença par une scène de bagarre entre Lino et son « fils » Laurent Malet. Celui-ci avait pris des leçons de boxe, mais, emporté par son élan, il se lança littéralement sur le poing de Lino, et frôla le K.-O. ! Pinoteau a réussi un exploit : obtenir que Lino embrasse sur la bouche la ravissante Angie Dickinson, partenaire de John Wayne, l'héroïne de *Rio Bravo*.

Un vrai baiser, sensuel. Lino avait essayé de faire supprimer la scène, mais elle était indispensable pour la bonne marche de l'intrigue.

« On tournait sur le quai de la gare de Montréal, m'a raconté Claude Pinoteau. Un long travelling accompagnait Angie et Lino. Ils arrivaient tous deux devant leur wagon, échangeant quelques mots, et Lino embrassait Angie avant de monter dans le train.

« On avait préparé cela comme une cascade, Angie savait fort bien que Lino n'avait jamais accepté d'embrasser une femme sur la bouche devant la caméra, même pas Françoise Fabian, et elle était très anxieuse de savoir si Lino – l'homme de tous les courages – allait avoir celui-là ! Je dis “ moteur ”, ils s'avancent vers leur compartiment et, soudain, je vois Lino qui saisit Angie et l'embrasse “ à la hussarde ”, d'une façon très virile. Je dis “ coupez ! ”. Angie s'écrie, en anglais : “ Ah, il m'a embrassée, il m'a embrassée ! ” Lino était tout rouge; il baissait la tête comme un élève pris en faute – il était très embêté; et moi encore plus que lui car le baiser était beaucoup trop violent. Je me demandais comment le lui dire sans le vexer. Il me demande : “ Ça va ? – Oui, Lino, c'est bien; on a ce baiser. Mais ce que j'aimerais, c'est en avoir un autre, peut-être un peu moins appuyé. – Mais, enfin, tu m'as dit : un baiser sensuel ! Vous m'emmerdez, toi et Carrière, depuis des mois avec ça. Je l'ai fait, non ? – Bien sûr, Lino, mais je préfère qu'on ait un choix au montage. Je voudrais deux baisers. Alors, peut-être, tu joues un peu plus tendre ? – D'accord ”, dit-il, mécontent. On fait la deuxième prise. Cette fois, Lino rate la planche qu'on avait placée sur le petit vide entre le quai et le wagon, et manque de tomber. Je crie “ coupez ! ”. Je me précipite en prévoyant un éclat. Pas du tout; rougissant, rigolard, Lino dit : “ Excusez-moi ! On recommence ! ” Je mis cette réaction imprévue sur l'émotion consécutive au baiser de tout à l'heure : ce n'était pas le Lino habituel. On a recommencé la scène pour la troisième fois – et Lino a embrassé Angie avec tendresse. C'est cette prise qu'on a gardée – et c'est une très belle scène – la seule de ce genre dans sa carrière ! »

La critique fut unanime en faveur de ce soixante-cinquième film de Lino : « Ventura existe, il domine, il envahit l'écran », écrivit son ami François Chalais. Avec *Le Silencieux*, *L'Homme en colère* faisait partie des (rares) films de lui que Lino acceptait de revoir.

La colère de Lino était tombée et nous passions comme d'habitude les vacances d'août dans le magnifique moulin de notre ami peintre Bernard Lignon, à La Colle-sur-Loup, près de Saint-Paul-de-Vence. C'étaient nos vacances à nous deux – ma sœur gardait les enfants à Baracé. Le matin, Lino allait avec Bernard au marché de Vence, qui lui rappelait les marchés d'Italie ; il faisait le menu, avant de rejoindre ses amis – Yves Montand, Francis Roux, le sculpteur Mancini, et les gens du pays qu'il adorait – pour la traditionnelle partie de pétanque sur la place. C'est à La Colle que Lino rencontra un jeune réalisateur ; ses idées séduisirent aussitôt Lino : Claude Miller. Il avait en tête un film tiré d'un roman américain et qui évoquait l'histoire connue du notaire de Bruay – nous étions en 1981 – que la rumeur publique avait accusé du meurtre d'une petite fille. C'était un face à face entre un accusé et un inspecteur – alors que la pluie battait les vitres du commissariat de province pendant la nuit de Noël. Ce détail de mise en scène et d'ambiance avait séduit Lino. Le film se fera avec Lino et Michel Serrault dans le rôle du notaire, avec des dialogues d'Audiard, produit par Alexandre Mnouchkine.

La préparation fut assez difficile. Lino s'opposa un peu à Michel, trouvant certains dialogues un peu longs. Il exigea des coupes, et quelques modifications. D'habitude, c'était plutôt la situation contraire : Lino pressait son ami d'écrire, le texte d'Audiard le sécurisait. Il est vrai que parfois Michel se faisait prier. Pour écrire, il quittait sa maison de Dourdan et sa famille, et s'installait dans une chambre, toujours la même, de l'hôtel de la Trémoille, près des Champs-Elysées. Un jour, Alexandre Mnouchkine fit part à Lino de ses inquiétudes : Michel avait pris beaucoup de retard pour *Garde à vue*. Il présumait qu'il travaillait à un autre scénario (c'était vrai : il s'agissait du *Professionnel*, pour Jean-Paul Belmondo). Lino n'hésita pas : il alla s'installer dans le hall de l'hôtel – et quand Audiard tenta une sortie, il le pria, poliment mais fermement, de remonter dans sa chambre pour travailler. Stupéfait, mais conciliant, Audiard accepta. Et les dialogues de *Garde à vue* furent terminés à temps, et aussi brillants que d'habitude.

J'ai lu récemment que *Garde à vue*, dans lequel Lino (le commissaire Gallien) et Michel Serrault (le notaire Martinaud) s'affrontent dans un face à face tragique, que Romy Schneider rend encore plus dramatique, était un des meilleurs films français de la génération. Je le pense aussi. Alors qu'au début nul ne voulait en entendre parler, il réalisa plus d'un million d'entrées à Paris, et obtiendra quatre césars sur huit nominations. « Un tour de force », écrivit Claude Baignères dans *Le Figaro*.

La confrontation entre Lino et Michel atteint une intensité formidable. Curieusement, elle se poursuivit hors du plateau : Lino ne parlait pas à Michel, et ne prit aucun repas avec lui. Il tenait à éviter toute forme de complicité, qui, à son avis, eût pu altérer la violence de leur tête-à-tête ! Il voulait garder intacte la possibilité de détester son adversaire ! (Je me souviens de bons moments passés ensemble plus tard, à Quiberon, « avec les femmes », comme disait Lino.)

En relisant le script de travail de Lino, j'ai retrouvé des corrections du dialogue, écrites de sa main :

Les policiers viennent d'arrêter et de placer en garde à vue Jérôme Martinaud, le notaire de Jobourg, qu'ils soupçonnent du meurtre de deux petites filles. Le notaire nie.

Scénario original	*Corrections de Lino*
Martinaud à Gallien : « Dites, monsieur l'inspecteur, quand il m'a convoqué, votre collègue m'a parlé d'un petit crochet par chez vous... Ça fait plus d'une heure que je suis là. J'aurais pu avoir autre chose à faire. C'est pas le cas, mais j'aurais pu... »	Martinaud à Gallien : « Ben voilà ! Dites, monsieur l'inspecteur, quand il m'a convoqué, votre collègue m'a parlé d'un petit crochet par chez vous... Ça fait plus d'une heure que je suis là. Personne ne s'est demandé si j'avais autre chose à faire. Eh, bien, *j'ai...* (*regard à sa montre*)... J'avais... »
Gallien : « Vous avez raison, Maître. Je crains que les choses ne durent plus longtemps que prévu... (*débonnaire, il indique le téléphone*)... Si vous voulez appeler chez vous... »	Gallien : « Je suis embêté, Maître, mais je crains que les choses durent plus longtemps que prévu... (*il indique le téléphone*). Si vous voulez appeler chez vous. »

Gallien (Lino) annonce à Martinaud, en garde à vue, que sa femme (Romy Schneider), qui le hait, vient d'arriver.

Scénario original	*Corrections de Lino*
Gallien : « Il paraît que Mme Martinaud vient d'arriver. Elle demande à vous voir, qu'est-ce qu'on lui dit ? »	*idem.*

Scénario original	*Corrections de Lino*
Silence de Martinaud. Gallien : « A votre avis, Martinaud ? » Silence de Martinaud. Gallien sort.	*Silence de Martinaud.* Gallien : « A votre avis, Martinaud ? » Silence de Martinaud. Gallien : « Bon, je vais essayer de vous arranger ça ! » Gallien sort.

Chantal Martinaud a « chargé » son mari, en évoquant des tendances pédophiliques.

Scénario original	*Corrections de Lino*
Gallien à Mme Martinaud (*doucement*) : « Cette image explique à la rigueur un comportement. (*Elle le fixe, elle a très bien compris.*) Elle ne constitue pas une preuve. Or, pour inculper Jérôme Martinaud du meurtre de Geneviève Le Bailly et Pauline Vabra, il me faut une preuve ! »	Gallien : « Mme Martinaud, tout ce que vous venez de me dire peut expliquer, à la rigueur, je dis bien à la rigueur, un comportement, mais moi, je ne suis qu'un policier, madame, il me faut une preuve ! »
Chantal Martinaud : « Je l'ai. »	Chantal Martinaud : « Je l'ai. »

Gallien continue d'interroger Chantal Martinaud et évoque des confidences faites par son mari.

Scénario original	*Corrections de Lino*
Gallien : « Dans le tourbillon de ses contradictions, j'allais dire de ses mensonges, votre mari a évoqué des... fiançailles... tumultueuses. Ce serait au cours de votre voyage de noces que le ménage se serait " gangrené "... »	Gallien : « Pour en revenir aux déclarations de votre mari, ce serait au cours de votre voyage de noces que le ménage se serait " gangrené ". »

On a découvert le vrai meurtrier, alors que Martinaud, désespéré par l'attitude de sa femme, avait avoué. Le commissaire Gallien retrouve celui qu'il a « cuisiné ».

Scénario original	*Corrections de Lino*
Martinaud : « Alors, c'est le vrai, celui-là ? » Gallien le fixe comme s'il s'agissait d'un animal étrange, d'un être d'une autre planète. Le notaire se détourne, fait deux pas, s'arrête puis regarde à nouveau le policier :	*idem.*
Martinaud : « Ça remue là-dedans, hein ? Ça s'agite ? Avouer deux crimes pour échapper à un souvenir... (un temps). Contrairement à l'idée que se font les policiers, la prison, c'est tout à fait supportable. Alors qu'il y a des souvenirs qui sont insupportables. »	Martinaud : « Ça remue là-dedans, hein ? Ça s'agite ? Avouez que, s'il n'était pas arrivé, j'aurais bien fait l'affaire... »

C'est le souci de simplification de Lino qui apparaît dans chacune de ses corrections. A mesure qu'il avançait dans sa carrière, il s'efforçait de faire comprendre le plus possible de choses, avec le moins de mots possible. Plus que jamais, il croyait dans la force du silence.

15

Le général italien

J'ai toujours été un peu irritée quand on me répétait que le couple que nous formions constituait un cas exceptionnel – sinon unique – dans le monde du spectacle. Et en effet, en regardant autour de nous, j'ai trouvé très peu d'exemples d'un acteur célèbre comme Lino – une star – qui soit resté toute sa vie marié à la même femme, connue à dix-sept ans. Et n'ayant rien à voir avec le « show-business » : ce fut peut-être notre secret.

Cela m'a toujours paru absolument normal. Ce n'est qu'aujourd'hui, en racontant notre histoire, que je mesure son caractère exceptionnel.

C'est vrai que Lino n'est devenu acteur de cinéma que dix ans après notre mariage. Et vedette vingt ans après. Pour moi, il n'a jamais changé. Pour lui non plus : il est toujours resté attaché aux valeurs morales sur lesquelles nous avions, le 14 juillet 1937, au Trocadéro, à Paris, décidé de construire notre vie commune. Le petit immigré amoureux est devenu l'acteur Lino sans que je m'en aperçoive ! Tout a changé autour de nous, les années ont passé, mais nous sommes restés les mêmes.

Ce demi-siècle passé ensemble n'a pas été sans drames, sans orages, sans disputes, sans inquiétudes, sans chagrins. Comme

A Saint-Cloud, le refuge. Notre maison dominait Paris. Lino l'adorait ; elle symbolisait sa réussite. Avec Muck, son chien, amateur de longues promenades.

Pendant le tournage de *Taxi pour Tobrouk*, en 1960 : entourant Charles Aznavour *(au centre)*, nous jouons à la tribu berbère.

Le Rapace en 1968, tourné au Mexique, l'un des rôles préférés de Lino.
(Photo D.R.)

Lino au sommet de son art : avec Michel Serrault dans *Garde à vue* de Claude Miller.
(Photo Christophe L.)

Dans *La Gifle*, le film de Claude Pinoteau qui lança Isabelle Adjani, avec Jacques Spiesser, Annie Girardot et *(à dr.)* Francis Perrin. *(Photo D.R.)*

C'est Michel Audiard qui, de sa plume incomparable, lui écrivit ses meilleurs dialogues. *(Photo Bertrand Laforet/Gamma.)*

José Giovanni, le metteur en scène, l'ami, le frère. *(Photo D.R.)*

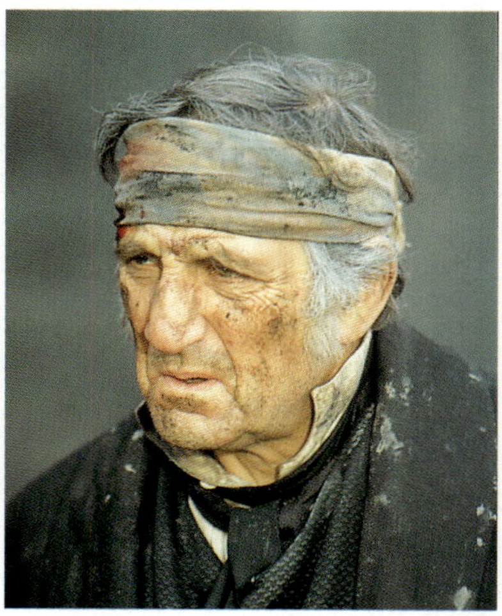

Jean Valjean dans *Les Misérables* de Robert Hossein. Huit mois de tournage — un triomphe. *(Photo Fabian/Sygma.)*

Ambassadeur du cinéma français : ici avec Moshe Dayan à Tel-Aviv.
(Photo Shaul Golan/News and photo Agency.)

A « La Colombe d'or » de Saint-Paul-de-Vence, nous étions chez nous. Grâce à « Titine » Roux, notre amie, dont Lino aimait la cuisine.

A la maison, il était le chef. Ses recettes étaient appréciées de tous nos amis.

A Pékin, Lino fait partie de la délégation française du cinéma.
(Photo T. Boccon-Gibod/Black Star.)

Jacques Chirac me remet la Légion d'honneur, que Lino a toujours refusée pour lui, en présence de Raymond Devos et de sa femme Simone. Quelques secondes après, je m'évanouis sous le poids des honneurs... et de l'émotion. *(Photo Bernard Charlet/France-Soir.)*

Baracé,
notre « campagne »
près d'Angers.
Lino a planté
lui-même les rosiers.

Lino ne mélangeait
pas les amis
de cinéma
avec les autres :
ici chez les Salet,
dans les Pyrénées ;
il sert lui-même
les invités.

En plongée à bord du *Terrible,* sous-marin nucléaire ; il dira, en quittant le bord : « Mes petits-enfants peuvent dormir tranquilles. »
(Photo Christian Brincourt.)

Dernière photo de Lino, la veille de sa mort, le 22 octobre 1987, à Enghien, entre Daniel Cauchy, Christian Brincourt et Pierre Ducis *(de gauche à droite).*
(Photo Annie-Claude Allegrini.)

Un amour de jeunesse qui a duré cinquante ans.

Les photos non signées relèvent de la collection famille Ventura.

tous les couples, nous avons traversé des périodes de turbulence. Mais nous n'avons jamais perdu le plaisir d'être ensemble ni l'enthousiasme d'entreprendre en commun : au-dessus de toutes les péripéties de la vie, des séparations dues au métier, des voyages, nous n'avons jamais cessé de penser l'un à l'autre – avec toujours la joie et le besoin de se retrouver.

Lino, après avoir tourné soixante-treize films, avait ressenti le besoin de mettre de la distance entre le cinéma et nous. C'était peut-être plus inconscient que conscient : à partir de *La Septième Cible*, de Claude Pinoteau, dans les trois dernières années de sa vie, il a refusé ce qu'on lui proposait. J'ai lu de nombreux commentaires sur ce sujet. On a écrit qu'il avait été ébranlé par le demi-échec de ses derniers rôles. C'est faux. D'abord, ce ne furent pas des échecs ; Lino était fier de les avoir faits. On a écrit aussi que, les années venant – il était quatre fois grand-père –, Lino était à la recherche d'un nouveau style de rôles. Cela ne correspond pas à la vérité. Simplement, il était plus exigeant, plus rigoureux. Il ne se sentait plus obligé d'accepter des scénarios qui ne lui plaisaient pas complètement. Il voulait la perfection. Peut-être attendait-il qu'on lui propose un nouveau type de personnage. Jean Gabin lui aurait dit un jour : « Tant que tu montes dans l'échelle des valeurs, c'est parfait. Mais, en haut, il faut y rester. »

Lino, ex-sportif de haut niveau, supportait mal les tracasseries de l'âge. Il pestait contre les débuts d'arthrose du genou qui lui interdisaient le football et le handicapaient au tennis. Grâce à son ami Pierre Robert, grand joueur, il avait découvert le golf, qui le passionnait.

Lino, à soixante-quatre ans, posait sur la vie un regard différent. Les enfants étaient mariés, heureux, les petits-enfants grandissaient, Linda vivait heureuse dans la résidence de Sèvres, notre œuvre pour les handicapés se développait. Nous pouvions aider d'autres parents. Son envie de vivre, débarrassée des soucis du quotidien, prenait une autre forme : il avait de nouvelles curiosités, s'intéressait de plus en plus à l'art, sous toutes ses formes, recherchait le contact des créateurs. Dès 1982 – cinq ans avant sa mort –, nous étions repartis sur les itinéraires de notre jeunesse : Parme, Florence, Venise. En 1983, nous avions fait, à l'occasion du festival de Manille, un grand voyage de découverte en Extrême-Orient, Bali, Bangkok, Hong Kong. Nous retrouvions dans ces voyages le bonheur du plaisir partagé comme dans toute notre vie. Il m'offrait ces voyages comme des cadeaux.

Entre les films qui s'espaçaient, nous avions revisité, pour le plaisir, l'Italie, la Hollande, l'Autriche. Il avait des films en vue, comme *Le Maudit Mois d'août*, en Italie. Mais il n'était pas pressé. Jamais peut-être, depuis longtemps, nous ne nous étions sentis aussi proches, aussi disponibles. Ces dernières années si courtes furent comme une seconde lune de miel.

En 1982, Lino tourna en Suisse *Espion lève-toi*, réalisé par Yves Boisset et produit par Norbert Saada, avec Michel Piccoli et Bruno Crémer ; il est, sous l'identité d'un paisible citoyen suisse, une « taupe », c'est-à-dire un espion qui dort. Dans beaucoup de ses rôles, Lino a vécu entouré de danger. Mais c'est dans le bureau du producteur, Norbert Saada, aux Champs-Élysées, qu'il affrontera le plus grand risque. Il était allé lui rendre visite avec Laurent, notre fils, comme il le faisait souvent. Soudain, trois hommes armés, encagoulés, firent irruption dans le bureau :

« Les mains en l'air, contre le mur ! » hurlèrent-ils, avec un fort accent italien.

Lino crut d'abord à une plaisanterie. Ce n'en était pas une : un producteur de cinéma français possédant une Rolls avait manqué de respect (si l'on peut dire) à la fille d'un parrain sicilien. Celui-ci, fou de colère, avait chargé quatre truands, de venger l'honneur de la famille. Et les tueurs étaient sûrs d'avoir identifié leur cible : Saada était lui aussi propriétaire d'une Rolls ! Ils reconnurent Lino, mais apparemment cela ne modifia pas leur décision de réaliser leur contrat – non plus que les protestations de Norbert Saada, qui n'en menait pas large. Par chance, un caïd du milieu, François, ami de Saada et du parrain sicilien, se trouvait à Paris et les truands, non sans hésitation, acceptèrent son arbitrage. Pendant tout le temps des négociations, Lino et Laurent demeurèrent sous la menace des revolvers, les bras levés, contre le mur ! Ce n'est que plus tard que Lino me raconta cette scène.

C'est pendant le tournage d'*Espion lève-toi* que Lino apprit la mort de Georges Brassens. Il accusa le coup. Brassens, comme Brel, était pour lui un frère. Tant de bons moments passés ensemble, où ils se retrouvaient souvent pour des dîners entre hommes. Brassens n'était pas vraiment un gastronome. Quand nous allions dîner chez lui, Lino proposait de faire des pâtes et apportait tout, casseroles et passoire de professionnel. Il y avait entre eux une grande complicité. L'ami Jean-Loup Dabadie écrivit à Lino :

« C'est à toi que je n'ai cessé de penser, tous les jours qui viennent de s'écouler depuis la mort de Georges Brassens. Je suis bien placé pour savoir comme tu aimes les gens quand tu les aimes. Je ne le connaissais pas, lui, mais je te connais, toi. Ta force en douce, ta fraternité aujourd'hui déchirée, ton cœur qui fait du bruit dans la maison quand il bat. »

Après une « récréation » de plusieurs semaines, Lino commença le tournage des *Misérables*, avec Robert Hossein.

Fort du succès de ses grands spectacles de théâtre, *Le Cuirassé Potemkine, Notre-Dame de Paris, Danton et Robespierre*, Hossein avait décidé d'adapter au cinéma le célèbre roman de Victor Hugo – la vingt-quatrième version depuis la première du cinéma muet en 1911. Pour le rôle de Jean Valjean, il pensa aussitôt à Lino. Qui refusa.

« Après Gabin, après Raimu, après Harry Baur, me dit-il, je suis sûr de me planter ! »

Hossein, têtu, revint à la charge. Ce sont nos enfants au cours du déjeuner familial du dimanche qui persuadèrent Lino d'accepter. Ce ne fut pas sans mal : Lino n'avait jamais tourné de film historique.

Les Misérables bénéficièrent du plus gros budget jamais imparti à un film français (7 milliards de centimes) ; le tournage dura près de six mois. J'allais plusieurs fois rejoindre Lino à Sarlat, en Dordogne, la ravissante petite ville où Hossein avait établi son camp. A ma grande surprise, Lino ne supportait pas la célèbre cuisine périgourdine, et avec son habilleuse Irénée Martin, qu'il adorait, il organisait le plus souvent possible des repas dans sa caravane de tournage. L'équipe en parle encore.

Le tournage fut difficile. L'hiver fut très rude, les acteurs travaillaient souvent dans la boue. Lino s'était réellement identifié à Jean Valjean, forçat en rupture de ban. Quand un prêtre lui offre un repas, et qu'il répond : « Je peux payer », on sent passer une véritable fierté. Lino a joué la scène avec son cœur. Pour Robert Hossein, il a été le plus grand Jean Valjean – mais un Valjean moderne, avec une sensibilité moderne. « Lino m'a évité un tas d'erreurs ! m'a-t-il dit. Je lui dois beaucoup. »

Les Misérables furent un grand succès et nous avait laissé le souvenir d'une grande complicité, faite d'admiration, entre

Lino et Robert. Lors de la première du film, Lino emmena exceptionnellement ses petits-enfants. En les voyant émus, il sut qu'il avait eu raison d'accepter le rôle – lui qui n'avait jamais tourné en costume, perruque, fausse moustache et maquillage de théâtre.

C'est pendant le tournage, en octobre 1982, que nous avons inauguré la maison Perce-Neige de Sèvres.

En août 1982, Luisa, la mère de Lino, n'allait pas bien. Très inquiet, Lino partit pour le Québec tourner *Le Ruffian*, produit par Christian Fechner et réalisé par José Giovanni. Lino y retrouva Claudia Cardinale – avec qui il avait tourné, vingt ans plus tôt, dans *Les lions sont lâchés*. Le film se fit dans les montagnes Rocheuses. Aldo (Lino), un aventurier, se trouve parmi les chercheurs d'or dans une mine attaquée par des pillards. Il survit seul, avec deux Indiens. Il leur fausse compagnie et s'enfuit avec trois caisses d'or, sur un bateau qui chavire au pied d'une impressionnante chute d'eau. Il lui faudra récupérer l'or. Je partis avec lui en Colombie britannique. Nous étions logés à Panorama, non loin de la mine d'or, au bord d'un torrent. Bernard Giraudeau avait gagné son estime en attrapant contre toute attente des truites dans la rivière ! Le tournage du *Ruffian* fut physiquement très dur pour Lino qui – à soixante-trois ans – refusait systématiquement de se faire doubler. J'étais inquiète. José exigeait beaucoup de ses comédiens comme de lui-même – sportif complet, toujours en pleine forme. Je quittai le tournage après trois semaines et regagnai Saint-Cloud : notre fille Linda devait rentrer dans sa maison de Sèvres. Au début septembre, c'est moi qui appris, par téléphone, la nouvelle à Lino : sa maman venait de nous quitter. José Giovanni m'a raconté la scène :

« Je vis Lino sortir d'une cabine téléphonique. Ce n'était pas le Lino habituel. Il vacillait. Je compris qu'un malheur était arrivé. »

Ce fut, en effet, un choc énorme pour Lino ; les liens qui le reliaient à sa mère étaient d'une nature particulière. Elle avait été le pivot unique de son enfance, son père ayant très vite disparu. Lino par la suite l'avait totalement prise en charge. Moi, jeune épouse, cela avait pu, à un certain moment, soulever quelques problèmes. Luisa n'était pas une femme facile. Elle n'a jamais appris vraiment le français. A la maison, on l'appelait « Nona » (grand-mère). J'avais moi aussi, finalement, beaucoup de tendresse pour elle.

Le Ruffian, de José Giovanni, fut un succès. Deux ou trois ans plus tard, nous avons revu ensemble le film à la télévision. Lino me dit :

« C'est un bon film. »

Lino se considérait comme un Italien vivant en France, je l'ai déjà dit, il n'avait jamais voulu se faire naturaliser français. Il avait refusé la Légion d'honneur (à titre étranger), et n'avait accepté que la médaille de la valeur italienne (encore l'ambassadeur d'Italie avait-il été obligé de la lui décerner presque de force, sans qu'il ait eu le temps de réagir). Sa mère, en revanche, avait pleuré de fierté quand Lino lui avait montré le grand diplôme décerné au « commendatore (au commandeur) Lino Ventura », signé par le président de la République Leone et contresigné par Andreotti.

Entre sa nationalité italienne et son amour pour la France, il se sentait parfois un peu écartelé. « Mon pays va de Paris à Rome. » Quand l'équipe nationale française de football rencontrait celle d'Italie, il se sentait malheureux :

« Je suis pour les deux ! » disait-il.

Il avait rencontré Michel Platini, Français d'origine italienne, qui jouait à la fois dans une équipe italienne et en équipe de France, et lui apparaissait comme une bonne illustration de la double appartenance. D'une façon générale, il jugeait avec sévérité les immigrés, toutes origines confondues, qui refusaient de se plier aux lois et aux usages de leur pays d'adoption. Pour lui, la politesse élémentaire et la sagesse consistaient à accepter le mode de vie de ceux que vous avez choisis, et qui vous accueillent. Il ne comprenait ni l'exclusive, ni le fanatisme, ni le racisme. A l'époque de sa jeunesse, avec Luisa qui refusait de parler français, il s'était souvent heurté à l'ostracisme de certains services administratifs ; il avait subi des rebuffades, senti parfois le mépris, ou le refus. Il en avait certainement souffert, mais cela n'avait pas altéré le respect qu'il avait pour la France – et les Français. Quand on évoquait devant lui la montée du racisme en France, il répondait :

« Les Français ne sont pas plus racistes que les autres... ce sont les politiciens qui attisent le racisme. »

Il est toujours resté très attentif à maintenir les liens avec sa famille, ses amis à Parme, et ailleurs en Italie. Il aimait profondément l'Italie, et pas seulement pour ses trésors artistiques, ou sa gastronomie. Tout le rapprochait de son pays natal. A Paris, il voyait beaucoup d'Italiens. Son tailleur, Adriano Cifonelli, était un ami qu'il rencontrait chaque semaine ; chez lui, il se retrouvait en famille. Au moment de sa mort, Lino avait un projet de film en Italie. Et l'avant-dernier film qu'il tourna, *Cent jours à Palerme*, consacré au célèbre général dalla Chiesa, qui s'attaque à la mafia, fut tourné en Sicile.

Lino avait accepté la proposition du réalisateur Giuseppe Ferrara, car la personnalité de ce soldat incorruptible, courageux et secret l'avait fasciné. Dalla Chiesa n'avait-il pas déclaré :

« Je connais les risques que je cours et je les assume jusqu'au bout. »

Ce genre de phrase faisait battre le cœur de Lino un peu plus vite. Cela lui rappelait les idoles de son enfance – Mermoz, Guynemer, Didier Daurat. Avant de tourner, Lino a lu toutes les interviews du général, son journal intime, qui avait servi de base aux dialogues. Il avait insisté pour rencontrer Rita, la fille du général, productrice à la télévision italienne, et Maria-Laura, sa mère. Il n'aurait jamais accepté son rôle sans leur accord. Dalla Chiesa ressemblait un peu, physiquement, à Lino ; comme lui, il était né à Parme.

Une partie du tournage a eu lieu à Palerme ; la scène de l'attentat a été filmée sur les lieux mêmes où les événements s'étaient passés. Les cinéastes ont eu comme conseiller le propre secrétaire du général-préfet.

Lino a joué le jeu du cinéma-vérité. Il s'est laissé pousser une moustache grise, il a collé ses cheveux en arrière, il a mis des lunettes. Ce fut un phénomène de mimétisme étonnant. J'ai conservé sa casquette de général.

Le film ne fut pas un grand succès. Lino fut déçu. A son avis, le scénario était trop linéaire – la conclusion était connue de tous – et on avait commis l'erreur de le « doubler ». On avait jugé son italien trop caractéristique :

« D'accord, j'ai un accent, avait répondu Lino, mais c'est celui de Parme – d'où le général était originaire ! »

N'empêche : les producteurs n'avaient pas gardé sa voix – et il en avait conçu quelque dépit. Les réserves du public touchèrent Lino : il attendra plus de six mois avant de donner à son ami Claude Pinoteau son accord pour ce qui devait être son dernier film, *La Septième Cible*, sur une idée de Jean-Loup Dabadie.

Nous étions déjà dans notre période de voyages. Deux fois dans l'année, nous étions allés suivre une cure de thalassothérapie à Quiberon. Lino y puisait des forces nouvelles. Au début du tournage de *La Septième Cible*, Claude Pinoteau, pourtant, le trouva fatigué. Trois jours avant le premier tour de manivelle, Lino se déchira un muscle dans le bas-ventre en jouant au tennis à la Colombe d'Or. Il commença le tournage à l'heure fixée mais il souffrait : après chaque effort, il portait la main à l'intérieur de la cuisse! Les séquences finales furent tournées, en octobre 1984, près du mur de Berlin, à deux pas de la porte de Brandebourg, dans la zone occidentale. Il y avait là une sorte de no man's land, avec un monument russe. C'était un endroit interdit aux piétons et aux voitures, et gardé par des sentinelles. Pinoteau avait obtenu l'autorisation exceptionnelle de filmer sur ces lieux et sous sa responsabilité personnelle. Comme Lino n'était pas dans tous les plans, il se réfugiait dans sa roulotte. Quand on allait le chercher à 4 ou 5 heures du matin pour lui dire : « C'est à toi ! », il apparaissait avec un visage gris, marqué. Oui, Lino était fatigué. Pinoteau précipita le tournage, car Lino devait partir pour Hong Kong où l'attendait un autre film.

Pour *La Septième Cible*, la critique fera des réserves sur la seconde partie plus psychologique et sentimentale, qui rompt le rythme du polar. Lino en fut sans doute plus affecté qu'il ne le montra.

16

Le temps de vivre

C'était comme si on nous avait rendu la partie de Lino confisquée par le cinéma. L'homme avait repris le dessus sur l'acteur. Il était de nouveau lui-même, à cent pour cent. Et décidé à profiter pleinement de son temps. Depuis 1983, il avait décidé de ne tourner qu'un film par an. Alors que, certaines années, il en avait tourné jusqu'à cinq !

La Septième Cible à peine terminée, nous nous reposions à Baracé. L'annonce de la mort de Michel Audiard, en juillet 1985, nous bouleversa. Bien sûr, Michel était malade depuis plusieurs mois, et nul ne doutait qu'il allait perdre sa dernière bataille. Mais il y a des événements attendus qui vous touchent comme si rien ne les laissait prévoir. En un quart de siècle, du *Rouge est mis* (1957) à *Espion lève-toi* (1983), en passant par *Les Tontons flingueurs*, *Ne nous fâchons pas*, etc., Lino avait fait quatorze films avec Michel Audiard. C'était plus qu'un ami : des journalistes ont écrit : « Son père spirituel ». Il est exact que Lino s'appuyait énormément sur Michel ; il avait une confiance absolue en son talent – et en son jugement.

Après Georges Brassens et Jacques Brel, c'était le troisième ami proche que le cancer enlevait prématurément. Michel

Audiard laissait un vide que personne ne comblerait jamais. Ce fut pour Lino une raison de plus de prendre ses distances avec le cinéma. De refuser les masques. De redevenir celui qu'il était vraiment – et que les rôles multiples (plus de soixante-dix) qu'il avait joués avec le plus de conviction et de sincérité possible n'avaient pas – contrairement à ce qui se produit souvent chez les acteurs – fait disparaître ni même modifié.

Lino passait beaucoup de temps à la maison. Nous avions retrouvé le rythme reposant des week-ends avec des amis à Baracé. Des parties de tennis, des parties de boules, des soirées de tarot – du temps sans obligations. Je n'ai jamais senti faiblir son intérêt pour les choses de la vie. Il n'avait rien perdu de sa vigueur : avec José Giovanni, victime d'un chauffard qui leur avait fait une « queue de poisson », très dangereuse, Lino n'avait pas hésité à le corriger – d'un coup de manchette qui l'avait envoyé au fond de sa cabine.

« Je ne suis plus tout jeune, mais je fais encore de la poussière », avait déclaré Lino.

Il lisait beaucoup, surtout des livres d'art et quelques romans, écoutait de la musique classique, feuilletait les magazines d'actualité. Il n'était vraiment ni bricoleur ni jardinier. Chaque samedi, il se rendait dans un café de Boulogne que lui avait fait connaître Hilaire, sa doublure. Il disputait, dans l'arrière-salle, des parties de tarot avec des habitués : un employé municipal, un marchand de journaux, un aide-vétérinaire. Le patron était un ancien légionnaire. Quand Lino est mort, il a dit : « Personne ne touchera plus à sa bouteille de cognac ! » Aujourd'hui, le café a disparu ; un immeuble a été construit à sa place.

Nous avions plus de temps à consacrer aux amis, aux dîners, aux expositions – Lino faisait son choix très soigneusement –, aux voyages et aux cures marines. Lino appréciait aussi de pouvoir passer plus de temps avec ses quatre petits-enfants, Christophe, Vincent, Valentine et Amélie. En 1986, nous sommes allés deux fois en Italie, en Hollande, en Suisse, sans compter de nombreux déplacements en France chez des amis. Devenu fanatique du golf grâce à ses amis Robert et Pierre Ducis, Lino passait des après-midi à Saint-Cloud, et ailleurs. Il lui arrivait, au retour, de pester contre la diabolique petite balle blanche qui « lui gâchait sa magnifique promenade ». Mais, en revanche, rien n'égalait son bonheur quand il avait réussi un bon score : j'avais assisté, à Lausanne, peu de temps avant sa mort, à une de ces parties miracles. Tout le monde le félicitait. Lino riait comme un gosse :

« Tu devrais toujours être là, Mounet », m'avait-il dit.

Il mettait, à améliorer son jeu, la patience et la détermination qu'il mettait à toute chose : « J'y arriverai », me disait-il. Il y serait arrivé.

Lino avait décidé de faire ce qu'il avait envie de faire. Même s'il s'agissait de rêves d'enfant. C'est ainsi qu'il effectua, avec Christian Brincourt, au début de 1987, une plongée à bord du sous-marin nucléaire le *Terrible*. Tout avait commencé lors d'un dîner chez des amis. Christian Brincourt avait raconté les péripéties d'un reportage à bord du *Terrible*, pour TF1. Lino avait écouté avec attention :

« Je rêve de ça depuis que je suis gosse, dit-il. Et depuis qu'ils sont à propulsion nucléaire, les sous-marins me paraissent encore plus fascinants ! Mais je sais que monter à bord est quasi impossible... »

Brincourt, à tout hasard, rapporta ce propos à des amis personnels, officiers sous-mariniers. Et, une semaine plus tard, il fut chargé de transmettre à Lino une invitation officielle, pour trois jours, à bord du *Terrible*, avec l'autorisation du ministre de la Défense. Des leaders politiques, des hautes personnalités, des vedettes de toute nature n'avaient pu faire aboutir leur demande. Lino était invité, avec Christian. Nul doute qu'il devait cette faveur à son image d'acteur discret et rigoureux. Le secret défense entourant toute information sur les sous-marins nucléaires, ils ne furent avertis de la date de leur voyage qu'au dernier moment.

Ils furent accueillis à la base de sous-marins lanceurs d'engins de l'île Longue, dans la baie de Brest, par l'amiral Merveilleux du Vignaux, commandant des forces sous-marines océaniques stratégiques. Lino me raconta que la vision du *Terrible*, à quai, avait été un premier choc. Cent vingt-huit mètres de long, dix de large, huit mille tonnes en surface, cent trente-cinq hommes d'équipage. Ils appareillèrent presque aussitôt. L'amiral avait mis à la disposition de Lino une des rares chambres individuelles du bord. Le dîner fut servi au carré des officiers, alors que le *Terrible*, toujours en surface, quittait le goulet de Brest. Peu avant minuit, alors qu'il s'était allongé sur sa couchette, une sonnerie et un ordre retentirent, répercutés dans tout le bâtiment : « Ici passerelle. Paré à plonger. » Lino va vivre la plongée du poste central de commande : le sous-marin, prenant une inclinaison de 20 degrés vers l'avant, s'enfonce sous la mer.

« Très vite, me raconta Lino, le calme est total, inquiétant. Le *Terrible* peut rester, en deux mois, mille cinq cents heures en plongée. D'ailleurs, pendant sa mission, il ne doit faire surface sous aucun prétexte... »

A son réveil, Lino a la surprise de prendre une douche chaude, l'eau douce étant fabriquée à bord. Toutes les informations qu'il recueillait le passionnaient : « Ce sous-marin, me dit-il, est certainement le système offensif le plus compliqué et le plus perfectionné créé par l'homme! »

A moins trois cents mètres aura lieu un lancement fictif : seize missiles nucléaires, qui ne peuvent bouger que sur ordre de l'Élysée, quittent le sous-marin. « Cette alerte nucléaire, écrira Christian Brincourt dans *Paris Match*, marquera beaucoup Lino. Il en reparlera souvent. »

Pour la deuxième journée à bord, Lino est invité par l'équipage à la cafétéria : il dîne avec les officiers-mariniers – au nombre de cent – qui sont la force vive du *Terrible*. Le bosco (cuisinier) lui remet alors une enveloppe cachetée : une collecte a été faite à bord pour Perce-Neige! Lino est très ému par ce geste. Il apprend que plusieurs de ses films, *Un taxi pour Tobrouk*, *Le Silencieux, Le Deuxième Souffle*, font partie de la cinémathèque du bord et passent régulièrement sur le circuit de télé intérieur. Il pose des questions sur les menus : la nourriture est très étudiée, le pain est fabriqué à bord; et le vin est autorisé, contrairement aux usages sur les sous-marins nucléaires américains, soviétiques ou britanniques. Les marins lui demandent quelques-unes de ses fameuses recettes – pour leur famille. Et lui qui était jaloux de ses secrets culinaires – on en trouvera quelques-uns dans le chapitre suivant – s'exécute volontiers.

« Ce sont des types formidables, me dit-il. Tu penses, en deux mois, ils peuvent recevoir un message par semaine, mais pas envoyer de réponse : le *Terrible* ne doit jamais donner sa position. »

Plus tard, dans un casque, il entend des cris de cachalots et de baleines, les crépitements des bancs de crevettes et le bruit d'hélices des escorteurs qui croisent, trois cents mètres audessus de nos têtes. Il y eut une longue conversation avec l'amiral :

« Quand on vit avec l'équivalent de dix millions de tonnes d'explosif autour de soi, est-ce qu'on dort bien la nuit, commandant ? demanda Lino.

– Oui, répondit le commandant. D'ailleurs, un commandant ne dort jamais, il se repose. »

Le sous-marin fit surface en pleine mer, pour permettre aux invités de quitter le bord. Voici le récit des adieux fait par Christian Brincourt, pour *Paris Match* :

« 5 h 45 du matin. La mer est grise et les lames frangées d'écume fouettent la coque sombre du sous-marin. Lino, debout dans le kiosque, regarde l'hélicoptère de la marine qui commence son point fixe au-dessus du bâtiment. En écrivant ces lignes, je revois la poignée de main échangée entre le commandant Legrix de La Salle et Lino Ventura. Ce dernier dira simplement : “ Merci. ” Mais, dans ce mot, il y a une profonde reconnaissance pour tout ce qu'il vient de découvrir et de vivre. Le treuil est descendu. Lino passe le harnais sous ses bras. Il est hissé au-dessus de la mer et des neuf mille tonnes du *Terrible*, roulé bord à bord sous la houle. Par la porte de l'hélicoptère, nous regardons une dernière fois le *Terrible* s'enfoncer, cette fois pour soixante-dix jours, sous la mer. Non pour faire la guerre, mais pour l'empêcher. »

Lino se penche vers moi et me dit : « Je rentre à la maison en sachant que mes petits-enfants peuvent dormir tranquilles. »

Lino, l'Italien, aimait vraiment la France. C'est pourquoi, parmi tous les projets qu'on ne cessait de lui proposer, il s'était intéressé à celui de Charles Villeneuve, un scénario sur les services secrets français : Lino en aurait incarné le chef.

Dans cet esprit, Charles Villeneuve l'avait accompagné à une projection de *Platoon*, le film d'Oliver Stone sur le Viêt-nam. Lino avait fait la connaissance du général Jeannou Lacaze – le « sphinx » –, ancien chef d'état-major, et du général Imbot, patron des services secrets. C'était peu de temps après sa plongée sur le *Terrible*. Par la suite, avec Charles Villeneuve, il retrouvera les chefs militaires à la caserne Mortier – la « Piscine ». C'est à cette occasion qu'il avait fait à Villeneuve la scène dont j'ai déjà parlé : « Vous ne parlez que des drogués, des criminels, jamais de ces petits gars qui jouent leur vie sur la mer, ou ailleurs, pour nous protéger ! »

Pour ce rôle, je le sais, Lino aurait « remis les gants », comme disent les boxeurs. Le destin ne l'a pas voulu.

En mai 1987, tout comme l'année précédente, un sondage de presse place Lino, qui ne tourne presque plus, en tête des stars les plus populaires de France, avec 63 p. 100 des voix, devant Montand et Belmondo. Par amitié pour Roger Hanin, son successeur dans la peau du Gorille, il accepte de faire une apparition dans son film *La Rumba*. Claude Pinoteau a formé le projet de lui faire jouer le père de Foucauld, cet ancien officier bambocheur qui découvre Dieu dans le désert. Lino, depuis notre voyage à Assise et notre passage dans l'ermitage de Saint-François, me semblait plus proche de ce genre de sujet. Il n'avait pas pris de décision.

J'ignore à qui il rendit service en participant à un téléfilm franco-américain, sous la direction de Michael Anderson, *L'Épée de Gédéon*. Il avait accepté de tourner avec Claude Bernard Aubert, réalisateur de *L'Affaire Dominici* et d'un film sur le Viêt-nam, dans *La Jonque*, une histoire qui se déroulait à Macao : le rôle, celui d'un aventurier cynique qui recueille un enfant sans attaches, l'avait séduit. Il était parti malgré les mises en garde de certains de ses amis, mais le film avait été rapidement arrêté, par manque d'argent.

Un autre projet de film qui l'intéressait butait sur toute une série d'obstacles : il s'agissait d'un film italien, *Maledetto Ferragosto* (*Maudit 15 août*), que devait réaliser Franco Massara, Lino était allé plusieurs fois à Rome. Rien ne se décidait. La malédiction semblait tomber aussi sur le film. Lino ne m'a pas raconté l'histoire.

Le 12 octobre 1987, je reçois la Légion d'honneur, au cours d'une cérémonie à l'Hôtel de Ville de Paris, des mains de Jacques Chirac, Premier ministre et maire, en présence de nombreux amis, en même temps que Raymond Devos. La distinction était destinée à Lino, qui l'avait une fois de plus refusée en disant :

« Donnez-la à Odette. Elle la mérite plus que moi. Et ça lui fera plaisir ! »

J'étais très émue, évidemment. Jacques Chirac commence son discours. Un très beau discours. Et, tout d'un coup, c'est comme si plusieurs soleils se mettent à briller dans ma tête. Je n'entends plus rien. Je ne pense qu'au petit speech que j'ai préparé : « Il faut que tu t'en souviennes. » Soudain, je me sens défaillir ; je m'accroche à la main de Lino – et plus rien ! Plus tard, des amis m'ont dit : « Tu es tombée avec beaucoup d'élégance. » Soit, mais je suis tombée quand même. Je suis revenue à moi très vite. J'ai vu le visage de Lino et, tout autour, des regards interrogateurs. Ma fille Milène, qui était trois rangs derrière nous, surgit en disant : « Écartez-vous ! Elle manque d'air ! » Mais j'avais déjà repris mes esprits. J'ai prononcé mon remerciement – un peu plus court que prévu. Personne ne s'en est aperçu. Il y eut une grande fête au Fouquet's offerte par nos amis Casanova. J'ignorais que c'était le début d'une grande et solide amitié, qui allait bientôt m'entourer chaleureusement.

Lino devait mourir dix jours plus tard, le jeudi 22.

Le mercredi, contrairement à nos habitudes, nous étions rentrés tous deux tard à Saint-Cloud, vers 2 heures du matin. Propriétaire du casino d'Enghien, nos amis Michèle et Pierre Ducis nous avaient invités au restaurant du casino. Le mardi, Lino, en grande forme, avait joué au golf, à Saint-Cloud, avec Pierre : « J'avais du mal à le suivre, il tirait son chariot plus vite que moi ! » m'avait confié Pierre. Au dîner assistaient Daniel Cauchy, le comédien devenu producteur que Lino connaissait depuis son premier film, *Touchez pas au grisbi*, et sa femme Chantal, Christian Brincourt, de TF1, avec qui Lino venait de plonger à bord du *Terrible*, et Annie-Claude, sa femme. Contrairement à nos habitudes, nous étions arrivés à Enghien avec plus d'une heure d'un retard dû aux embouteillages et à la pluie. Ce qui nous avait attiré les sarcasmes faussement indignés de nos amis, tous attentifs à l'exactitude quasi proverbiale de Lino : très respectueux des horaires (il arrivait à ses rendez-vous en avance), mon mari ne cachait pas sa colère quand on le faisait attendre ; le plus souvent, il s'en allait ! Notre retard incongru n'avait en rien altéré la gaieté des convives autour de la table ronde ; avec de tels joyeux lurons, impossible de s'ennuyer. Je me souviens qu'entre l'assiette de fruits de mer et le gibier aux girolles Daniel Cauchy, auquel on ne résiste pas, avait entraîné Lino dans une parodie extravagante de *La Cage aux folles*. Lino et Daniel mimant un couple d'homosexuels aux prises avec des problèmes domestiques, quelle improvisation ! Pris de fou rire comme nous, Christian, homme d'images, devait secrètement regretter de ne pouvoir filmer. Ensuite, Lino avait parlé de *Garde à vue* et dit l'admiration qu'il avait pour Michel Serrault. Très en verve, il avait évoqué des souvenirs de sa jeunesse et de sa vie de catcheur, ce qu'il faisait rarement. Puis on parla d'Amérique du

Sud, des chercheurs d'or, de ce médecin de Salvador de Bahia, adepte du spiritisme brésilien, qui opère les pauvres des favelas sans anesthésie. Christian avait réalisé un reportage sur lui : Lino lui réclama une cassette.

Autre particularité de ce dîner, Lino avait accepté de se laisser photographier : Christian avait offert à Annie-Claude un appareil automatique qu'elle souhaitait étrenner. Lino avait même accepté de poser avec l'excellent chef de cuisine du restaurant Le Duc d'Enghien, notre ami Michel Kerever. A l'exception d'une seule, me dira-t-on plus tard, ces photos furent ratées. Nous nous amusions tellement que nous n'avons pas prêté attention à l'heure. Avant de se séparer, Daniel Cauchy confiera à Christian : « J'ai rarement vu Lino aussi gai, aussi détendu. Cela me rappelle la forme qu'il tenait, il y a quelques années, quand nous étions allés à Las Vegas pour l'anniversaire de Frank Sinatra ! »

Lino n'aimait pas se coucher tard, mais dans la voiture qu'il conduisait (la nouvelle Peugeot rouge qu'il appelait « la petite bombe »), sous la pluie, et qui nous ramenait à Saint-Cloud, il n'exprima pas de regrets. Au contraire, ç'avait été une vraie soirée d'amitié et de rires, comme il les aimait. Ce devait être la dernière.

17

Les recettes secrètes de Lino

Dans ce livre, il a été souvent question de cuisine. Lino aimait la bonne chère et le bon vin. Il ne le cachait pas. C'était pour lui une source de sensations et de plaisir. Il avait des goûts bien établis. Ainsi, à Sarlat, pendant le tournage des *Misérables*, il refusa totalement la célèbre cuisine périgourdine, de grande renommée, avec ses foies gras, ses confits, ses truffes, et ses vins de Bergerac ou de Monbazillac. Il la trouvait trop lourde, sans esprit. En revanche, il aimait la cuisine orientale (surtout le couscous), la cuisine vietnamienne de son amie Thérèse au Tong-yen ; et nous allions souvent dîner en tête à tête, après le cinéma, à la Maison du caviar sur les Champs-Élysées.

Il admirait la cuisine traditionnelle française, les grands vins, bordeaux ou bourgogne ou côtes-du-rhône, et ceux de la Loire. Et il portait à la cuisine italienne, surtout à celle du centre de l'Italie, un amour inconditionnel.

Lino aimait autant faire la cuisine que la consommer. Pour lui, cuisiner était un acte d'amitié, et la convivialité une promesse de bonheur. A la maison, il passait des heures dans notre cuisine. Il ne laissait à personne le soin de choisir les produits, les pâtes fraîches, les légumes, la viande. Faire le marché était la première étape d'un déjeuner ou d'un dîner réussi. Il mettait un soin exceptionnel à sélectionner les meilleurs produits. De même, il surveillait sa cave avec jalousie. Sur sa cuisine, il supportait difficilement les critiques : sa susceptibilité était à fleur de peau. Je l'ai vu en proie à une terrible colère parce qu'un invité (je tairai son nom) avait émis une discrète réserve sur son coulis de tomates, jugé trop pimenté. Un jour, à la Colombe d'Or, à Saint-Paul-de-Vence, un marmiton avait, par mégarde, jeté la sauce tomate que Lino avait précieusement préparée la veille, dans la perspective d'un pique-nique sur le bateau de Francis et d'Yvonne Roux. Quand Lino découvrit cette erreur fatale, il se déchaîna dans une colère dont on parla longtemps parmi les joueurs de boules ; il annula le pique-nique et disparut. Il ne plaisantait pas avec les choses de la table ! Yves Montand, avec qui il n'a jamais tourné, lui avait dit un jour : « J'ai une idée de film. On serait deux célibataires qui vivent ensemble. Toi, tu ferais la cuisine en rigolant... » A Norbert Saada, Lino avait rapporté ce propos avec un commentaire : « Mais ce n'est pas un début de film ! En plus, je ne rigole pas en faisant la cuisine ! Est-ce qu'il me prend pour un idiot ? »

Ce goût des bonnes choses, ce culte de la table, était à la source de nombreuses amitiés. Être invité par Lino à Montretout pour déguster sa cuisine était comme une sorte de certificat : il y avait peu d'élus – mais tous de qualité. Et tous étaient d'accord pour le confirmer : autour de notre table circulait quelque chose de particulier, fait d'amitié partagée, de goûts communs pour une certaine qualité, de gaieté vraie – de joie de vivre.

Voici comment un de nos plus vieux amis, un des pères fondateurs de Perce-Neige, Pierre Tchernia, décrivait Lino dans ses œuvres :

« Lino au fourneau, c'était un spectacle. Il entrait à la cuisine comme on entre en religion. L'œil à tout, décidé, rigoureux, le genre commandant Cousteau à bord de la *Calypso*. Du début à la fin, c'était un parcours sans faute, de l'achat de la côte de bœuf jusqu'au récurage des casseroles. Bien sûr, il n'était pas question de s'en mêler : on ne cite pas l'exemple d'un téméraire qui aurait été lui dire : " Vous couvrez le fait-tout pendant la cuisson ? " Vous n'auriez pas dit à Beethoven : " Vous ne pensez pas qu'il vaudrait mieux un *la* bémol ? " »

Parfois, rarement, exceptionnellement, il ratait son coup. J'ai le souvenir d'un plat de chou rouge qui rendait trop d'eau, que je ne suis pas près d'oublier. Vous voyez la scène : autour de la table, Odette et quelques amis. L'atmosphère est heureuse, le temps clair. Lino soulève le couvercle et regarde. Un silence et la voix commence, moderato, dans le grave : « Mais c'est pas vrai ! » Dans la buée qui monte se fige le masque de la tragédie antique façon Œdipe avant qu'il ne se crève les yeux. La voix martèle à présent, en puissance, la montée des malheurs. C'est la débâcle de juin 40, l'incendie de Rome, l'éruption du mont Pelé. Il aurait suffi de remplacer la casserole par un cadavre de mafioso et il nous jouait le Parrain 1, 2, 3 et la suite.

Et on en pouvait plus de rire et il en rajoutait dans le désespoir, la fureur et la honte ! Quel merveilleux repas !

Sur le chemin de ma vie aventureuse, j'ai croisé bien des plats de chou rouge, aucun ne m'a jamais fait rire comme celui-là.

« Lino avait une générosité dans l'amitié, a écrit un autre de ses amis, Michel Droit, qui, à ses yeux, justifiait toutes les exigences. Quand il nous invitait à Saint-Cloud, à un dîner dont il élaborait lui-même tous les plats, être indisponible et ne pouvoir accepter son invitation ne s'envisageait même pas. Un soir où je revenais d'un long séjour en Afrique fauve, séjour merveilleux mais fatigant, j'arrive chez moi, vers 8 heures du soir, après huit heures de vol, et je trouve un message de Lino me disant de l'appeler dès mon retour. Ce que je fais aussitôt.

« " Surtout, ne viens pas me raconter que tu n'es pas libre à dîner, fait-il de sa voix rude et couverte à l'autre bout du fil. Tu es allé en Afrique. Tu peux bien venir jusqu'à Montretout. Nous vous attendons, Janine et toi, dans une demi-heure. " »

Michel Droit m'a rappelé, avec émotion, un dîner du 14 juillet – anniversaire de Lino – dans le jardin, à Montretout. Il y avait une vingtaine d'amis, et Lino avait fait des gnocchis – une de ses spécialités, et les salades italiennes. Michel Droit se souvient que notre petite Linda était assise entre Lino et lui, et qu'elle n'avait cessé pendant tout le dîner de s'assurer, avec une grande gentillesse, que rien ne manquait à nos amis.

Comme Pierre Tchernia et Michel Droit, Pierre Perret admirait Lino en cuisine, mais lui n'hésitait pas à le défier. Et je dois dire que Pierre est un des seuls amis dont Lino reconnaissait les qualités au fourneau. Un jour, Pierre Perret nous avait conviés, Lino et moi, à un festin chez lui, à la campagne. Ce fut une soirée mémorable. Je passe la parole à Pierre :

« Je n'avais pas lésiné sur le menu : de la daube de cèpes. Il a grimpé aux murs ! Du cassoulet. Il en a repris six fois. Il adorait les tourtes landaises, les *tortenlas*. Il y avait une bande de copains, Bernard Pivot, Jean-Claude Lattès... Lino était arrivé le dernier avec Odette à cause des embouteillages aux portes de Paris. On buvait l'apéro. Il refuse le champagne, qu'il n'aimait guère. Je lui dis : " Écoute, Lino, la cave est là, descends avec moi et prends ce que tu veux. " On va à la cave. Lino était comme un fou devant le sauternes, qu'il adorait. Il me dit : " Bon, allez, une bouteille au hasard ! " Je le vois encore tendre sa main et sortir un yquem 1947. En haut, tout le monde a voulu abandonner le dom-pérignon. Lino s'est amusé à râler : “ Arrêtez, c'est moi qui ai choisi cette rouille, je ne sais pas si vous en méritez un verre ! ” »

Après le dîner, Bernard Pivot avait déclaré : « En cas de guerre, on pourra toujours venir se réfugier ici ! – Oui, avait répondu Lino. Gardez-moi une place ! »

Un jour, Michel Audiard et Jean-Loup Dabadie avaient déclaré à Lino, avec une intention perverse : « Norbert Saada prétend que les pâtes qu'il cuisine sont aussi bonnes que les tiennes ! » Lino avait rougi sous l'insulte.

« Tu te rends comptes », me dit-il, indigné.

J'éclatai de rire, devinant le complot. Lino, lui, se jugeait insulté. Il voulait réparation. Au siècle dernier, il eût sans doute provoqué Norbert en duel. De nos jours, l'insulte se lavait autrement : le lendemain, nous avons débarqué chez Norbert Saada, à l'heure du dîner. Prévenu, je pense, par Audiard et Dabadie, il était en cuisine, en train de faire cuire un couscous et de tourner la sauce tomate. Lino, sans un mot, entra dans la cuisine. Norbert ne bougea pas.

« Qu'est-ce que tu fabriques ? » demanda Lino.

Pas de réponse. Lino se pencha sur le couscous, goûta la sauce tomate. Norbert n'avait toujours pas réagi. Il continuait à vaquer à ses occupations. Alors, on entendit la voix grave de Lino :

« Tu as raison, Norbert. Reste dans le couscous ! »

Et ce fut, inutile de le dire, une excellente soirée.

Sur le chapitre des vins, Lino était extrêmement calé. Il connaissait pratiquement tous les vins d'Italie, surtout ceux de Toscane et, en particulier, les chiantis. Mais il faisait aussi rentrer dans notre cave des grands bourgognes, grands crus de bordeaux – il avait un faible pour le pétrus –, beaujolais, côtes-du-rhône – surtout les châteauneuf-du-pape. Comme l'a dit Pierre Perret, il adorait le sauternes, surtout le château-d'yquem.

Il buvait peu et lentement. En 1985, au festival du film policier de Cognac – Lino avait accepté de s'y rendre parce qu'il se déroulait à Cognac –, nous avons dîné avec Robert Mitchum. Avant le déjeuner de gala, Mitchum avait commandé, comme apéritif, un mélange de vodka et de bière. Il avait avalé pratiquement une demi-bouteille de vodka et le contenu de quatre demis. Lino l'observait avec surprise. On passa à table. Croyant faire de l'humour, Lino demande à Mitchum, son voisin, s'il souhaite boire... un apéritif.

« *Yes*, fait Mitchum. Des Pimm's. »

Il en boit plusieurs sous nos yeux affolés. On sent que Lino s'attend à le voir s'écrouler sous la table. Mais, au contraire, « Mitch » se penche vers Lino et lui dit :

« Lino, je compte sur vous qui êtes connaisseur pour choisir les vins... »

Pendant le repas, il avale, à lui seul, deux bouteilles d'un excellent bordeaux, sans trahir la plus petite difficulté. Il se lève, allume un cigare.

« Je n'osais pas lui proposer un digestif, me raconta Lino. J'avais peur qu'il se fâche. Eh bien, c'est lui qui, en me tapant sur l'épaule, me dit :

« “ Il y a sûrement de la fine Napoléon, n’est-ce pas ? ” »

Je pense que le goût de Lino pour la gastronomie, sous toutes ses formes, est né de la rencontre avec mon père Louis Le Comte, grand professionnel de la cuisine. Ils ont eu de longues conversations, et Lino observait ses gestes quand mon père cuisinait chez nous. Il admirait, comme moi, la façon dont mon père montait les mayonnaises. Dans la bibliothèque de Lino figure, en bonne place, le livre de cuisine dont mon père ne s’était jamais séparé ; les quatre tomes du *Grand Dictionnaire universel de cuisine pratique*, de Joseph Favre, édité en 1902 par l’auteur et qu’on trouvait « dans les librairies et chez les fabricants d’ustensiles et vestes de cuisine ». On peut lire en sous-titre : Encyclopédie illustrée d’hygiène alimentaire, avec l’étymologie, la synonymie en trois langues, l’histoire, l’analyse chimique de tous les aliments naturels et composés, les propriétés hygiéniques appropriées aux âges et aux sexes, d’après le besoin réclamé par l’individu : le régime, les prophylactiques, les eaux minérales, la climatologie, les aliments respiratoires ; les cuisines végétarienne, assyrienne, grecque, romaine, française, anglaise, allemande ; la recette des mets, entremets, charcuterie, confiserie, pâtisserie, glacerie, distillerie, et conserves alimentaires ; la biographie des cuisiniers illustres et la terminologie culinaire.

Bien que la cuisine italienne ne figurât pas dans ce dictionnaire (en 1900, elle n’avait pas droit de cité en France), Lino le consultait régulièrement – et l’avait fait relier. La bibliothèque de cuisine de Lino comporte bien d’autres ouvrages. Il avait aussi recueilli beaucoup d’éléments auprès de sa famille, à Parme. Et sa cousine, Linda, qui est souvent auprès de moi à Saint-Cloud, l’aidait à améliorer constamment ses plats et sa technique :

« En cuisine, me dit Lino un jour, on peut toujours faire mieux ! »

Dans ce domaine aussi, il était un homme de terrain. J'ai sélectionné quelques recettes parmi celles qu'il réalisait le plus volontiers. De son vivant, Lino les gardait secrètes ; mais je sais qu'il approuverait, aujourd'hui, que je les livre à nos amis.

Lino racontait l'histoire de cet homme qui, à Parme, dans une *osteria*, se gavait de jambon et de tortellini, arrosés de lambrusco ou de chianti. Soudain, il s'évanouit, on l'allonge dans la rue, on dégrafe sa ceinture, on lui jette de l'eau au visage. Alors, il ouvre les eaux, jette un coup d'œil autour de lui et dit : « Je me sens mieux. Y a-t-il quelque chose à manger ? »

L'Émilie est la patrie du prosciutto (jambon) – et du « culatello », jambon salé et gainé dans une crépine. Lino (c'est un secret) disait parfois que le jambon de Langirano, une petite ville voisine, est meilleur que celui de Parme. La vraie gloire de Parme est son fromage parmesan. Lino, qui en avait livré dans sa jeunesse, savait choisir le jambon mieux que personne – comme le fromage parmesan. Il connaissait toutes les spécialités de sa région, des zamponis (pieds de porc farcis) aux différents tortellinis, farcis de parmesan, de longe de porc, d'œufs, de filets de dinde, ou de jambon de Parme, en passant par toutes les formes de cannellonis, lasagnes, raviolis, cappelletti, anolini, agnolotti, panzarotti – qui sont des variétés de pâtes. Pendant un temps, il faisait lui-même ses pâtes fraîches, avec une machine à pâtes, à partir de farine de blé dur qu'il confectionnait. Quand nous allions chez Georges Brassens, dans la petite maison de la rue Santos-Dumont, du côté de la porte Brancion, nous transportions nos ustensiles car Georges n'avait pas de casserole assez grande : la tradition veut que l'on cuise les pâtes dans de grands récipients (un soir, nous avons même failli mettre le feu à la petite cuisine de Georges Brassens) ; parfois, Georges Vedel, qui tenait, et tient toujours, un excellent restaurant dans ce quartier, nous rejoignait ainsi que Louis Nucera. Avec Georges Vedel, Lino avait mis au point une recette de gnocchis :

Recette de gnocchis
(6 personnes)

Faire cuire des pommes de terre en robe des champs. Les éplucher. Les écraser avec une fourchette pour obtenir une purée bien sèche.

Mélanger avec 3 ou 4 jaunes d'œuf crus et ajouter de la farine (un tiers du poids de la purée).

Avec une cuillère à café, fabriquer des gnocchis de la taille d'une grosse olive.

Plonger dans l'eau bouillante, avec un peu d'huile d'olive sélectionnée.

Retirer après une minute environ.

Passer à la poêle avec, éventuellement, du jus de rôti, et servir.

La grande spécialité de Lino, que tant d'amis ont dégustée chez nous, était les pâtes fraîches au basilic :

Recette de pâtes au basilic
(4 personnes)

Une demi-journée avant le repas, prendre des tomates fraîches qu'on pèle et qu'on coupe en petits quartiers. Égoutter dans une passoire. Prendre un grand plat creux (ou saladier de service) dans lequel on met 1/2 verre d'huile d'olive, quatre gousses d'ail épluché, sel, poivre et un peu de piment. Ajouter du basilic haché (une bonne poignée) et laisser macérer. Rajouter dans cette huile les quartiers de tomates égouttés.

Dix minutes avant le repas, jeter les pâtes dans beaucoup d'eau bouillante salée : laisser bouillir dix minutes en remuant les pâtes (pour éviter qu'elles ne collent) jusqu'à ce qu'elles deviennent « al dente », c'est-à-dire souples mais fermes à la dent.

Cinq minutes avant de jeter les pâtes dans l'eau bouillante, on a mis la macération d'huile, tomates, ail, basilic, au four pour la chauffer.

Quand les pâtes sont cuites, les égoutter en secouant la passoire, et jeter ces pâtes dans le saladier sorti du four. Retourner et servir.

Excellent, surtout l'été.

Avec notre cousine Linda, de Bussetto, complice de Lino en cuisine et aux parties de cartes en tête à tête, Lino avait mis au point une autre « spécialité », la macaronade :

Recette de macaronade
(5 personnes)

Découper un poulet. Enlever la peau. Le faire sauter dans une poêle avec de l'huile. Laisser presque dorer, rajouter 4 ou 5 gousses d'ail. Quand l'ail est doré, ajouter une petite boîte de tomates concentrées, ou coulis maison. Recouvrir de vin rouge. Saler. Poivrer. Ajouter un petit piment rouge.

Laisser cuire doucement, à découvert une demi-heure environ.

A part, faire cuire des macaronis « al dente » (Lino, très fidèle à ses fournisseurs, se servait chez son compatriote Davoli – adresse : 34, rue Clerc, Paris 7e).

Mettre les macaronis, après les avoir égouttés, dans un plat creux de service, ajouter le poulet et sa sauce réduite. Mélanger.

Une des grandes fiertés culinaires de Lino – parmi d'autres – était sa soupe aux haricots blancs (pasta-fagioli), venue de Parme. Voici sa recette (secrète) que j'ai reconstituée de mémoire. Il y avait un accord entre nous : chacun avait sa spécialité, et nous ne mordions pas sur nos territoires culinaires respectifs !

Recette de la soupe pasta-fagioli
(6 personnes)

La veille au soir, mettre à tremper dans l'eau tiède (*aqua tepida*), avec deux cuillères de bicarbonate de soude, 600 g de gros haricots rouges ronds. (Lino faisait, en août, provision de haricots « cocos nantais », et nous les conservions au congélateur. On peut aussi acheter en Italie des haricots burlotte.)

Le matin, mettre dans une casserole un mélange de lard gras (150 g), 1 branche de céleri et 1 oignon, le tout haché fin. Faire rissoler. Rajouter une cuillerée de coulis de tomates fraîches et deux cuillères d'huile d'olive.

Faire cuire à feu doux, dix minutes environ.

Récupérer les haricots qui ont trempé toute la nuit. On les égoutte. On les met dans la sauce et on rajoute de l'eau tiède – trois fois le volume présent dans la casserole. Rajouter deux bouillons Kub. Couvrir et faire cuire à feu doux, deux heures environ.

On rajoute deux pommes de terre écrasées cuites en robe des champs pour lier l'ensemble.

Continuer la cuisson (une demi-heure). Si la soupe est trop épaisse, rajouter du bouillon.

Vingt minutes avant de passer à table, jeter des spaghettis cassés à la main dans la soupe, et continuer la cuisson – en s'assurant qu'on a assez de liquide pour cuire les pâtes (sinon ne pas hésiter à en rajouter). La soupe doit se présenter assez épaisse, mais néanmoins liquide. Au dernier moment, mettre du poivre, un filet d'huile d'olive et du parmesan râpé à volonté.

Une autre recette qui remportait toujours un vif succès :

Recette de macaronis à la carbonara
(4 à 5 personnes)

Couper du lard (ou panchetta) en petits dés (100 g), faire sauter avec une noix de beurre dans une poêle pendant 2 à 3 minutes. Mettre en réserve au chaud.

Dans une terrine, battre 4 jaunes d'œuf comme pour une omelette, ajouter une cuillère à soupe de crème fraîche et 75 g environ de parmesan râpé. Remuer le mélange, saler et poivrer.

Faire cuire les macaronis (400 g) à grande eau bouillante salée de façon que la fin de la cuisson coïncide avec celle de la sauce.

Dans une petite casserole, faire chauffer une noix de beurre. Quand le beurre est doré, le verser dans les œufs battus et, en tournant, mélanger rapidement le tout ; ajouter la panchetta que l'on aura maintenue au chaud.

On égoutte les pâtes, on jette cette sauce très chaude sur les macaronis. Servir dans un plat de service chaud.

Sur un plat, nous n'étions pas d'accord, Lino et moi : le sauté de palourdes – recette qui figure dans l'excellent livre *La Cuisine de la mer* (de Le Duc, éditions Olivier Orban). Voilà comment Lino la réalisait :

Recette du sauté aux palourdes
(4 personnes)

Se procurer :
– 1,5 kg de palourdes – 4 cuillères à soupe d'huile d'olive – 3 piments de Cayenne (oiseaux) – 2 gousses d'ail hachées – 4 cuillères à soupe de persil haché.

Couvrir assez généreusement le fond d'une sauteuse d'huile d'olive. Y ajouter 3 piments de Cayenne séchés. Porter à température moyenne et y ajouter les palourdes qu'on aura choisies de taille moyenne et, auparavant, bien rincées.

Les faire sauter jusqu'à l'ouverture de toutes les coquilles en les couvrant si nécessaire. Une fois les coquilles ouvertes, y ajouter 2 gousses d'ail hachées finement avec une bonne poignée de persil haché.

Éteindre, laissez reposer, couvert, quelques minutes. Servir avec un bon vin rouge.

Je proposais de servir ce sauté non pas seul, mais avec des spaghettis, et d'ajouter une cuillère à café de farine pour épaissir la sauce. Lino n'était pas d'accord. Nous sommes restés chacun sur nos positions. Ce qui est drôle, c'est que Lino m'a longtemps félicitée pour mes pâtes aux palourdes – ignorant mon petit secret.

Lino appréciait peu la « nouvelle cuisine » – sauf peut-être chez Girardet, à Crissier, près de Lausanne. Chez nos amis Ducis, à Enghien, le chef Michel Kerever avait, un soir, succombé à la mode du jour.

« C'est bientôt fini, cette dînette ? Quand est-ce qu'on mange ? » avait demandé Lino, à la grande joie de Cri-Cri et Michel Audiard.

Michel Kerever, après cette courte tentative, a vite retrouvé son style plus traditionnel.

Nous avions nos restaurants. Après une journée de studio, Lino aimait retrouver des amis hors cinéma ; longtemps chez Ginoux et Maurice, rue de Chevreuse à Montparnasse, puis au Tong-yen, rue Jean-Mermoz. Et, au printemps, bien sûr, à la terrasse du Fouquet's, chez nos amis fidèles, les Casanova. Avec Adrienne, née à Parme comme lui (rue de l'Arbre-Sec), il échangeait des recettes de risotto. Voilà, pour finir, celui que nous faisions à la maison :

Recette de risotto aux petits pois
(5 personnes)

Prendre 350 g de riz italien long (arborio). Le laver et l'égoutter dans un torchon.

A part, mettre 3 têtes d'ail, une grosse poignée de persil haché et une cuillère à soupe de céleri haché que l'on fait revenir dans l'huile d'olive (deux cuillères à soupe). Quand on sent l'odeur de l'ail, verser un verre d'eau chaude et un bouillon Kub.

Prendre une cocotte, faire fondre une cuillère de beurre, hacher un oignon, le faire revenir un peu dans le beurre, et jeter le riz que l'on va doucement remuer avec une fourchette. Quand le riz devient opaque, verser un demi-verre de vin blanc, qui va s'évaporer. Jeter alors, petit à petit, la sauce sur le riz en remuant. Ajouter, lentement, de l'eau – sans cesser de remuer –, deux fois le volume du riz, et les petits pois égouttés.

Quand le riz est cuit (un quart d'heure – vingt minutes), ajouter du parmesan râpé et servir.

Lino n'était jamais aussi satisfait que lorsque le dîner, chez nous, avait été réussi, sans fausse note. Il tirait une grande fierté de la qualité de sa table et de sa cave. Il était vraiment heureux d'offrir à des amis choisis ce qu'il considérait comme des moments privilégiés de l'existence.

18

Lino est parti seul

L'annonce de la mort de Lino, le jeudi 22 octobre à 21 h 15, fut un choc pour d'innombrables Français. Beaucoup d'entre eux apprirent la nouvelle à la télévision, par une incrustation qui apparut sur le film de la soirée. On me raconta que l'onde de choc fut ressentie partout, même au-delà de nos frontières ; le pays était en deuil. Lino était quelqu'un qu'on aimait, et qu'on respectait. Beaucoup de gens se reconnaissaient en lui. Au-delà de l'acteur capable de communiquer les émotions, on voyait en lui un homme de caractère et d'énergie, rassurant et protecteur. Je me souviens d'un jeune comédien qui disait : « Je donnerais n'importe quoi pour l'avoir comme ami ! » Sa mort privait tous ceux qui le connaissaient d'un peu de qualité.

Pour avoir passé cinquante ans auprès de lui, je peux témoigner de ces sentiments particuliers qu'il inspirait, sans faire d'effort. Mon mari avait une personnalité exceptionnelle. Il ne cherchait jamais à plaire. Il parlait peu. Il ne riait pas d'une plaisanterie s'il ne la trouvait pas drôle, il disait ce qu'il pensait, mais ne faisait jamais mal. Il savait répondre non, sans donner d'explication.

Par la presse, je l'ai dit, j'avais demandé que l'on n'envoyât pas de fleurs pour ses obsèques, mais que l'on adressât plutôt l'équivalent en dons pour Perce-Neige. Résultat : cinq millions de francs (nouveaux) parvinrent à notre fondation. Si aujourd'hui, en 1993, le dernier en date des centres Perce-Neige a été édifié à côté de notre maison de vacances de Baracé (Maine-et-Loire), c'est grâce à ces fleurs qui ne fleurirent pas la tombe de Lino.

La cérémonie des obsèques dans le petit cimetière de ma famille à Val-Saint-Germain, non loin de Rambouillet, ressembla à la vie de Lino. Elle fut discrétion et rigueur. Je garde précieusement les lettres pleines d'amour et d'amitié que m'adressèrent non seulement mes amis très chers – je ne peux les citer tous, ils se reconnaîtront – mais aussi des inconnus, qui, tout simplement, aimaient mon mari.

Aujourd'hui, la grande maison de Montretout est silencieuse. Il m'arrive pourtant de recevoir à dîner quelques intimes que Lino appréciait. Au lieu de prendre un verre dans le grand salon avant de passer à table, nous nous réunissons au sous-sol, dans le bureau de Lino, non pas dans la tristesse, mais dans la convivialité. Il est parmi nous. Sur son bureau, l'agenda n'a pas bougé ; ses pipes sont au même endroit, les scénarios manuscrits du *Ruffian*, de *Garde à vue*, de *l'Armée des ombres*, sont en pile près de la fenêtre. Dans sa bibliothèque, ses livres préférés, des classiques, des dictionnaires de cinéma, des livres d'art. Contre le mur, une immense photo de lui et d'Arthur Rubinstein, le grand pianiste. Accrochés au pommeau de la fenêtre, les gants de boxe que Ray Sugar Robinson lui offrit après son championnat du monde. Au milieu de plusieurs trophées cinématographiques, le symbole d'une de ses dernières grandes émotions, l'insigne des sous-mariniers nucléaires, que lui avait remis l'amiral Merveilleux du Vignaux, à l'Ile-Longue. Quand nous passons à table, Lino est toujours parmi nous.

LINO EST PARTI SEUL

Arrivée au terme de ce livre qui m'a fait revivre bien des souvenirs depuis notre adolescence, je mesure quelle vie merveilleuse j'ai eue avec Lino, quels moments difficiles j'ai surmontés grâce à lui ; et, aujourd'hui, je réalise que je ne comblerai jamais le vide que son départ a creusé près de moi.

Avec nos enfants, nos amis, avec cette chaîne d'amour et d'amitié qu'il m'a laissée, je trouve la force de continuer notre œuvre commune : Perce-Neige.

Il a fallu que je m'habitue à la maison sans lui, à ma vie sans lui. Mais, quelque part, c'est toujours lui qui décide. Et qui me protège. Ma force est la sienne. Je veux en être persuadée.

J'ai toujours l'impression que la porte va s'ouvrir et que mon mari, souriant, bourru, en colère, joyeux, sombre ou enthousiaste, va me dire, comme si souvent :

« Allez, Mounet, fais tes valises, on s'en va ! »

Il est parti, seul. Je dois bien me soumettre à cette réalité que nous n'avions jamais envisagée. Mais quelque chose, au fond de moi, me répète qu'il est toujours là – attentif et protecteur.

Odette Ventura,
Saint-Cloud, 1992.

Souvenirs d'amitié

par José Giovanni

Tu vois, je commence à écrire un 14 juillet. J'écris dans ce bureau que tu connais bien, cette ancienne grange perchée dans les arbres en pleine montagne. Nous nous y disions des choses que personne n'entendait. Tu y déversais la somme de tes contradictions et de tes inquiétudes.

Trente années passées à l'écoute l'un de l'autre parce que nous avions le culte latin de nos mères, parce que nous avions le sens du respect qu'on nous devait et que nous devions aux autres, parce qu'une parole donnée valait mieux qu'un contrat et, enfin, parce que nous venions de l'école de la rue.

Et maintenant que je n'ai plus cela à partager avec toi, il me semble que ce n'est qu'un immense fatras ; disons que c'est sans doute un peu trop lourd.

J'ai donc accepté de parrainer ce livre sur toi pour qu'il soit véritable. C'est-à-dire pour empêcher que quelques étrangers à tes options ne fassent commerce de ta légende.

Tu te souviens, rien ne nous gênait dans le cadre de la vérité. Ton refus des événements travestis par certains chroniqueurs en panne de sensation, ce refus réclame qu'on y demeure fidèle.

Nous nous étions toujours sentis déplacés dans les mondanités du spectacle. Je te revois encore dans ce cocktail du début. On y décernait un quelconque prix Orange ou Citron pour je ne sais plus quelle vedette d'un jour.

Tu regardais, à l'écart, les goinfres collés au buffet. On m'a présenté à quelqu'un. Mon nom t'a rappelé que tu venais de lire *Classe tous risques*, et tu m'as demandé sans détour si tu pourrais interpréter Abel.

C'était simple, abrupt. Tu tombais à pic dans ma religion. En une minute, nous semblions nous être toujours connus.

Et puis il arriva cette chose idiote, entre hommes : l'univers des surnoms. Moi, je débarquais de François le Notaire, du Mammouth, de Pierrot le bancal, et toi, tu avais surnommé Constantin le Kalmouk, et lui t'avait surnommé le Duc de Parme.

Ton attachement à tes origines m'a toujours ému. Tête de mule de Parmesan tu étais, tête de mule tu resterais. Ton comportement monolithique a souvent désarçonné la faune du spectacle. Boum! Tout sur la table, comme ça, en bloc.

Dans la vie, ta déception assombrissait ton visage, comme aurait pu le mimer un acteur du muet.

Cet air de catastrophe pouvait survenir à la lecture d'un scénario décevant ou encore de la vision d'un gigot trop cuit.

Et tes éclats de joie soudains, énormes, achevaient, pour moi, de te dépeindre comme un colosse enfantin.

Tu m'as fait bénéficier de tes étonnements. Un jour, à Saint-Cloud, pendant le traditionnel petit déjeuner dans la cuisine :

Moi
Je vais descendre à Nice.
Toi
Tu prends quoi?... la voiture?... l'avion?...
Moi
Mon vélo.

Il est là, encore devant moi, ton visage. Tes yeux dans lesquels vivait inconsciemment l'acteur.

Toi
En vélo... en vélo...

Dans la pièce, il n'y avait plus rien... seulement un vélo. Il répétait simplement le mot en se déplaçant avec ce don de donner un maximum d'importance à ce qu'il disait. « Alors, comme ça, tu descends en vélo... » Ça n'en finissait plus. Il y avait un charme indéfinissable qui s'en mêlait.

L'ensemble porte un nom : la présence, l'inoubliable présence. Celle qui m'a inspiré la dizaine de personnages que j'ai confiés à son talent.

Celle qui a inspiré Michel Audiard, Pascal Jardin, Francis Veber. C'est la marque des grands que d'inspirer les auteurs.

On l'a vu pour Jacques Prévert et Henri Jeanson avec Jean Gabin.

Au fil des tournages, tu m'as raconté ton enfance d'émigré. Je savais aussi que l'orgueil se forge à la brûlure des humiliations. Tu appelais donc « Monsieur » le garçon de café. Ce qui change évidemment de ceux qui le sifflent tout en brandissant la bannière de la défense des travailleurs.

Tu n'aimais ni les faux-semblants ni la charité tapageuse : celle de la bonne conscience devant la télé.

Tu donnais dans la discrétion, et nous ne fûmes que peu à assister à tes superbes indignations au service de l'enfance handicapée.

Tu sais, Lino, aujourd'hui si j'écris, c'est pour le public que tu aimais et qui t'aimait.

C'est pour ceux qui, sans te connaître, ont eu l'impression de perdre leur meilleur ami.

C'est pour Odette que tu tenais à présenter comme « Madame Ventura », c'est pour tes enfants, pour tous les tiens qui sont un peu les miens, pour qu'ils te relisent, et que les enfants de leurs enfants te découvrent.

Tu as nagé pour moi, parce que je dirigeais ces films, dans un fleuve torrentiel et glacé des montagnes Rocheuses, tu as côtoyé des rats dans des ruelles obscures, tu as pris un train en marche sur un pont vertigineux, tu as supporté mes intransigeances, ta maison était la mienne, tu as rompu avec mes ennemis.

Alors, tu ne voudrais quand même pas que je meure avant de le dire ?... Non, d'où tu es, tu ne le veux pas.

Et d'abord, tu es là, marchant sur un sentier de montagne, m'offrant ton silence extasié devant un lac d'émeraude.

SOUVENIRS D'AMITIÉ

Tu es revenu dans mes rêves davantage encore que ceux de mon propre sang, et j'ai presque honte de continuer à faire des films sans toi.

Tout a été beau, tu sais. Les mariages, les baptêmes, les succès publics, l'eau que je mettais distraitement dans tes vins de grand cru (un crime), ta patience quand je m'endormais à table aux dîners trop tardifs, le beurre de Veracruz au goût de fromage de chèvre (ta tête !), le petit mendiant qui venait te réciter une fable chaque soir sur la place (ton sourire !), mon petit-fils que tu descendais sur ton dos depuis un refuge de montagne parce que j'avais une jambe blessée, cette noblesse dans l'émotion dont tu as paré mes héros, ta joie simple quand les Indiens attiraient les coyottes en imitant le cri d'un lapin piégé, les blagues de collégien dans la clairière des *Grandes Gueules*, les bouffes gargantuéliques avec Jess, ce voyage Paris-Lille avec Courtine que tu m'as fait subir en t'écoutant, pendant deux heures, parler de la vertu culinaire des pointes d'asperges de différentes qualités, la recherche désespérée du gros sel introuvable en Suisse pour cuire les pâtes au chalet, le curling, les cartes (tricherie comprise) avec Marceau, le premier plan du premier film fait ensemble, l'émouvante gaucherie avec laquelle tu tapotais la joue d'Odette évanouie au cours de la remise de sa Légion d'honneur, tes visites improvisées que tu aimais nous rendre. Je te revois encore avec Odette, au square Clignancourt, entre mon père et ma mère un jour de l'an. Oui, les éclairs de la vie, oui, tu sais, Lino, tout a été vraiment beau...

José GIOVANNI

FILMOGRAPHIE DE LINO VENTURA

Touchez pas au grisbi, 1953. Réalisation : Jacques Becker. Scénario : Jacques Becker, Maurice Griffe, Albert Simonin, d'après un roman d'Albert Simonin. Avec Jean Gabin, René Dary, Jeanne Moreau, Dora Doll, Denise Clair, Paul Frankeur, Daniel Cauchy. Musique : Jean Wiener. Production : Del Duca films et Antarès films.

Razzia sur la chnouf, 1955. Réalisation : Henri Decoin. Scénario : Henri Decoin, Maurice Griffe, Auguste Le Breton, d'après un roman d'Auguste Le Breton. Avec Jean Gabin, Marcel Dalio, Albert Rémy, Magali Noël, Paul Frankeur. Musique : Marc Langean. Production : Gaumont.

La Loi des rues, 1955. Réalisation : Ralph Habib assisté de Claude Pinoteau. Scénario : Auguste Le Breton, Jean Ferry, Ralph Habib, d'après Auguste Le Breton. Avec Raymond Pellegrin, Silvanna Pampanini, Jean-Louis Trintignant. Musique : M. Stern. Production : Paul Gracts Transcontinental.

Crime et Châtiment, 1956. Réalisation : G. Lampin. Scénario : Charles Spaak, d'après le roman de Dostoïevski. Avec Jean Gabin, Marina Vlady, Robert Hossein, Gaby Morlay, Bernard Blier, Ulla Jacobsen, Carette. Musique : Maurice Thiriet. Production : Champs-Élysées.

Le Feu aux poudres, 1956. Réalisation : Henri Decoin. Scénario de Jacques Robert, adaptation des dialogues : Simonin. Avec Raymond Pellegrin, Charles Vanel, Françoise Fabian, Dario Moréno. Musique : Maurice Jarre. Production : Gallus.

Action immédiate, 1956. Réalisation : Maurice Labro. Scénario de Frédéric Dard, d'après Paul Kenny. Avec Henry Vidal, Barbara Laage, Jess Hahn. Musique : Van Parys. Production : Gaumont.

Le rouge est mis, 1957. Réalisation : Gilles Grangier. Premier film avec Michel Audiard (scénario, dialogues), d'après Auguste Le Breton. Avec Jean Gabin, Annie Girardot, Paul Frankeur, Marcel Bozzuffi. Musique : Denis Kieffer. Production : Cité Films Gaumont.

L'Étrange Monsieur Steve, 1957. Réalisation : Raymond Bailly. Scénario de Frédéric Dard et Raymond Bailly, d'après le roman de M.G. Prêtre. Avec Jeanne Moreau, Philippe Lemaire, Armand Mestral. Production : Pèce-Films.

Trois jours à vivre, 1957. Réalisation : Gilles Grangier. Dialogues : Michel Audiard. Scénario : Gilles Grangier, Guy Bertret, Michel Audiard, d'après Peter Vanett. Avec Daniel Gélin, Jeanne Moreau, Maurice Biraud, Moustache. Musique : Joseph Cosma. Production : Int. Motion Picture.

Ces dames préfèrent le mambo, 1957. Réalisation : Bernard Borderie. Scénario : Jacques Wilfrid. Avec Eddie Constantine, Pascale Roberts, Véronique Zuber, Lise Bourdin. Musique : Charles Aznavour. Production : Bernard Borderie-C.I.C.C.

Ascenseur pour l'échafaud, 1957. Réalisation : Louis Malle. Scénario : Louis Malle et Roger Nimier, d'après Noël Calef. Avec Maurice Ronet, Jeanne Moreau, Félix Marten, Jean-Claude Brialy. Musique : Miles Davis. Production : Irénée Leriche.

Maigret tend un piège, 1957. Réalisation : Jean Delannoy. Dialogues : Michel Audiard, d'après Simenon. Avec Jean Gabin, Annie Girardot, Jean Desailly, Gérard Séty. Musique : Paul Misraki. Production : Intermondia-Jolly.

Montparnasse 19, 1957. Réalisation : Jacques Becker. Scénario : Max Ophuls, Henri Jeanson, d'après Michel Georges-Michel. Avec Gérard Philipe, Lili Palmer, Anouk Aimée, Lea Padovani, Arlette Poirier, Judith Magre. Musique : Georges Van Parys. Production : Franco-London Films-Astra Cinematografica.

Le gorille vous salue bien, 1958. Réalisation : Bernard Borderie. Dialogues : Bernard Borderie, Jacques Robert, d'après Antoine Dominique. Avec Bella Darvi, Charles Vanel, Robert Manuel, Pierre Dux. Musique : Georges Van Parys. Production : Raoul Ploquin.

Le fauve est lâché, 1958. Réalisation : Maurice Labro. Scénario : Jean Redon et Claude Sautet. Adaptation : Frédéric Dard. Avec Estella Blain, Alfred Adam, Nadine Alari. Musique : Georges Van Parys. Production : Cinefonic.

Un témoin dans la ville, 1959. Réalisation : Édouard Molinaro. Scénario de Gérard Oury, Alain Poiré. Adaptation de Boileau-Narcejac. Avec Franco Fabrizzi, Françoise Brion, Dora Doll, Janine Darcey, Robert Dalban. Musique de L. Barney Wilem. Production : Gaumont.

Sursis pour un vivant, 1959. Réalisation : Victor Merenda. Scénario et dialogues : Frédéric Dard, d'après *Thanatos Palace Hotel*, d'André Maurois. Avec Henri Vidal, Dawn Addams. Musique : Daniel White. Production : C.C.C.

Douze Heures d'horloge, 1959. Réalisation : Geza Radvanyi. Scénario de Boileau-Narcejac. Avec Eva Bartok, Laurent Terzieff, Suzy Prim, Guy Tréjean. Musique : Léo Ferré.

Marie-Octobre, 1959. Réalisation : Julien Duvivier. Scénario : Julien Duvivier, Jacques Robert. Dialogues : Henri Jeanson. Avec Bernard Blier, Danielle Darrieux, Robert Dalban, Paul Meurisse, Serge Reggiani. Musique : Jean Yatove. Production : Orex-Daxa.

125, rue Montmartre, 1959. Réalisation : Gilles Grangier. Dialogues : Michel Audiard, d'après André Gillois. Adaptation : Jacques Robert. Avec Robert Hirsch, Jean Desailly, Dora Doll. Musique : Jean Yatore. Production : Pathé-Viard.

Le Chemin des écoliers, 1959. Réalisation : Michel Boisrond. Scénario et dialogues : Jean Avrenche et Pierre Bost, d'après Marcel Aymé. Avec Françoise Arnoul, Alain Delon, Bourvil, Jean-Claude Brialy, Pierre Mondy et Lise Delamare. Musique : Paul Misraki. Production : Gaumont.

Classe tous risques, 1959. Réalisation : Claude Sautet. Scénario et adaptation : José Giovanni, Pascal Jardin, Claude Sautet, d'après

José Giovanni. Avec Jean-Paul Belmondo, Marcel Dalio, Sandra Milo. Musique : Georges Delerue. Production : Robert Amon.

Les Mystères d'Angkor, 1960. Réalisation : W. Dieterle. Scénario : Jo Eisinger et H.G. Peterson. Dialogues : Pascal Jardin. Avec Carlos Thomson, Gino Cervi, Micheline Presle. Musique : R. Vlad. Production : C.C.C.

La Fille dans la vitrine, 1960. Réalisation : Luciano Emmer. Scénario de Luciano Emmer, Pier Paolo Pasolini et Ennio Flaiano. Dialogues : José Giovanni. Avec Marina Vlady, Magali Noël, Bernard Fresson. Musique : R. Vlad. Production : E. Cassuto Discifilm.

Un taxi pour Tobrouk, 1961. Réalisation : Denys de La Patellière. Dialogues : Michel Audiard. Scénario : René Havard. Avec Charles Aznavour, Maurice Biraud, Hardy Kruger, G. Cobos. Musique : Paul Mauriat. Production : Gaumont.

Les lions sont lâchés, 1961. Réalisation : Henri Verneuil. Dialogues : Michel Audiard. Adaptation : France Roche, d'après Nicole. Avec Claudia Cardinale, Jean-Claude Brialy, Michèle Morgan, Danielle Darrieux. Musique : Georges Garvarentz. Production : Franco-London-Fidès.

Le Roi des truands, 1961. Réalisation : Duilio Colette. Scénario : Fante Petrilli et Mangioni. Avec Ernest Borguine, Yvonne Sanson. Musique : Carlos Savma. Production : De Laurentiis.

Le Bateau d'Émile, 1961. Réalisation : Denys de La Patellière. Dialogues : Michel Audiard. Adaptation : Denys de La Patellière, Albert Valentin, d'après Simenon. Avec Annie Girardot, Pierre Brasseur, Michel Simon, Jacques Monot. Musique : Jean Prodromides. Production : J.-P. Guilbert.

Les Petits Matins, 1962. Réalisation : Jacqueline Audry. Scénario : Stella Kersova. Adaptation et dialogues : Pierre Pelegri, Pierre Laroche. Avec Agathe Aems, Fernand Gravey, Pierre Mondy, Francis Blanche, Darry Cowl, Daniel Gélin, François Périer, Bernard Blier, Arletty, Noël-Noël, Robert Hossein, Gilbert Bécaud, Andréa Parisy. Musique : Georges Van Parys. Production : Eugène Tucherer.

Le Jugement dernier, 1962. Réalisation : Vittorio De Sica. Scénario : Grâce Zavattini. Avec Vittorio Gassman, Fernandel, Ernest Borgnine, Melina Mercouri, Alberto Sordi, Jacques Palance, Silvana Mangano, Anouk Aimée. Musique : Cicognini. Production : De Laurentiis.

Le Diable et les dix commandements, 1962. (Sketch). Réalisation : Julien Duvivier. Scénario : Maurice Bessy et Julien Duvivier. Dialogue : Michel Audiard, Pascel Jardin, Henri Jeanson. Adaptation : René Barjavel. Avec Michel Simon, Lucien Barroux, Micheline Presle, Mel Ferrer, Aznavour. Musique : Michel Magne et Garvarentz. Production : Filmsonor.

L'Opéra de quat' sous, 1962. Réalisation : Wolfgang Standte. Scénario : Saudte. Avec Curd Jurgens, Hildegarde Kneff. Musique : Sandloff. Production : S.F.D.F.

Carmen 63, 1963. Réalisation : Carmine Gallone. Scénario : C. Gallone. Avec Jacques Charrière, Giovanna Ralli. Musique : A.F. Lavignino. Production : Cofinor.

Les Tontons Flingueurs, 1963. Réalisation : Georges Lautner. Dialogues : Michel Audiard. Scénario : Georges Lautner et Albert Simonin, d'après Albert Simonin. Avec Bernard Blier, Francis Blanche, Jean Lefevre, Claude Rich, Sabine Sinfen. Venantino Venantini. Musique : Michel Magne. Production : Alain Poiré.

Les Bandits, 1963. Réalisation : Carlos Saura. Scénario : Carlos Saura. Avec Francisco Rabal, Lea Massari, Philippe Leroy, Luis Bunuel. Musique : C. Rusticelli. Production : Agata Films.

Cent Mille Dollars au soleil, 1964. Réalisation : Henri Verneuil. Dialogues : Michel Audiard. Scénario : Marcel Jullian, Henri Verneuil, d'après Claude Veillot. Avec Jean-Paul Belmondo, Bernard Blier, Andrea Parisy. Musique : Georges Delerue. Production : Gaumont.

Les Barbouzes, 1964. Réalisation : Georges Lautner. Dialogues : Michel Audiard. Scénario : Albert Simonin. Avec Bernard Blier, Francis Blanche, Mireille Darc, Jess Hahn. Musique : Michel Magne. Production : Alain Poiré.

L'Arme à gauche, 1965. Réalisation : Claude Sautet. Scénario et dialogues : Claude Sautet, Charles Williams, Michel Lévine, d'après Charles Williams. Avec Sylva Koscina, Léo Gordoin, Alberto de Mendoza. Musique : Eddy Barclay et Michel Colombier. Production : Intermondia.

La Métamorphose des cloportes, 1965. Réalisation : Pierre Granier-Deferre. Dialogues : Michel Audiard. Scénario : Albert Simonin, d'après Alphonse Boudard. Avec Charles Aznavour, Irina Demick, Maurice Biraud, Georges Geret, Pierre Barnum, Françoise Rosay, Annie Fratellini, Daniel Ceccaldi. Musique : Jimmy Smith. Production : Films du Siècle.

Les Grandes Gueules, 1965. Réalisation : Robert Enrico. Scénario : José Giovanni et Robert Enrico, d'après José Giovanni. Avec Bourvil, Marie Dubois, Jess Hahn, Jean-Claude Rolland, Michel Constantin. Musique : François de Roubaix. Production : Bellerive.

Ne nous fâchons pas, 1965. Réalisation : Georges Lautner. Dialogues : Michel Audiard. Scénario : Michel Audiard, Marcel Jullian. Avec Jean Lefèvre, Mireille Darc, Michel Constantin, André Pousse, Robert Dalban. Musique : Bernard Gérard. Production : Gaumont.

Avec la peau des autres, 1966. Réalisation : Jacques Deray. Scénario et dialogues : José Giovanni. Avec Jean Servais, Louis Arbessier, Guy Mairesse. Musique : Michel Magne. Production : Montfort.

Le Deuxième Souffle, 1966. Réalisation : Jean-Pierre Melville. Scénario : Jean-Pierre Melville et José Giovanni, d'après José Giovanni. Avec Paul Meurisse, Raymond Pellegrin, Christine Fabrega, Marcel Bozzuffi, Michel Constantin. Musique : Bernard Gérard. Production : Montaigne.

Les Aventuriers, 1967. Réalisation : Robert Enrico. Scénario : Robert Enrico, José Giovanni, Pierre Pelegori, d'après José Giovanni. Avec Alain Delon, Johanna Shimkus, Serge Reggiani, Paul Grauchet. Musique : François de Roubaix. Production : S.N.C.

Le Rapace, 1967. Réalisation : José Giovanni. Scénario et dialogues : José Giovanni, d'après J.D. Carrick. Avec Aurora Clavel, René Barrera, Xavier Marc. Musique : François de Roubaix. Production : P.A.C.

L'Armée des ombres, 1969. Réalisation : Jean-Pierre Melville. Scénario : Jean-Pierre Melville, d'après Joseph Kessel. Avec Simone Signoret, Paul Meurisse, Jean-Pierre Cassel, Claude Mann, Serge Reggiani. Musique : Éric Demarian. Production : Corona-Fonorama.

Le Clan des Siciliens, 1969. Réalisation : Henri Verneuil. Adaptation : Henri Verneuil, José Giovanni, d'après Auguste Le Breton. Avec Jean Gabin, Alain Delon, Irina Demick, Sidney Chaplin. Musique : E. Morricone. Production : Fox-Europa, les Films du Siècle.

Dernier Domicile connu, 1969. Réalisation : José Giovanni. Adaptation et dialogues : José Giovanni, d'après Joseph Harrington. Avec Marlène Jobert, Michel Constantin, Monique Mélinand. Musique : François de Roubaix. Production : Jacques Bar.

Fantasia chez les ploucs, 1970. Réalisation : Gérard Pirès. Scénario : Gérard Pirès, d'après Charles Williams. Avec Jean Yanne, Mireille Darc, Jacques Dufilho, Rufus. Musique : Ekseption. Production : Pierre Braunberger.

Boulevard du Rhum, 1971. Réalisation : Robert Enrico. Scénario et adaptation : Robert Enrico, Pierre Pelegria, d'après Jacques Pecheral. Avec Brigitte Bardot, Bill Travers, Guy Marchand, Jess Hahn. Musique : François de Roubais. Production : Alain Poiré.

L'aventure, c'est l'aventure, 1972. Réalisation : Claude Lelouch. Scénario et dialogues : Claude Lelouch, Pierre Uytterhoeven. Avec Jacques Brel, Charles Denner, Charles Gérard, Aldo Maccione, Nicole Courcel, André Falcon, Yves Robert, Johnny Hallyday, Juan-Luis Bunuel. Musique : Francis Lai. Production : Georges Dancigers/Alexandre Mnouchkine/Claude Lelouch.

Cosa Nostra, 1972. Réalisation : Terence Young. Scénario : Stephen Geller, d'après Peter Maas. Avec Charles Bronson, Jill Ireland, Walter Chiari, Amedeo Nazzari. Musique : D. Buttolph. Production : Dino De Laurentiis.

Le Silencieux, 1972. Réalisation : Claude Pinoteau. Scénario : Jean-Loup Dabadie et Claude Pinoteau, d'après Francis Ryck. Avec Lea Massari, Suzanne Flon, Leo Genn. Musique : Jacques Datin. Production : Gaumont.

La Raison du plus fou, 1973. Réalisation : François Reichenbach. Scénario et adaptation : Raymond Devos. Dialogues : Raymond Devos. Avec Raymond Devos, Alice Sapritch, Jean Carmet, Pierre Richard, Marthe Keller, Roger Hanin, Sophie Desmarets, Robert Dalban, Yves Robert. Production : Alain Poiré et Jacques Portet.

La Bonne Année, 1973. Réalisation : Claude Lelouch. Scénario : Claude Lelouch. Avec Françoise Fabian, Charles Gérard, André Falcon. Musique : Francis Lai. Production : Films 13.

Far-West, 1973. Réalisation : Jacques Brel. Scénario et dialogues : Jacques Brel, Paul Andreota. Avec Jacques Brel, Danièle Evenou, Véronique Mucret, France Arnel. Musique : Jacques Brel et F. Rauber. Production : I.F.C. Bruxelles et Films 13.

L'Emmerdeur, 1973. Réalisation : Édouard Molinaro. Scénario et dialogues : Francis Veber. Avec Jacques Brel, Caroline Cellier, Nino Castelnuovo, Jean-Pierre Darras. Musique : Jacques Brel. Production : Alexandre Mnouchkine.

Les Durs, 1974. Réalisation : Duccio Tessari. Scénario : Luciano Vincenzoni, Nicolas Badalucco. Dialogues : Georges Dutter. Avec Lee Stevens, Fred Williamson, William Berger, Vittorio Sanipoli. Musique : Isaac Hayes. Production : Dino De Laurentiis.

La Gifle, 1974. Réalisation : Claude Pinoteau. Scénario : Claude Pinoteau, Jean-Loup Dabadie. Avec Annie Girardot, Isabelle Adjani, Georges Wilson, Nicole Courcel. Musique : Georges Delerue. Production : Gaumont.

La Cage, 1975. Réalisation : Pierre Granier-Deferre. Scénario : Pierre Granier-Deferre et Pascal Jardin, d'après Jacques Jacquine. Avec Ingrid Thulin, William Sabatier, Dominique Zardi. Musique : Philippe Sarde. Production : Lira Films U.G.C. Parma.

Adieu poulet, 1975. Réalisation : Pierre Granier-Deferre. Scénario et dialogues : Francis Veber d'après Raf Valet. Avec Patrick Dewaere, Victor Lanoux, Claude Brosset, Claude Rich, Françoise Brion, Pierre Tornade. Production : Georges Dancigers et Alexandre Mnouchkine.

Cadavres exquis, 1976. Réalisation : Francesco Rosi. Scénario : Francesco Rosi, Tonino Guerra et Lion Januzzi, d'après Leonardo Sciascia. Avec Charles Vanel, Max von Sydow. Musique : Pierre Piccioni. Production : Grimaldi-P.E.A.-Artistes Associés.

Un papillon sur l'épaule, 1978. Réalisation : Jacques Deray. Scénario : Jean-Claude Carrière, Tonino Guerra et Jacques Deray, d'après John Gerron. Avec Claudine Auger, Paul Crauchet, Jean

Bouise, Nicole Garcia, Laura Bette, Dominique Lavanant. Musique : Claude Bolling. Production : Gaumont.

La Grande Menace, 1978. Réalisation : Jack Gold. Scénario : John Briley. Avec Richard Burton, Lee Remick, Harry Andrews, Marie-Christine Barrault. Musique : Michael Lewis. Production : Jack Gold et H. Milchan.

L'Homme en colère, 1979. Réalisation : Claude Pinoteau. Scénario : Jean-Claude Carrière et Claude Pinoteau. Avec Angie Dickinson, Laurent Mallet, Donald Pleasance. Musique : Claude Bolling. Production : Ariane Films.

Les Séducteurs, 1980 (sketch). Réalisation : Édouard Molinaro. Scénario : Francis Veber.

Garde à vue, 1981. Réalisation : Claude Miller. Dialogues : Michel Audiard. Scénario : Claude Miller et Jean Herman, d'après John Wainwright. Avec Michel Serrault, Romy Schneider, Guy Marchand, Elsa Lunghini. Musique : Georges Delerue. Production : Alexandre Mnouchkine et Georges Dancigers.

Espion, lève-toi, 1981. Réalisation : Yves Boisset. Dialogues : Michel Audiard et Claude Veillot, d'après Georges Marstein. Avec Michel Piccoli, Bruno Crémer, Krystyna Janda, Heinz Bennent, Bernard Fresson. Musique : Ennio Morricone. Production : Norbert Saada.

Les Misérables, 1982. Réalisation : Robert Hossein. Scénario : Alain Decaux, Robert Hossein, d'après le roman de Victor Hugo. Avec Michel Bouquet, Jean Carmet, Évelyne Bouix, Christiane Jean, Frank David, Françoise Seigner, Emmanuel Curtil. Musique : Michel Magne, André Hossein. Production : Dominique Harispuru/S.F.P.C.

Le Ruffian, 1983. Réalisation : José Giovanni. Scénario : José Giovanni. Avec Bernard Giraudeau, Claudia Cardinale, Pierre Frag. Musique : Ennio Morricone. Production : Christian Fechner.

Les Cent Jours à Palerme, 1984. Réalisation : Guiseppe Ferrara. Scénario : Piergiovanni Anchisi, Guiseppe Ferrara, Riccardo Iacona. Avec Guiliana De Sio, Lino Troisi, Arnoldo Foa. Musique : Vittorio Gelmetti. Production : Ombre et Lumière, Transcontinentale et Cecilia.

La Septième Cible, 1984. Réalisation : Claude Pinoteau. Scénario : Jean-Loup Dabadie, Claude Pinoteau. Avec Lea Massari, Jean Poiret, Roger Planchon, Élisabeth Bourgine. Musique : Vladimir Cosma. Production : Gaumont/Marcel Dassault.

La Rumba, 1987. Réalisation : Roger Hanin. (Une apparition.)

Remerciements

La vie nous a donné, à Lino et à moi, des amis dont la fidélité ne nous a jamais fait défaut. Lino faisait sienne la définition de Montaigne ! « Parce que c'était lui, parce que c'était moi. » Je leur dois des remerciements. Sans eux, je n'aurais pas eu la force de continuer, ni celle d'écrire ce livre. Ceux que j'oublie me pardonneront.

Christiane Audiard, Claudine Auger, Charles Aznavour, Jacques Bar, Jean Becker, Jean-Paul Belmondo, Irène et Claude Bolling, France Brel, Jean-Claude Brialy, Jean Carmet, Maurice et Nano Casanova, Daniel Cauchy, César, François Chalais, Jacques Chancel, Adriano Cifonelli, Henri Cogan, Jean-Loup Dabadie, Georges Dancigers, Mireille Darc, Alain Delon, Jacques Deray, Raymond Devos, Robert Dorfmann, Michel Droit, Michel Drucker, Marie Dubois, Gilles Durieux, Robert Enrico, Françoise Fabian, Christian Fechner, Jean-Michel Folon, Dominique Gabin, Charles Gérard, José Giovanni, Annie Girardot, Bernard Giraudeau, Gilles Grangier, Pierre Granier-Deferre, Benno Graziani, Roger Hanin, Robert Hossein, Marlène Jobert, Georges Lautner, Gilbert Leduc, Claude Lelouch, Lea Massari, Claude Miller, Alexandre Mnouchkine, Édouard Molinaro, Gérard Oury, Denys de La Patellière, Pierre Perret, Claude Pinoteau, Alain Poiré, Francesco Rosi, Francis et Yvonne Roux, Norbert Saada, Claude Sautet, Pierre Tchernia, Henri Verneuil, Charles Villeneuve. Et tous mes amis de Perce-Neige.

Table des matières

Cet ouvrage a été réalisé
par la SOCIÉTÉ NOUVELLE FIRMIN-DIDOT
Mesnil-sur-l'Estrée
pour le compte des Éditions Robert Laffont
en septembre 1997

Cet ouvrage a été réalisé
par la SOCIÉTÉ NOUVELLE FIRMIN-DIDOT
Mesnil-sur-l'Estrée
pour le compte des éditions Robert Laffont
le [illegible]

Imprimé en France
Dépôt légal : avril 1992
N° d'édition : 38247 – N° d'impression : 39570